JN096953

戦争PTSDとアメリカ文学

南北戦争からベトナム戦争までを読む

野間正二 noma shoji

文理閣

はじめに

2022年2月24日、ロシアが、戦車やミサイルや航空機などを使って、ウクライナに侵攻を始めた。大国が小国を武力で侵略し、戦争が勃発した。

こんな事態が、21世紀に実際に起こるとは、想像もしていなかった。しかし戦争が起きた。戦争が起きれば、兵士だけでなく民間人にも、死者も負傷者もでる。戦争はあまたの犠牲者を生むのだ。

ただし私たちは忘れがちなのだが、戦争の犠牲者は、死者や負傷者だけではない。戦争を経験したことで、兵士をふくむ多くの人びとの心も傷つく。そうした心が傷ついた人びとも、あたりまえだが戦争の犠牲者である。また、戦死者や戦争で心身が傷ついた人に接したり、受けいれたりして、つよいストレスを感じ、心が傷ついた人びとも、戦争の犠牲者なのだ。

心の傷は、身体的な傷と違って、眼に見えにくい。他人の関心や同情を引きにくい。個人の責任にもされやすい。だから、見過ごされがちである。しかし見過ごしてはならないシリアスな傷なのだ。心の傷は、生きるうえで、大きな障害となる場合があるからだ。もっと注目されるべきだと思う。

そこでこの小著では、戦争を経験したことで心が傷ついた人や、その心が傷ついた人と接することで心が傷ついた人を描いた米国のすぐれた文学作品を読んだ。具体的には、戦争によって生じたＰＴ

SD（心的外傷後ストレス障害）という視点から、それぞれの文学作品を分析して解釈した。言いかえれば、すぐれた文学作品のもう一つの読み方を提示した。

その時に、南北戦争、第一次世界大戦、第二次世界大戦そしてベトナム戦争という、米国が戦ってきた四つのおもな戦争を描いた作品を順に検討の対象とした。

検討したのは、7人の作家による13の作品。それらの作品を精読するなかで、時代の変化とともに、戦争によって生じた心の傷の描き方や心の傷への人びとの対処の仕方が変化していることも明らかにしようとした。

その描かれ方の変化をここで、戦争別に分けてあえて強引にまとめると、つぎのようになる。南北戦争は、戦争ＰＴＳＤが作品の素材となるのが発見された時期。第一次世界大戦は、それが多くの作家の関心を引き、作品のテーマとされた時期。第二次世界大戦は、それが掘りさげられ表現が洗練された時期。ベトナム戦争は、戦争ＰＴＳＤそのものはテーマとして作家の関心をあまり引かなくなり、その影響が材料として利用されるようになった時期といえる。

番外の「コーヒーブレイク」では、大岡昇平の『野火』を読み、戦争を描いた米国の小説との共通点とその独自性とを考えた。米国の戦争小説の理解の一助になればと願っている。

この小著によって、戦争によって生じた心の傷に、これまで多くの作家が注目し、文学作品として様々なかたちで描いてきたことを理解していただければ嬉しい。また、この小著を読んでくださった方が、とくに若い方が、戦争で生じた心の傷がいかにシリアスな影響をその人の人生に与えるかを理解してくださることを願っている。そして戦争が、どんな戦争でも、いつの時代でも、いかに正当化し弁明しようとも、戦死者や負傷者を生むだけでなく、人びとの心をひどく傷つけることを、今一度確認してくださる契機となることをも願っている。戦争は勝者や敗者にかかわらず、すべての人にとって悪なのである。

もくじ

第一部　南北戦争

第二部　第一次世界大戦

第三部　第二次世界大戦

第四部　ベトナム戦争

序　戦争ＰＴＳＤ

PTSD

この本のタイトル『戦争ＰＴＳＤとアメリカ文学』で使ったＰＴＳＤは、心的外傷後ストレス障害(post-traumatic stress disorder）の略語。このＰＴＳＤは、１９８０年に米国精神医学会によって精神病のひとつとして公式に分類された。そのときから、正式に認知された病名となった。

このＰＴＳＤは、よく知られているように、ベトナム戦争によって心に傷を負った兵士に向きあって、彼らを助けようとしていた医師や帰還兵士などの努力によって生まれた病名である[1]。〔＊文末の数字は「注」の番号をしめす。以下同じ。〕

ベトナム戦争（１９６４～７５）には、米国人兵士が累計で約２７０万人投入された[2]。そのうち死者は約５万８千人に、負傷者は約30万人にも達した[3]。ただし、戦死をまぬがれて帰国した兵士のなかには、身体的な負傷者の他にも、この統計には数えられていないが、心が傷ついた兵士も多くいた。

心が傷ついた兵士のなかには、帰国後の日常生活や社会にうまく適応できない者もいた。戦争が

『ディア・ハンター』のブルーレイ

長引くにつれて、その数も増えてきた。そこで１９７０年代に入ると、ベトナム戦争からの帰還兵士たちの社会への不適応、つまり失業、薬物やアルコール中毒、離婚、反社会的行動、奇行、自殺などが、米国のメディアによってさかんに取りあげられるようになった[4]。社会が、帰還兵士たちの心の問題と、彼らの救済とに関心を向けはじめたのだ。

そんな社会の雰囲気に呼応するように、１９７０年代には、心が傷ついたベトナム帰還兵をあつかった名作映画『タクシー・ドライバー』（１９７６年）や『ディア・ハンター』（１９７８年）や『帰郷』（１９７８年）などがヒットするようになった。

帰還兵士の心の問題にたいする社会の関心のたかまりとともに、そういう心が傷ついた帰還兵士を救済しようとする動きがでてきた。そうしたなかで、彼らが日常生活や社会にうまく適応できないのは、戦争のストレスから生まれた精神の病気なのだと正式に認められた。その病名が、先に述べたように、ＰＴＳＤなのである。

それはベトナム戦争終結から５年後の１９８０年のことだった。〔※なお、ベトナム戦争で戦死した兵士全員の名を黒い花崗岩に刻んだ慰霊碑が、ワシントンのナショナルモールの一角に完成したのが、

その2年後の１９８2年だった。〕
　１９８０年にＰＴＳＤが正式な病名として認められる以前は、祖国に帰還後に日常生活や社会にうまく適応できない兵士は、多くの場合、その原因が「不明」なものに苦しむ、哀れな人あるいは迷惑な人としてみなされていた。個人の自己責任において対処すべきものとされがちだったのだ。
　それが、病名が確定して病気としてみなされることで、公的なかたちで、救いの手が差しのべられるようになった。

ＰＴＳＤの診断基準

　このＰＴＳＤを考えるには、米国精神医学会発行の『精神疾患の分類と診断の手引』（*Diagnostic Criteria from DSM*）における診断基準がもっとも基本的な資料である。そこで同書の第5版（２０１3年）の診断基準のおもな部分を以下に訳しておく[5]。〔＊この拙訳からは、子供にかんする記述と「例」と「注」と「詳説」の部分を削除している。〕

心的外傷後ストレス障害（ＰＴＳＤ）

Ａ　死や死の脅威、重大なケガ、性的な暴力に、以下のひとつ又はそれ以上の事項においてさらされている。

1. トラウマとなる出来事をちょくせつ経験している。
2. トラウマとなる出来事が他人に起こったのを、じかに目撃している。
3. トラウマとなる出来事が親しい家族や友人に起こったのを知っている。家族や友人の死や死の脅威の場合は、そのトラウマとなる出来事は事故によるものか思いがけないものでなければならない。
4. トラウマとなる出来事の眼をそむけたくなるような細部に、繰りかえし又は甚だしくさらされる経験をしている。

B　トラウマとなる出来事と結びついている以下のような侵入兆候が、ひとつ又はそれ以上存在している。それらはトラウマとなる出来事のあとで始まったものであること。

1. トラウマとなる出来事にかんする繰りかえされる、無意識な、侵入的な苦痛となる記憶がある。
2. その夢の内容と情動、又はその夢の内容か情動かのどちらかが、トラウマとなる出来事と関わっている苦痛となる夢を繰りかえしみる。
3. あたかもトラウマとなる出来事が繰りかえされているかのように感じたり行動したり、フラッシュバックのような解離的な反応をする。（そうした反応は、まわりの現況をまったく意識しない極端なかたちで一貫して起きる。）
4. トラウマとなる出来事のある一面を象徴しているかそれに似ている、内的又は外的な切っ掛けにさらされることによる、強力な又は引き延ばされた心理的な苦痛がある。

5．トラウマとなる出来事のある一面を象徴しているかそれに似ている、内的又は外的な切っ掛けにたいする心理的な著しい反応がある。

C　トラウマとなる出来事が起きてから生じた、その出来事と結びついた刺激を絶えず避けようとする。以下の事項のひとつか又は両方をふくむこと。

1．トラウマとなる出来事にかんするか又はそれにつよく結びついている、苦痛をもたらす記憶や思考や感情を避けるか又は避けようと試みる。

2．トラウマとなる出来事にかんするか又はそれにつよく結びついている、苦痛をもたらす記憶や思考や感情をひき起こす、人や場所や会話や行動や物や状況などの、記憶を呼びさます自分の外部にあるものを避けるか又は避けようとする。

D　トラウマとなる出来事と結びついている認識や気分が負の方向に変化する。それは、その出来事が起こってから始まったり悪化したりしているが、以下の事項の二つかそれ以上をふくむこと。

1．トラウマとなる出来事のある重要な面を憶えていない。（典型的なものは、解離性の記憶喪失によるもので、頭の損傷やアルコールやドラッグなどの要因ではないもの。）

2．自分自身や他人や世界にたいして、絶えず極端な否定的な信念や期待を抱く。

3．トラウマとなる出来事の原因と結果について、自分や他人を非難するように向かう、ゆがめられた認識を絶えずする。
4. 懸念や恐怖や怒りや罪悪感や恥辱などの、否定的な感情の状態に絶えずある。
5. 意義のある活動への参加や関心が著しく減退する。
6. 他人から孤立しているとか疎外されているとかと感じる。
7. 幸福や満足や愛情のような肯定的な感情を抱くことがまったくできない。
E トラウマとなる出来事と結びついて、覚醒と反応が著しく変質する。それは、その出来事が起こってから始まったり悪化したりしているが、以下の事項の二つかそれ以上をふくむこと。
1. 挑発するような原因がほとんど無いかまったく無いのに、いらいらした振舞いや怒りが爆発すること。それらは、人や物にむけられた言葉や行動による攻撃に典型的に現れる。
2. 向こう見ずな振舞いや自己破壊的な振舞い。
3. 過度の警戒心。
4. 過剰な驚愕反応。
5. 集中力に問題が生じること。
6. 眠りにつくことや眠りつづけることが困難であるとか、ゆっくり眠れないというような睡眠障害。
F その障害は、基準のB、C、D、Eにおいて一カ月以上続く。
G その障害は、臨床的に著しい苦痛をひき起こすか、又は社会的、職業的なあるいは他の重要な領域の働きを損なう。

Ｈ　その障害は、薬品やアルコールのような物質や、他の病気の症状の生理学上の結果に帰することはできない[5]。

ＰＴＳＤの診断基準をしめした診断の手引きは、第3版（1980年）、第4版（1994年）、改訂第4版（2000年）、そして上記の第5版（2013年）と、版を重ねるごとに、診断の解説が長く詳しくなっている。その長さには、今回訳出しなかったけれども、子どもについてもきちんと目配りがされるようになったこと、さらに、世間ではＰＴＳＤが広範にかつ曖昧に適用されるようになったことをも反映している。

これからの本書での議論は、この第5版の診断の手引きの診断基準にそったＰＴＳＤの症状の解説を指針にして進めてゆくことにする。

ＰＴＳＤとシェイクスピア

この『精神疾患の分類と診断の手引』のＰＴＳＤの診断基準を参考にすると、興味ぶかいセリフが、ウイリアム・シェイクスピア（1564〜1616）の『ヘンリー4世・第一部』（1597年?）にある。

この芝居の第二幕第三場で、ホットスパー（＝ヘンリー・パーシー）の夫人ケートは、夫の最近の振舞いに不安を抱き、夫につぎのように語りかける。

ああ、あなた、あなたは、こんなふうに、なぜお独りでいらっしゃるの？
どんな罪で、私はこの二週間、私の夫のベッドから
遠ざけられているのですか？
いとしいあなた、どうかおっしゃって、何があなたから
食欲も、快楽も、幸せな眠りまでも奪ってしまったのです？
なぜうつむいてばかりで、ひとりで座っておいでのときには、
なぜそんなに何度もビックとされるのです？
なぜ両頬から生き生きとした血の気を失くしておしまいになり、
なぜ、私の大切なものと私の妻としての権利を
よどんだ物思いと呪われた憂鬱とにお与えになったの？
おそばで観察していると、あなたは浅い眠りのなかで、
激しい戦のことをつぶやいておられるのが聞こえます、
はやる軍馬を捌（さば）くために言いきかせている言葉や、
「ひるむな！　行け！」と叫んでおられるのが聞こえます。

……（中略）……
あなたの心の内ではお気持ちが激しく戦っていて、
それで、眠りながらもお心は千々に乱れていて、
額には、かき乱されたばかりの川面に浮く泡のように、
玉の汗が浮きでています、
そしてお顔には、突然重要な命令を受けたときに
家来が息を飲むときと同じような奇妙な表情が見られます。
ああ、これらはどんな不吉な前兆なんでしょうか？
なにか厄介なことが、あなたにはとりついているのです[6]。

さらにこれに続けて夫人は、夫のホットスパーは「すごいかんしゃく[7]」で、いら立っているとも語っている。

この場面は、夫人が、夫の最近の異変に、夫が「なにか厄介なこと」に思い悩んでいるに違いないと、直感的に感じとり、凶兆でなければよいのにと心配している場面。ケートの夫への愛と不安が感じとれる場面だ。

たしかに、この時のホットスパーは、国王ヘンリー４世への謀反を計画している。その容易ならぬ企みが、ホットスパーの心を支配していて、ホットスパーのふだんの姿を失わせている可能性はある。

だから、妻のケートの「不吉な前兆」という不安と心配は的を射ているようにみえる。

おそらく、シェイクスピアの時代の観客も、先に引用した夫人のセリフを聞いて、国王への反逆を決意したホットスパーの心の動揺を読みとっていたと思われる。

ホットスパーと戦争PTSD

しかしホットスパーは、敵対している王ヘンリー4世ですら「(ホットスパーは) 尊敬すべき運命の女神の寵児、女神の誇りだ」(第一幕第一場[8]) と、絶賛している若い武将だ。またヘンリー4世の王子も「(ライバルのホットスパーは) 名誉と名声の人、勇敢なるホットスパー、万人がほめたたえる騎士」(第三幕第二場[9]) と絶賛している。ホットスパーが騎士の鑑(かがみ)であるのを認めている。

そんな並ぶ者のいない勇士のホットスパーが、謀反を計画しただけで、夜には眠れなくなり、玉の寝汗をかき、戦場での激戦の悪夢にうなされている。それは、わたしには、ちょっとオーバーなリアクションすぎるように思える。もっと別の理由があっただろうと思われるのだ。

ところで、この芝居は、ホームドンの丘の激戦でのホットスパーの獅子奮迅の大活躍の報告から始まっている。ホームドンの丘の戦闘は、1402年9月、スコットランド王国とイングランド王国とが、国を挙げて戦った戦争だった。

ホットスパーのイングランド軍が最終的には勝利したとはいえ、その激戦では「一万のスコットランドの勇敢な兵と、22人の騎士がみずからが流した血に屍をつみ重ねていた」(第一幕第一場[10]) のだった。累累たる死体が横たわる凄惨な光景が生まれた激しい戦闘だった。

ホットスパーは、最近、大激戦を経験していたのだ。

さらに、ケート夫人が語るホットスパーの異変を、もう一度分かりやすくまとめると、つぎのようになる。

（１）最近、快活さを失い、いつも独りで陰鬱な表情している。

（２）楽しみごとを求めることもなく、食欲も無くしている。

（３）性欲も無くし、夜の床で妻を愛することもない。

（４）とつぜん驚愕する。

（５）とげとげしく不機嫌である。かんしゃくを爆発させることがある。

（６）不眠に苦しみ眠りも浅い。

（７）浅い眠りのなかで、激しい戦闘の悪夢にうなされて、寝汗をながし叫び声をあげている。

ホットスパーのこうした異変は、『精神疾患の分類と診断の手引』のＰＴＳＤの診断基準の項目と、以下の四つの点で一致しているだろう。

1．騎士の鑑であるホットスパーは、累累たる屍（しかばね）

ホットスパー

が生じた激戦を率先してリードしていた。だから死に直面し、死や負傷の脅威にさらされていた。この事実は、診断基準のAの1と2と3と4とに該当する。

2. ホットスパーの異変の（1）、（2）、（3）は、診断基準のEの2と5と6と7とに該当するだろう。

3. ホットスパーの異変の（4）、（5）は、診断基準のEの1と4とに該当するだろう。

4. ホットスパーの異変の（6）、（7）は、診断基準のBの1と2と3や、Eの6とに該当するだろう。

このように、ホットスパーの七つの異変のすべては、PTSDの症状として説明がつく。この時のホットスパーは、戦争によるPTSDに苦しんでいたとも推測できる。とすれば現在の読者は、ホットスパーの先に述べた異変は、自分がたくらんでいる謀反への不安や苦悩から生じたというよりも、すでに経験した激しい戦闘によって生まれていた戦争PTSDの症状だっただろうと推測できる。

謀反の決意のストレスが、すでに生じていた戦争PTSDを触発し顕在化させたと考えるのだ。謀反の決意は、ホットスパーの異変の真の原因ではなく、誘因だと考えるのだ。

というのは現在では、PTSDは、誰もがかかる可能性がある疾病だということが知られているからだ。騎士の鑑である勇者ホットスパーでも、その例外だと考える必要はない。

むしろ、その名声ゆえに、誰よりも先んじて激戦のただなかに飛びこみ、敵と誰よりも危険をかえりみず大胆に身近で切りむすばねばならなかったはずだ。そこから生じたストレスの負荷は、ふつうの騎士たちよりも大きかったに違いない。とうぜん、戦争ＰＴＳＤに罹患する可能性はたかくなる。

しかしもちろん、この芝居の時代背景である15世紀にも、作者シェイクスピアの時代にも、戦争ＰＴＳＤという概念はなかった。だから、その方向での言葉による描写はない。この芝居でも、ホットスパーのこの異変の原因が別のものにあるのを暗示している。夫人も、ホットスパーの異変を「どんな不吉な前兆」なのかと不安になっている。

夫人のその不安は、ごくふつうの反応だったと思われる。この芝居を観ていた当時の観客も、ホットスパーのこの異変を、先にも述べたように、謀反心を抱いていたホットスパーの心の葛藤と苦悩が現れたものとみなしていたと思われる。

ただしシェイクスピアには、その天才の直観によって、ホットスパーの異変とホームドンでの激しい戦闘が関連しているのが分かっていたのではないか。というのも、この芝居は、ホットスパーのホームドンの激戦での大奮闘の報告から始まっているのだから……。そんな楽しい空想すらできる余地が、この作品にはある。

シェイクスピアがホームドンの激戦とホットスパーの異変とを関連づけていたと思われる証拠はもちろんない。だが、ホットスパーの異変からは、戦争ＰＴＳＤという概念が、シェイクスピアの時代にはなかったとしても、戦争のストレスから生じたＰＴＳＤと思われるに相当する症状が、シェイクスピアの時代にもあったことは想像できる。

シェイクスピアも、戦闘を経験した兵士の後遺症を見聞きして、その症状を知っていたのではないかと、想像できるのだ。だからこそ、ホットスパーの異変の症状の描写において、その症状をまさに戦争ＰＴＳＤの症状と一致するかたちで、ここまで具体的にリアルに、真に迫って描くことができたのではないか。

言いかえれば、ケート夫人の先の言葉からは、少なくとも、いわゆる戦争ＰＴＳＤが生みだす苦しみは、シェイクスピアの時代にもあったとも想像できる。戦争があるところ、戦争ＰＴＳＤに相当する苦しみは、いつの世でもあったのだろう。そんな当り前のことが、このケートの言葉からも想像できる。

第一部　南北戦争

米国の歴史は、ネイティブ・アメリカンが約1万2千年前に北米大陸に移住したときから始まる。彼らは多様な文化と長い伝統をもっていた。だが16世紀末ごろからは、ヨーロッパから陸続としてやって来た人々にやがて圧倒されていった。それ以降の米国の表だった歴史は、植民してきたヨーロッパ人によっておもに作りあげられてゆく。

南北戦争

英国の植民地となっていた北米大陸の東部の地域は、1775年の独立革命によって合州国として独立国家となった。その後、米国は領土を拡大し、移民も受けいれつづけ、産業も発展した。大きな新興国となったのだ。

しかし1840年代から、南部と北部との国内の対立が先鋭化し始めた。1860年に共和党のエイブラハム・リンカーン（1908〜65）が大統領に選出されると、まずサウスカロライナ州が連邦から離脱し、南部と北部との対立は決定的となった。

リンカーンと息子

サムター要塞攻撃

1861年4月には、南軍がサムター要塞を攻撃して、南北戦争が始まった。南軍（南部連合）には最終的に南部の11州が加わり、米国を二分した内戦となった。1865年4月に南軍が降伏するまで、戦闘は約4年間続いた。

戦闘には、双方で約400万人の将兵が加わり、北軍で約36万人、南軍で約26万人の死者がでた[11]。なお、その死者のうち最大で、北軍25万人、南軍16万4千人が病死だったという推計もある[12]。太平洋戦争での南方の日本軍兵士の病死・餓死者を思いおこさせる数字だ。戦争の残酷さを表している。

この双方で約62万の戦死者数は、約40万人の戦病死者をだした第二次世界大戦をふくめても、米国がこれまでに経験した最大の死者数だ。このことだけからでも、この内戦が米国の社会や文化にあたえたインパクトの大きさが想像できる。

アンブローズ・ビアス

この南北戦争に、アンブローズ・ビアス（1842〜1914?）は兵士として従軍した。〔＊没年が不明なのは、1913年末にメキシコへ旅立ってその後に行方不明になったから[13]。〕南北戦争を兵士として戦った作家は少ない。西川正身は、ジョン・W・デフォレストとシドニー・ラニアとビアスの3人ぐらいだろうと言っている[14]。

南北戦争は1861年4月12日に始まった。当時18歳のビアスは、同年4月19日には義勇兵に志願して、インディアナ第9連隊に入隊した。そして1865年1月に除隊を申しでて除隊するまでの「3年9カ月と3日間[15]」も軍人だった。

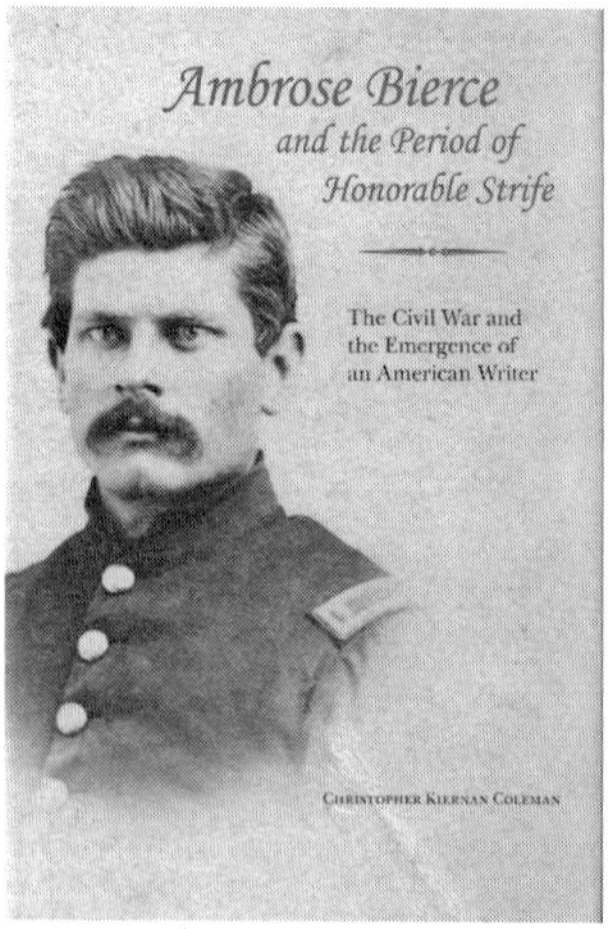

北軍が勝利したのが1865年4月だから、南北戦争のほぼすべての期間を軍隊にいたことになる。その間に、2等兵（Private＝兵卒）から中尉（First Lieutenant）にまで昇進している[16]。また、1865年1月の時点ですでに、北軍の勝利はあきらかだっ

ビアスの研究書

た[17]。それでいながら、勝利を軍人として味わう直前にみずから退役している。その退役の原因を、モリスは、ケネソー山の戦闘での銃撃によって生じた「頭の深刻な傷[18]」のせいとしている。軍医の診断書もあるようだ[19]。

しかしビアスは、退役してすぐに連邦政府の財務省の役人となり、1865年9月まで仕事をしている[20]。役人を辞したあとも、しばらく休息してから、1965年の秋から軍隊時代の上司のヘイゼン将軍のもとで、軍隊時代の地図製作の技能を生かす仕事をしている[21]。だとすれば、頭の外傷だけが退役の原因だとは考えにくい。軍隊を去ったのは、心にも何か原因があったのだろうと想像できる。その後にビアスは、新聞記者となり評判となる記事を書くようになる。そして1870年代半ばには、南北戦争にかんする短編も書くようになった[22]。

南北戦争を描いたビアスの短編小説のおもなものは、短編集『兵士と市民の物語』(*Tales of Soldiers and Civilians*)(1892年)のなかの「兵士の物語」の部分にふくまれている。「兵士の物語」は、15編の短編からなっていて、すべて戦場を背景にしている。

その15の短編には、シャイロの戦い(1862年)やチカモーガの戦い(1863年)やチャタヌーガの戦い(1963年)などの歴史的な激戦を体験したビアスならではの経験が反映されている。たとえば、短編「レサカで死ぬ」("Killed at Resaca")や「ジョージ・サーストン」("George Thurston")の一人称の語り手は、地図製作の将校と設定されている。これは、ビアス自身が地図製作の将校として、軍務に服していた[23]ことと一致している。

ビアスの三つの短編

短編「チカモーガ」

短編「チカモーガ」（"Chickamauga"）では、そのタイトルからも明らかなように、ビアス自身が経験したチカモーガの戦いが描かれている。

１８６３年9月19日夜明けに始まったチカモーガの戦いは、２日間にわたる戦いだった。この戦闘には、北軍からは、約5万8千人の兵士が加わり、１千６５７人が戦死し、９千７５６人が負傷し、４千７５７人が行方不明になった[24]。南軍からは、約6万6千人が加わり、２千３１２人が戦死し、1万4千６７４人が負傷し、1千４６８人が行方不明になった[24]。あのゲティスバーグの戦いに次いで死傷者が多かった激しい戦いだった。

この短編では、６歳の男の子の眼から見たチカモーガの戦いが描かれている。

その男の子は、森のなかで道に迷い、疲れて寝込んでしまった。目を覚ました男の子は、夜の森の暗闇のなかに「奇妙な動くもの」（74）〔＊カッコ内の数字は原作の頁数をしめす。以下同じ。〕を見た。初めは、何か分からなかったが、やがて人間であるのが分かった。

人間が四つん這いになって、「両足を引きずりながら、両腕の力だけ」（74）で同じ方向に進んでいた。彼らは「何十人、何百人と」（74）這ってきた。途中で力尽きる者もいた。「大ケガをして血を流している男たち」が「ぞっとする真剣さ」（75）で、つぎつぎと這ってくるのだった。ある男の顔は、下顎がふきとんでいて、上の歯と喉の間には、裂けた骨と肉片が見えるだけだった。こうした友軍にも見捨てられた敗残兵たちは、「ふかい完璧な沈黙」（75）のなかで退却していた。

だが、退却の経路を小川が横切っていた。その小川は、立って歩けなくて這っていた重傷の兵士たちには決定的な障害となった。ここまでたどり着いても、その川辺で息絶えるか、顔を川水から引きあげられなくて溺れ死にしていた。

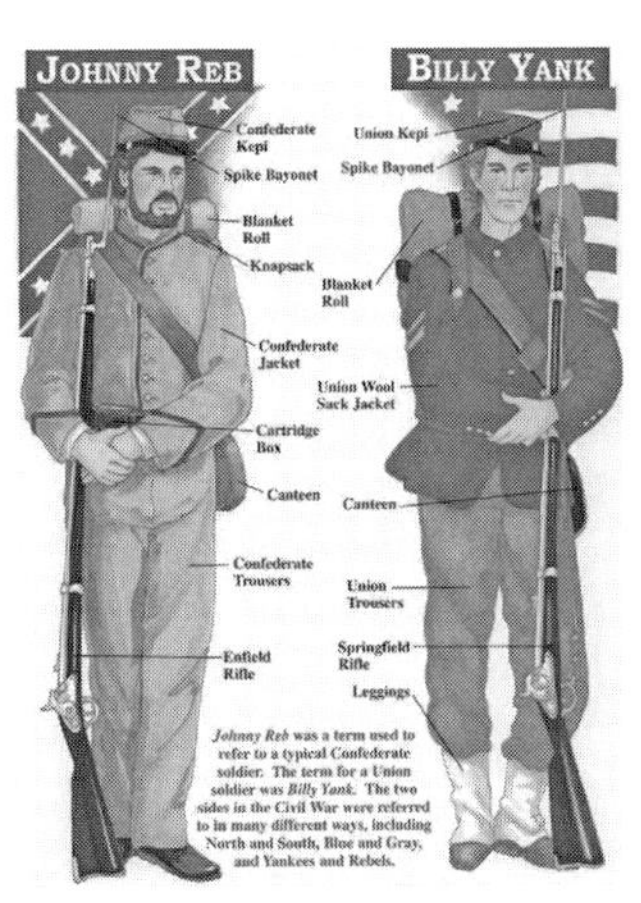

南軍と北軍の兵士

戦友にも見捨てられた敗残兵たちの地獄絵が展開されていたのだ。その地獄の有様が、限られた知識と理解力しかもたない（と作者が想定している）6歳の男の子の眼を通して、眼をそむけることなく、ある意味で客観的に描かれている。

その具体的な描写には、引用からも分かるように、その惨状を実際に見た者ではないと描けないと思わせるリアルさがある。

しかし、この短編はそこで終わっていない。その男の子が小川を渡りさらに進むと、夜の闇のなかで家屋が炎上していた。その家の傍には、両腕を突きだし、引きちぎられた草を握りしめ、髪をふり乱した、仰向けの血まみれの女の死体があった。

その大きく裂けた額からは「脳みそが飛びだし、紅い泡に縁どられた灰色のボコボコした塊（かたまり）となって、こめかみの上を流れていた」（78）と語られている。撃ちこまれた砲弾の犠牲になったのだ。ここでも、この残酷で具体的な描写は、実際に見た者でないと描けないリアルさと迫力がある。しかも、その死体の女は男の子の母親だったと、最後に語られて、この短編は終わっている。炎上していた家は、この男の子の家だったのだ。ビアスの短編には、たいていオチがあるが、これはブラックすぎるオチである。

この短編では、見捨てられた敗残兵の残酷な結末だけでなく、戦争にぐうぜん巻きこまれた民間人の無惨な死や、それが今後に生みだすであろう不幸も描かれている。事実の細部を具体的にかつリアルに描くことで、戦争の暴力性と、それがもたらす悲劇と不合理と不幸とを結果的に強調している。

短編「コールターの峡谷での出来事」

北軍兵士

短編「コールターの峡谷での出来事」（"The Affair of Coulter's Notch"）では、師団の将軍が配下の砲兵隊の大尉に、その時にはさして必要ではない、無謀で無慈悲な作戦の実行を命じる姿が描かれている。

将軍はその地位を利用して、大尉に無謀な作戦を命じることで、大尉を戦死させようと目論んでいたのだ。しかし大尉自身は部下のほとんどを失ったが、奇跡的に生き残った。

短編の最後では、大尉が多大の犠牲を払って砲撃した場所は、実は、大尉の農園と屋敷だったことと、大尉の砲撃で大尉自身の妻と赤ん坊が犠牲になったことが語られる。

将軍は、以前に大尉の妻から屈辱を受けたと感じていた。その私怨を晴らすために、大尉に命じた作戦は、大尉の命を危険にさらす無謀な作戦だった。そのうえ結果的に大尉の自宅を攻撃することになる作戦でもあった。

将軍の命令は、南軍に占拠されている大尉の農園の自宅近くに据えられている12門の大砲を、圧倒的に不利な地形の峡谷から、大砲1門で攻撃せよという無茶なものだった。大尉側の攻撃は、敵の反撃にまともにさらされた。「絶望的な戦闘」(108)だったのだ。

それだけでなく、不利な場所からの大尉の攻撃は大雑把なものにならざるをえなかった。自宅には大尉の妻と赤ん坊が暮らしていた。大尉の不安は的中し、大尉は結果的に自分の妻と子を自分の砲撃で殺害することになったのだ。

将軍は、戦場という場と軍の階級制度とを悪用して、自分の私的な恨みを十分すぎるほど晴らした。しかも将軍のこの卑劣な悪だくみは、部下たちにも知られていた。だが、それでも将軍の振舞いが公(おおやけ)に咎められることはなかった。一方で、大尉は将軍のこの理不尽で不合理な復讐に黙って耐えるしかなかったのだ。

この作品は、キャンベルが言うように、「ビアスの戦争小説のなかでもっとも受けいれがたい[25]」ものだと思われる。だが一方で、あまりにも不合理な物語の展開には、北軍において掲げられていた自由と正義のための戦争だという大義にたいする、作者ビアスのアイロニカルな眼が感じられる。またそこには、軍の階級制度のもつ不合理さにたいするきびしい批判的な眼がある。

硬直した軍の階級制度へのあからさまな批判は、別の短編「ある職務」("One Kind of Office")にもみられる。この小説としては成功していない作品では、攻撃する相手が味方の軍だと分かっていながらも、軍の階級制度のなかで、それでも攻撃を命じるにいたったランサム大尉の振舞いと、その命令に従わざるをえない部下の兵士たちの姿とがたんたんと描かれている。

短編「レサカで死ぬ」

三つ目の短編「レサカで死ぬ」では、ブレイル中尉のことが、「私」の眼から語られている。中尉は、30歳前後の金髪碧眼の180センチを超える均斉のとれた偉丈夫。「マナーは紳士的で、頭脳は学者級で、心はライオンのもの」(98)だった。しかも中尉は、戦場でも華やかな正装の軍服を着用し、できる限り騎乗していた。その彫像のような騎馬している姿は非常に目立った。敵に狙われる確率をみずから高めていたのだ。

それだけでなく、どのような戦場でも「将軍に命じられない限り、彼は一度も身を隠そうとしなかった」(98-99)のだ。敵陣近くの見通しのよい戦場でも、彼は平然と「岩のように」(99)直立していた。勇気があることを誇示していたのだ。そんなブレイル中尉は、戦友たちから「尊敬されていた」し「愛されて」(100)もいた。

しかし当然ながら、そんな命知らずの振舞いをしている中尉は、命を失うこととなった。上司の将軍から、伝令の役を命じられたとき、彼は背後の自陣の森にひそんでいる味方の兵士の間をぬって旅団司令部にゆかずに、前線にそって、つまり対峙している敵の眼の前の空地（＝ノーマンズランド）を駆けぬけてゆこうとした。例の彫像のような騎乗の姿で、馬を走らせたのだ。

華やかな一幅の絵だった。だが、とうぜん敵方の一斉射撃をあびることになった。まず、馬が倒れた。中尉は前に進めなくなった。だが、後退して逃げる気はなかった。ただ「死を待って立っていた」(102) 中尉は、銃弾に斃(たお)れた。

中尉のその勇者の鑑(かがみ)と思われる振舞いに、敵も味方もふかい感銘を受けた。戦闘が一時休止したときには、味方の兵士が中尉の遺体を運ぶのを、敵の兵士も手を貸した。それだけでなく、敵の陣地からは、笛とドラムによる葬送の曲が演奏された。中尉は敵もその栄誉をたたえたくなる勇者だったのだ。〔＊南北戦争では、その戦い方は近代的な戦術に完全には変わっていなかった。まだ過渡期でロマンチックな騎士的な戦い方が評価されるところもあった[26]。〕

その中尉の遺品の財布を、語り手の「私」は預かった。その財布には、メアリアンという女性からの手紙が入っていた。

その手紙には、恋文らしい文言のほかに、中尉がある戦闘で樹の背後でうずくまっていたのを見たと知人が言っていることと、出征している恋人の死を聞かされるのは耐えられても、恋人が臆病者だと聞かされるのは耐えられないという訴えとが書かれていた。

中尉の命知らずの勇者ぶりを誇示するような振舞いの主因が、中尉が肌身離さず身につけていたこの手紙にあったことを、「私」は納得できたのだった。

戦後、「私」はその手紙を差出人に戻し、その手紙が中尉に死をもたらしたことを伝えようと、メアリアンをサンフランシスコに訪ねた。メアリアンは裕福で美しいチャーミングな女性だった。

彼女は手渡された手紙を受けとると、眼を通して、礼を言ってから、「でも、これはほとんど価値がないものだったと思いますわ」(103)と言った。

そして手紙に血のシミがついているのを見つけると、「ああ！　血の跡を見るなんて耐えられないわ！」(103)と言って、その手紙を躊躇(ちゅうちょ)なく暖炉の火に投げいれた。

それから、彼女は「彼はどんな風に亡くなったのですか？」と訊ねた。それで「私」は、「彼は蛇に噛まれたのです。」(104)〔＊カギカッコの内の句点は引用文が全文であることを示す。以下同じ〕と答えた。そこでこの短編は終わっている。

この短編は、私たち読者に三つのことを伝えている。ひとつは、銃後の人間の感情的で感傷的な言葉が、戦場の兵士を死に追いやることがあること。つぎに、銃後の人間はその言葉にたいする責任をまったく感じていないことである。

もう少し詳しくいえば、戦争が血を流す殺し合いであることを無視して、戦争をロマンチックなものと空想して、無責任な言葉で戦闘や戦争をあおり立てる銃後の人間がいること。そんな銃後の人間にあおられて、死なずに済んだのに、戦場で無駄に命を落とす兵士がいることを描いている。そこには作家ビアスの、両者にたいする、辛辣で皮肉な眼がある。

三つ目は、戦場での勇気として称賛される行為が、無鉄砲で命知らずの行為と表裏一体な場合があることが語られている。ブレイル中尉の華々しい戦死は、避けられたし、長い目で作戦的に見れば、避けた方が良かった無駄な死ともみなせることが語られているのだ。

ビアスは、戦場で敵と味方の双方から勇気があると称賛される振舞いには、常識的に考えれば愚かしい不合理な場合があることを冷静に語っている。(同じことが、別の短編「ジョージ・サーストン」でも語られている。)ここには、ビアスの世間で称賛される勇気にたいする皮肉で冷静な眼が感じられる。

この短編から読みとれるこれら三つのことからは、ビアスが銃後の人間にたいしても、兵士にたいしても、ともに冷静で批判的な、アイロニカルともいえる眼を向けているのが分かる。

ビアスが描いた南北戦争

これまでおもに検討してきた短編は、15編のうちの3篇にすぎない。だが、その3篇からでも、ビアスの戦争にたいする見方を明らかになった。それは、つぎのような七つにまとめることができる。

(1)戦争は敗残兵を生みだし、その敗残兵たちは無残な最期を迎える場合がある。

(2)戦争は戦争にちょくせつ関係のない民間人をも、たんなる偶然から、むごたらしい死や生涯続く不幸に巻きこむことがある。

(3)戦争の大義とは相いれない戦争の実態がある。

（4）軍隊という厳格な階級制度が個人の自由な意思を押しつぶし、個人を理不尽で悲劇的な行動におとしいれる場合がある。
（5）戦場における勇気には、無条件に称賛できない場合がある。
（6）戦場の実態を知らない銃後の人間が、根拠のないロマンチックな好戦的な考えから、戦場の兵士をあおり、兵士を命の危険にさらすことがある。
（7）銃後の人間は、若者をあおり戦場に駆りたて、蛮勇とみなすべき「勇気」を無思慮に称賛して、戦死に導いたとしても、その責任も感じず罪悪感もないことがある。

これら七つはどれも、自由と正義のための戦争と世間ではみなされていた南北戦争にたいして、距離をとって批判的に眺めることから生まれた考えだ。

4年近くも戦争を戦ってきたビアスだからこそ、つまり戦争をロマンチックな概念としてではなく、戦争のリアルな実態を経験したからこそ、たどり着いた見方だといえる。

さらに、こうした短編を書きはじめたのが、戦場を経験をしてから10年以上たってからであるという時間的な距離も、ビアスの戦争にたいする冷静で批判的な見方を可能にしたとも思われる。

語られない心の内

先に検討した三つの短編からも推測できるように、ビアスの戦争をあつかった他の12編の短編でも、主人公の内面の苦悩を丁寧に描いた作品はない。事実や出来事や行動を感情をまじえずに距離をとって描いている。

たしかに、世評のたかい短編「アウル・クリーク橋の一事件」(“An Occurrence at Owl Creek Bridge”)では、北軍によって鉄橋で絞首刑にされた農園主の一瞬の意識の流れがくわしく描かれている。だが、いわゆる感情や思索の過程が描かれているわけではない。農園主が絞首刑になって、絶命するまでの一瞬の間に、脳裏に去来したシーン(光景)の流れが描かれているだけだ。

また、短編「マネシツグミ」(“The Mocking-Bird”)は、戦争によるトラウマを描いているとされることがある[27]。しかしこの短編でも、北軍の兵士グレイロックが夜の闇のなかで敵の兵士を射殺したことと、その後の行動だけが描かれている。

グレイロックは、敵兵を射殺した翌日、自分が射殺した死体を確認にでかけて、射殺したのが、南軍の兵士となっていた双子の兄弟だったのを発見する。そしてその日の夜の点呼の際には、姿を現さず、それ以降も姿を現すことがなかった。これらの行動だけを描いて、この作品は終わっている。

グレイロックが姿を消したのは、心に受けた傷が原因だったのは推測できる。だが、彼がどれほどのショックを受けたか。なぜ点呼に姿をみせなかったのか、については説明されていない。彼の内面はまったく描かれていないのだ。だからこの作品でも、戦争PTSDが示唆されているとはいえ、戦争PTSDを描いているとはいえない。

あるいはまた、先の「チカモーガ」も戦争PTSDを描いているとされることがある。「チカモーガ」の主人公の6歳の男の子は、物語の最後で、自宅の焼失と母親の無残な死を目撃して、動物じみた「言葉にならない不明瞭な叫び声」（78）をあげるだけだった。自分の不幸な悲劇を言葉で説明できていない。だからケーラーは、その男の子の反応はＰＴＳＤの症状だと解釈している[28]。たしかに、その男の子が経験したことは、心に大きな傷を残し、ＰＴＳＤを生むだろう。それは間違いないと思われる。しかし、作品の末尾のその動物じみた叫び声だけに注目して、この短編がＰＴＳＤを描いているとするのは、強引すぎる理解のように思われる。

むしろ、この場面で、６歳の男の子が言葉を失って、動物じみた叫び声をあげるのは常套表現（クリシエ）とまでは言えないとしても、そこに何か特別な意味を読みとるのは強引なように思える。

以上から推測できるように、戦争を描いた15編の短編においては、主人公の内面の動きはくわしく語られていない。だからビアスの戦場を描いた短編では、いわゆる戦争によるＰＴＳＤはちょくせつ描かれていないといえる。

ビアスと戦争ＰＴＳＤ

ビアスは、作品で戦争ＰＴＳＤをちょくせつ描いているとはいえない。しかし、４年近い従軍経験があるビアス自身は、戦争ＰＴＳＤに苦しんでいた可能性がある。

ビアスは、南北戦争中に「２度[29]」負傷している。そのうちの１８６４年６月23日のケネソー山での負傷が重要だ。左のこめかみを銃撃されて、銃弾は側頭骨を粉砕して、左の耳の下に留まった[30]。命をとり留めたのが幸運と思えるほどの重傷だった[31]。その治療には、約３カ月間、９月までかかった[32]。

ビアス自身も、南北戦争にかんするエッセイ「ディクシーでの四日間」（"Four Days in Dixie"）のなかで、ケネソー山の戦闘で頭の左側を撃たれて以来、多年にわたって「失神の発作」（42）にたびたび襲われたと告白している。

この失神の発作は、ＰＴＳＤの症状というよりも、むしろ脳の損傷による病状というべきものだろう。だが、戦争の後遺症に長年苦しんでいた具体的な証拠ではある。

ところで、先のケーラーは、他の批評家たちの研究も援用しながら、つぎのような六つの点から、ビアスが戦争ＰＴＳＤに苦しんでいたとも主張している[33]。

（1）ビアスはつねに誰かに狙われていると信じていて、拳銃を持ちあるくなど、過剰な警戒心をもっていた。

（2）戦後には別人になったように人づきあいが悪くなり、他人にたいして怒りっぽくなっていた。

（3）自殺についてのエッセイを何度も書いているように、死に終生とり憑かれていた。

（4）不眠に苦しんでいた。

（5）父親としての役割を果たしていなかった。

（6）アルコール依存症ではなかったようだが、大酒飲みだった。

ケーラーの主張を確認するために、念のために、ケーラーの挙げたビアスの戦後の性格上の六つの特徴を、序章でしめした『精神疾患の分類と診断の手引き』のＰＴＳＤの診断基準を参照して、検討してみると、つぎのようになる。

1. ビアスは、「チカモーガ」で描いたような悲惨な激戦を何度も経験している。それだけでなく、頭を銃撃されて重傷を負っている。これは、診断基準のAの1と2と3と4とに該当する。
2. ケーラーの挙げた(1)は、診断基準のEの4に該当する。
3. ケーラーの挙げた(2)は、診断基準のDの3や、Eの1に該当するだろう。
4. ケーラーの挙げた(3)は、診断基準のDの2と4や、Eの2に該当するだろう。
5. ケーラーの挙げた(4)は、診断基準のEの6に該当する。
6. ケーラーの挙げた(5)は、診断基準のDの5と6と7とに該当するだろう。
7. ケーラーの挙げた(6)は、薬物中毒とともにPTSDに苦しむ人間に典型的にみられる行動だ。診断基準のBが指摘する侵入兆候がもたらす苦痛を回避するための行動で、Cの1と2の指摘する回避行動のひとつと考えられる。

以上の七つの点から、ケーラーが主張するように、作家のビアスは戦争によるPTSDに苦しんでいたと考えても良いと思われる。実際、ヘンディンとハースも、ビアスは今日なら、戦争PTSDだと診断されていただろうと主張している[34]。

そして、ビアスが戦争PTSDに苦しんでいたとすると、つぎに挙げるようなビアスの謎めいた振舞いが理解できるものになる。

ビアスの謎めいた振舞いには、たとえば、つぎのような四つがある。

（1）ビアスが南北戦争中に、北軍の勝利が確定しているのに、休戦の直前に、みずからの意思で北軍を除隊したこと。先にも述べたように、除隊してすぐに別の公務についているから、原因は頭の傷だけでなく、軍隊にたいする心の問題からも除隊したと思われる。

（2）ビアスは、志願する前には「社交的な青年（sociable adolescent）[35]」であったのに、退役後は「ビター（bitter＝手厳しい、敵意をもった、辛辣な）・ビアス[36]」と呼ばれていたこと。

（3）数十年にわたって冷笑的で痛烈な皮肉や辛辣な風刺にみちた『悪魔の辞典』の原稿を書きつづけたこと。

（4）ビアスが70歳をすぎた最晩年に、反政府のパンチョ・ビリアの革命軍に加わろうとして、内戦状態のメキシコにたった一人で向かったこと[37]。つまり、ある種の自殺行ともみえる行動をしたこと[38]。（自殺願望は典型的な戦争ＰＴＳＤの症状。）

こうした四つの謎めいた振舞いも、ビアスが苦しんでいたＰＴＳＤが影響した結果だろうとも考えられる。逆にいえば、これらの謎めいた振舞いも、ビアスが戦争ＰＴＳＤに苦しんでいた間接的な証拠ともなる。

まとめると、南北戦争を4年近く戦ったビアスは、戦争が生みだす残酷さや不幸や不合理や悪を皮肉な眼でリアルに描いたが、戦争ＰＴＳＤを素材として使うことはなかった。ビアスの南北戦争を描いた短編作品は、戦争ＰＴＳＤをちょくせつ描いてはいないのだ。しかし作家のビアス自身は退役後も戦争ＰＴＳＤに苦しんでいただろうと思われる。

〔＊ビアスの戦争を描いた短編の日本語訳は、西川正身訳でビアス作『いのちの半ばに』（岩波文庫）で、短編「アウル・クリーク橋の一事件」と、他の三つのここでは言及していない短編とを読める。なお、原典からの引用の日本語訳はすべて拙訳で、カッコ内にその個所の原典の頁数をしめしている。以下同じ。〕

スティーブン・クレイン

長編『赤い武功章』

南北戦争を描いた文学作品のなかでもっとも有名なものは、スティーブン・クレイン（1871〜1900）の代表作『赤い武功章』（*The Red Badge of Courage*）（1895年）だ。

この作品の舞台は、南北戦争のチャンセラーズビルでの戦い（1863年5月1日〜7日）。そのうちの5月1日から2日までの2日間の戦闘が描かれている[39]。

『赤い武功章』の表紙

クレイン自身は、この作品を「22歳の早い時期[40]」までに、つまり1894年の春までに脱稿したと自身の手紙で書いている。

南北戦争は1865年に終結している。1871年生まれのクレインは、その戦争をとうぜん経験していない。

チャンセラーズビルの戦闘が終わってから約30年後に、実戦を経験していない若者が、その戦闘を小説化しているのだ。たしかに、クレインはギリシア・トルコ戦争（1898年）を現地におもむいて取材している。しかしそれは『赤い武功章』を出版して以降のことだ。

自分がちょくせつ体験したものからではなく、南北戦争にかんする文書や絵や写真やその戦争に参加した元兵士から聞きとった情報から、この戦いを描いている。そこが先のビアスと違っている。また、戦場体験がない作家によって書かれた点も、この作品の特徴である。

主人公フレミングの入隊

南北戦争の開戦時には、米国の軍隊は総員で約1万5千人にすぎなかった[41]。だから、その正規の軍人の多くが加わった北軍でも、兵員の不足はあきらかだった。両軍とも、兵士を勧誘することがどうしても必要だったのだ。兵士をリクルートするためにも、新聞をはじめとして世の中はこぞって戦争熱や愛国心（愛郷心）をあおり立てた。

『赤い武功章』の主人公ヘンリー・フレミングは、ニューヨーク州の田舎の農家の一人息子だった。若いフレミングも世の中の「ねじ曲げられたニュース」（5）などがもたらす好戦的な雰囲気にあおられて、北軍のために戦いたいという思いがつのってくる。

一方、フレミングの母親は、夫が亡くなっていたこともあり、息子が軍隊に志願することに反対した。母親は、フレミングが戦場でよりも農場での方がはるかに役立つ人間であることを「何百もの理由」（5）をあげて説得した。フレミング自身も、母親があげた理由をもっともだと思っていた。だが、戦争に加わりたいという気持ちは抑えることができなくなった。

フレミングは、彼自身のロマンチックな空想に負けて、母親の願いを無視して、入隊の手続きをひとりで強行してしまう。田舎の学校を「何人かの仲間」（7）とともに中途退学して、北軍に入隊した。当時は18歳からが兵役適年齢と考えられていたから[42]、それは18歳ころであったと推測できる。

入隊してから、2等兵（Private）のフレミングはワシントンで訓練をうけたあと、戦地に派遣された。しかしすぐに実戦に遭遇することはなかった。行軍と野営地での訓練と閲兵が繰りかえされた。そんな「単調な生活」（7）が数カ月も続いた。その間に、志願したとき抱いていたロマンチックな空想は霧散していった。

彼は自分自身を「大きなブルー（＝北軍）の見世物の一部」（8）だとみなすようになっていた。もはやギリシアの英雄のように戦う自分の姿ではなく、戦場から逃げだす自分の姿を想像して不安にもなっていた。ついには、家に帰って農場の仕事をしたいと願い、「（自分は）兵隊向きには作られていない」（15）と、自分にいい聞かせるまでになっていたのだ。

一方で、兵士たちは、じゅうぶんな情報がないまま、交戦地を求めての行軍をさらに続けた。行軍のなかで、兵士たちは、必要なもの以外を棄てて、軽装の実戦むきの兵士に変身していった。

フレミングの負傷

そんななかで、「ある薄暗い夜明け」(18)に、とつぜん戦闘が始まった。

フレミングの属するニューヨーク304連隊は、南軍の攻撃を耐えて、犠牲はだしたが、南軍の進撃をくい止めることができた。

フレミングは、敵と初めて遭遇したときには、自分は「自由意思で入隊したのではない」とか「無慈悲な政府によって引きずり込まれたのだ」(19)などと考えていた。戦場から逃げだしたい気分になっていたのだ。だが、戦いが休止したときには、敵を撃退した勝利の喜びを戦友と共有できたのだった。

チャンセラーズビルの戦い

ところが間もなく、南軍はふたたび攻撃してきた。南軍の猛攻撃のなかで、フレミングの隣りで戦っていた兵士が、とつぜん悲鳴をあげて逃走した。それを見て、フレミングもまた「銃を棄てて」(33)、恐怖にかられて「ウサギのように」(33)後方へ跳ぶようにひとりで逃げたのだ。

しかし、北軍の兵士全員が逃走したわけではなかった。今回は全体としてみれば、負け戦だったが、多くの兵士は連隊の一員としてまとまって行動していた。

結果的に、フレミングは前線から恐怖にかられて、ひとりで逃亡した卑怯な兵士となった。仲間の兵士を裏切った裏切り者となったのだ。

その意識がフレミングを苦しめる。そのうえ、戦闘を怖がり戦いから逃げだした者として、戦友たちから嘲笑され軽蔑されることを予測して、それをも恐れた。

だからフレミングは、自分が属する３０４連隊を積極的に捜しだして合流する気にもなれなかった。戦線の後方に退却している負傷兵の群れに合流して、負傷者のふりをして歩いていた。しかしその負傷兵の群れの近くにも、敵が攻撃を仕掛けてきた。攻撃から逃れて敗走する兵士たちも、負傷兵の群れに加わった。

その混乱した退却の人の波のなかで、フレミングはある敗走兵をつかまえて、現在の戦況を聞こうとした。

ところが、懸命に敗走していたその兵は、突然つかまれた腕を振りほどこうとして、もっていた前装式ライフル（ミニエー銃？・エンフィールド銃？）を激しく振りまわした。その銃が、フレミングの頭を強打した。フレミングはその場に倒れこんだ。失神寸前の打撃を受けたのだ。頭は大出血していた。

それでもフレミングは、軍馬や兵士に踏みつぶされないために、必死に立ちあがった。痛みに耐えながら、ふらふらと歩を前に進めていた。

そんな時、親切で気の良い兵士が声をかけてくれた。その「快活な声の男」（59）は、敵前逃亡兵でもある負傷したフレミングを、歩哨や憲兵の追及の眼からたくみに守ってくれた。それだけでなく、森のなかの入りくんだ迷路のような道をうまく通りぬけて、フレミングを原隊の３０４連隊にまでおくり届けてくれた。

原隊に戻ったフレミングは、親しい戦友ウィルソンの献身的な心づかいもあり、原隊の兵士たちに、戦闘で名誉の負傷をした勇敢な兵士としてふたたび受けいれられた。逃走中に、偶然の事故で頭に負った傷が、戦闘で生じた傷と誤解されたのだ。勇敢さをしめす名誉の負傷、タイトルとなっている「赤い武功章」と誤解されたのだ。

前線から恐怖のあまり逃走したフレミングは、ほんらい受けるべき戦友からの軽蔑と嘲笑を投げかけられることもなかった。まったく逆に、名誉の負傷をした勇敢な兵士として受けいれられたのだ。皮肉な展開である。

この皮肉な展開には、人間は、本人の意志とは無関係に、環境に支配された存在だという作者の見解が現れている。ここでは、敗走兵の振りまわした前装式ライフルがたまたま頭を強打するという偶然の事態が、フレミングの運命を支配しているのだ。ここには、個人の選択や決断などの自由意志は無効で無意味だとする、自然主義の作家としてのクレインの一面がよく現れている。

フレミングの変身

原隊に無事に受けいれられたフレミングは、ウィルソンが貸してくれた毛布にくるまって翌朝までぐっすり眠った。そして戦友のウィルソンが、戦闘を経験する前のウィルソンとは別人の「頼りがいのある」（65）人間に変わっているのを知る。そのウィルソンの変化を見て、フレミングは自分も変化していても良いはずだと考えた。戦友を見捨てて逃げだしたという後悔の念と苦悩とを忘れさろうとしたのだ。

戦闘を経験した自分も、自尊心をとり戻し、「男らしい態度」（68）を取るべきだと考えた。前線から逃亡したことを連隊の誰も知らないのだから、「今も男なんだ」（68）と信じようとした。それだけでなく、あたかも勇敢な兵士であったかのごとく、指揮官たちを無能だと口をきわめて非難したりもした。

しかしフレミングは、自分が恐怖にかられて前線からひとりで逃げだした恥ずべき事実を忘れさることはできなかった。

それで、というか、だからこそフレミングは、原隊に復帰した翌朝の敵の攻撃に際しては、勇猛果敢に応戦した。フレミングは突出した戦いぶりをしめしたのだ。彼を「戦争の鬼」（76）とみなす戦友もいた。それでフレミング自身も、自分が「英雄と呼んでいた者」（77）になった、という気になるほどだった。

敵を撃退した後にも、フレミングの連隊はさらに敵への追撃を命じられた。フレミングは先陣を切って、今度も無我夢中で「気が狂った」（81）ように敵に突撃した。その突撃中に、眼の前で、軍旗をもっていた味方の旗手の軍曹が撃たれて斃（たお）れた。

フレミングは、軍旗をひき継ぎ、みずから進んで旗手となった。目立つ旗手は、敵の標的になりやすい。旗手の役割を引きつぐことで、「みずから進んでわが身をさらに危険にさらす意思」（85）を、具体的な行動で戦友たちにしめしたのだ。

戦況は一進一退をくり返した。膠着状態になったとき、連隊長と部隊長がフレミングの旗手としての勇敢な働きを「たいした奴（jimhickey）」（93）だと、たかく評価しているのを、仲間の兵士から知らされた。誇らしい気持ちになり、戦闘の辛さ苦しみもすっかり忘れた。「冷静な自信」（93）さえもとり戻したのだ。

ふたたび戦闘が始まったときには、フレミングは、軍旗を振りたてて味方を鼓舞しながら突撃した。今回の攻撃では、戦友のウィルソンは斃（たお）れた敵の旗手から軍旗を奪いとった。

この会戦では敵の攻撃を撃退できた。ウィルソンとフレミングも、この束（つか）の間の勝利を祝福した。それから、彼らの属する連隊は出発地点に戻り、もとの旅団に合流した。2日間にわたる戦いが終わったのだ。

戦いから解放されて、フレミングには考える時間が生まれた。2日目の戦闘での獅子奮迅の活躍と戦友たちの賞賛とを思いだして、自分は「よくやった（good）」と考え、「ぞくぞくする喜び」（102）が身体を貫いた。

まとわりつく亡霊

しかし一方で、初日の戦闘で逃走したという記憶が「亡霊」(102)となって現れ、フレミングにつきまとった。恥と罪の感覚が襲ってきた。心は、「低い叫び声」(102)をあげるのだった。「非難をする霊」(102)が、彼につきまとって離れないのだ。

それは、フレミングには、敵前逃亡が死に値する罪であって、戦友を裏切る行為であるのが分かっていたからだった。「正義感と良心が彼をひどく苦しめた[43]」のである。その苦しみが「亡霊」となって現れているのだ。

フレミングは「非難する霊」を幻視して、「惨めな冷汗」(102)を流す。さらに「焦燥と苦悩のするどい叫び声」(102)も思わずあげる。その叫び声は、行軍していた戦友が不審がって、ふり返って「どうした? ヘンリー。」(103)と、訊くほどの声だった。

さらにフレミングは、自分が心のなかに抱いている苦悩や恐怖の証拠を、まわりの戦友たちが「彼の顔から読みとっているに違いない」(103)と恐れていた。その不安に襲われたときには、戦友たちの存在を気にしていた。

しかし、そのとき以外は、彼らの存在さえも見えていなかった。戦友たちの談笑にも加わらず、眼さえも向けなかった。敵前逃亡した事実に、ひとり孤立して苦しんでいたのだった。

実際、敵前逃亡したという事実は、その直後から、フレミングの心に大きな傷を与えていた。たとえば、無我夢中で逃走したあとで冷静になると、頭のなかには「苦悩と絶望が渦巻いていた」(37)

のだ。また「自分を葬ろうと決意したかのように」(37)、彼は戦場から離れて森のなかに逃げこんだとも語られている。

さらに、負傷兵たちと一緒に歩いているときにも、「罪という文字」が自分の額に焼きつけられていて、その文字を兵士たちが「じっと見ているのでは」(43)と、不安になっている。そのうえ「死んだ方が良かった」(49、53)と考え、戦場に散乱している兵士たちの死体を「羨ましいと思った」(49、53)ことが、同じ文言で二度も繰りかえし語られている。

敵前逃亡したという事実は、フレミングの心をふかく傷つけていたのである。

戦争PTSDとフレミング

こうしたフレミングの苦悩や罪や恥の意識、それらが生みだしている「亡霊」を考えれば、現代の読者から見れば、フレミングは、戦争によるPTSDの症状に苦しんでいたと解することができる。たとえば、つぎのような六つの点で、フレミングの振舞いは、序章で挙げた『精神疾患の分類と診断の手引き』のPTSDの診断基準の項目に当てはまるだろう。

1．戦場で死に直面しているし、死体や負傷兵を見ている。これはPTSDの診断基準のAの1と2と3と4とに該当する。

2．過去の逃亡を非難する「亡霊」がつきまとっている。これは診断基準のBの1と2と3とに該当する。

3．戦死していた方が良かったと考え、戦死者を羨ましく思っている。これは診断基準のDの2と3と4と7とに該当する。

4．気が狂ったように戦っている。これは診断基準のEの2に該当する。

5．戦闘を思いだして、惨めな冷汗をながしながら、焦燥と苦悩の叫び声を思わずあげている。これは診断基準のBの1と2と3とに該当する。

6．自分の額に罪という文字が焼きつけられているのではと不安になっている。また、隠している恐怖心や苦悩を、戦友たちが自分の顔から読みとっているのではと恐れている。これらは診断基準のEの3に該当するだろう。

このように、現在のPTSDの診断基準からみれば、フレミングはPTSDの症状をしめしていると考えられる。ただし、この作品では、その症状が1カ月以上続いたとは書かれていない。だからフレミングは、PTSDに苦しむ患者だったと断言することはできない。

しかし後でも述べるように、このPTSDの症状が発症していたのは、この日だけのことだったとも断言できない。なにしろこの作品は、交戦2日目のこの日の記述で終わっているのだから。少なくとも、当日のフレミングがPTSDの患者と類似の症状をしめしているのは事実だ。

このことから、この作品が書かれた19世紀末にも、戦争によって現代のPTSDの症状と似たものが生じることはすでに知られていたのが分かる。

語られる男らしさ

この作品で描かれている戦闘は、先にも述べたように、2日間にすぎない。しかしこの作品は、フレミングが自分を非難する亡霊につきまとわれて、苦しんでいたという描写では終わってはいない。

2日目の後半では、フレミングは「しかし、しだいにその罪の意識を遠くに押しやる力をふるい起こした」(103)のだ。やがて「大きな自信が」(103)が生まれてきた。「静かな男らしさ」(103)を自分の内に感じることができるようになったのだ。

その結果、「(心の)傷は花のようにしぼんでいった。」(104)のである。彼は「その身を焼く悪夢」(104)を脱して、「静かな男らしさ」を身につけた「大人の男(a man)」(103)になった。そう語られて、この作品は終わっている。

語り手の表面的な語りにしたがうなら、世間に流布している多くの戦争物語がそうであるように[44]、この作品も、未経験でウブなフレミングが、戦争という試練を乗りこえて、大人の男になった物語と解することができる。

この作品は、プロパガンダに近い新聞などの情報に影響されて、ギリシアの勇士に憧れていたロマンチックな田舎の若者が、戦争という過酷なイニシエーションの儀式をくぐり抜けて、男らしさを獲得して、大人の男になる話ととらえることができるのだ。そういう要素をもつ作品であるのは確かだ。

ところで、この作品が書かれた1890年代は、男らしさがとりわけ称揚されていた時代だった。南北戦争後の再建の時期をへて、急速に大国になった当時の米国も、世界の帝国主義的な風潮のなかで、海外市場を獲得して経済圏の拡張をめざすようになっていた。その動きにそって、海軍力も増強され、米国全体が膨張的で好戦的な雰囲気に包まれていた。とりわけ１９８０年代から９０年代は、攻撃的な男性性がたかく評価されていた[45]。

実際、この作品が出版された3年後には、米国はスペインとの間に米西戦争（１８９８年）を始めた。結果としてキューバやフィリピンを領有した。また、第26代大統領セオドア・ローズヴェルト（１８５８〜１９１９）は、１８９９年の演説で「男らしい性質」が今や求められていると語っている[46]。そのころは、戦場こそが「個人の男らしさの試金石[47]」であると考えられていたのだ。

そういう時代背景のもとで、この作品はフレミングが「静かな男らしさ」を感じている「大人の男」となったという語りで終わっている。初めて経験した前線から、交戦初日に恐怖にかられて逃走した初年兵の若者が、幸運な偶然や誤解や戦友の助けによって、前線にふたたび無事に戻ることで、「大人の男」に成長したのだ。この展開は、当時の読者につよくアピールしたと思われる。

当時20歳代前半の新進の若い作家のクレインも、多くの読者を獲得したいと願っていたのは確かだろう。だから、フレミングが試練を克服して成長する姿を、語り手に語らせることで、当時の読者にアピールすることを狙っていたと思われる。当時の多くの読者も、フレミングが戦争を経験することによって、「大人の男」に成熟する姿を、この作品から読みとっていたと思われる。

その方向で考えると、語り手が語るフレミングの成長の物語では、この作品で描かれている戦争ＰＴＳＤの症状は、フレミングが「大人の男」になるための試練のひとつとして語られていることになる。戦争PTSDの症状は乗りこえられた試練にすぎないのだ。

語り手の語る語りを表面的に解するかぎり、フレミングがしめした戦争PTSDの症状は、せいぜいのところ、大人の男になる過程で克服された、戦争がもたらす試練をしめすひとつの具体例にすぎなくなる。それは、負傷して敗走のなかで孤独で無残な死に方をする「子供のときから知っている」(11)ジム・コンクリンの姿と同じく、大人の男になるためには耐えねばならなかった試練、つまり戦争が生む残酷さをしめす具体例のひとつにすぎなくなっている。

語り手と作家クレインとの関係

ただし、作家のクレインは、ウエストブルックもくわしい根拠をしめさずに指摘しているが[48]、この語り手と同じ立場に立っていたとみなす必要はない。

わたしがそう考える根拠はつぎの五つである。

(1) フレミングは、友軍の兵士の振りまわした前装式ライフルが、たまたま頭を強打することで大ケガをしているからだ。敵ではなく、友軍によって偶然に傷つけられているのだ。この設定には、作者クレインの皮肉な眼が見いだせる。

(2) そのケガが名誉の負傷と誤解されているからだ。クレインも、その傷を「赤い武功章」と皮肉な呼び方をして、作品のタイトルにまでしている。しかも結果として、その「赤い武功章」によって、フレミングは原隊にスムーズに復帰できるのだ。この展開もアイロニカルだ。もちろん、このアイロニカルな展開をさせているのは、語り手ではなく、作家クレインである。

（3）名誉の負傷をした兵士として復帰できたから、その誤解に合わせるためにも、フレミングは、つぎの戦闘で「気が狂った」ように、獅子奮迅の活躍したのだし、できたからだ。フレミングの勇猛果敢な戦いぶりに向けている作家の眼は、語り手のように単純率直ではなく、アイロニカルなものだ。

（4）敵前逃亡したという事実は、彼を非難し苦しめる「亡霊」を心のなかに生みだしたと語られているからだ。

たしかに語り手は、フレミングがその「亡霊」を意志の力で遠くに追いやったと語っている。しかし心のなかに生じたその種の「亡霊」は、意志の力で一時的には遠くに押しやることができたとしても、今後も永久に忘れさることができる保証はない。むしろ、その「亡霊」は、意志の力が弱まったときには、繰りかえし彼を襲うだろう。だからこそ「亡霊」なのだ。それが人間の心理というものだ。

言いかえれば、語り手が語る「亡霊」を克服したフレミングの姿は、あまりにも楽観的すぎるのだ。だから逆に、語り手に向けられたアイロニカルな作家の視線が感じられる。

（5）当日の他の兵士は、「茶色のどろどろのぬかるみの溝」のようなところを、疲れきって「意気消沈して」（104）文句を言いながら歩いていた。だが、フレミングだけが、「しかし若者は微笑んでいた、なぜなら世界は自分のためにあると考えていたからだ」（104）と語られてい

行軍の様子

るからだ。ここで描かれているフレミングの姿も、他の兵士たちと比べても、あまりにも楽観的なのだ。

このチャンセラーズビルの戦いは、全体としてみれば、消耗戦で、勝ち戦とは言えないものだった。ハンガーフォードによれば、北軍は信じられないような失敗を繰りかえして、勝てる戦いを勝てなかったのだ[49]。

だから他の兵士の行軍の様子が、ごく当たり前の反応だったと思われる。「微笑んで」いるフレミングの姿が例外的なのだ。しかも、その原因が「世界は自分のためにある」という確信である。その確信は、人間ならば、そう長く続く確信だとは思えない。ここにも、作家のアイロニカルな視線が感じられる。

以上の五つの理由から、作家クレインは、語り手の語る内容にたいして、距離をとってアイロニカルな眼を向けているといえる。

フレミングを見る作家クレインの眼

語り手は、たしかにフレミングが「大人の男」に成長したと語っている。しかし一方で、その同じ語り手が、この作品の最後の段落でも、作品の冒頭と変わらず、フレミングを名前ではなく、「若者（the youth）」（104）と呼びつづけている。たしかに語り手は、自分が「若者」と呼びつづけていることを意識していないかもしれない。しかし作者は、その事を意識していると考えるのが妥当だろう。

フレミングが「若者」と、冒頭から最後まで変わらず呼びつづけられていることは、クロックスオールも指摘しているが[50]、作者クレインは、フレミングの「大人の男」への変身を信じていなかったことを示唆しているとも考えられる。

語り手の背後にいる作家クレインは、フレミングが「大人の男」になったという語り手の語りに同意してはいないと考えられるのだ。むしろ、意気消沈した兵士たちのただなかで、「微笑んで」いたフレミングのその微笑みを、一時的なものだとみなして、距離をとってアイロニカルな視線を向けていたように思われる。

というのは、まず語り手は、微笑んでいるフレミングについて、「彼は戦争という赤い病を自分から追いはらってしまっていた。」（104）とか、「焼けるような悪夢は過去のものになっていた。」（104）と断定的に語っているからだ。

この時のフレミングは、つぎの戦闘に向かって行軍している途中なのだ。あまりにも楽天的で断定的な心境の観察だ。しかも少し前の「亡霊」にとり憑かれていた心境に比べて、唐突な真逆の心境の変化なのである。

そのうえ語り手によって、その時のフレミングは「やわらかで永遠の平和」を「恋焦がれる恋人」

のように「渇望」(104)していたとも語られているからだ。あまりにも場違いな比喩だし、渇望でもある。

この時のフレミングは、繰りかえしになるが、今はまだ「意気消沈している」戦友たちとぬかるみのなかを、つぎの交戦に向けて行軍している最中なのだ。もちろん、退役して帰郷が決まっているわけでもない。「赤い病」をもたらす戦闘はこれからも続くのだ。フレミング自身はもちろん知るよしもないが、歴史的にみれば、このチャンセラーズビルの戦いでさえもあと5日間も続く。南北戦争自体はあと2年ほども続くのだ。

そのことを考えれば、南北戦争終結から約30年後に出版されたこの作品の読者には、つまり南北戦争の経緯をすでに知っている読者には、語り手が語るフレミングの心境とその態度はあまりにも楽観的すぎると思えたはずだ。読者は、語り手が語るこの時のフレミングにたいして、とつぜん興奮してまわりが見えなくなって、有頂天になっている気配を読みとらざるをえなかったと思われる。

フレミングにたいするこの根拠のない、あまりにも楽観的な語り手の観察には、ホースフォードも指摘するように[51]、語り手の背後にいる作者の皮肉な眼が感じとれる。それがこの作品の冷静な読者のふつうの反応だろう。繰りかえしになるが、語り手の視点と作家の視点とは別なのだ。

作品の終わり方と戦争PTSD

この作品は、「川の上に群がっている陰鬱な雨雲のあいだから、金色の陽の光が射してきた。」(104)

クレインの伝記

というよく知られた一文で終わっている。

この情景では、語り手の語るフレミングは、「金色の陽の光が射してきた」ことだけを眺めていて、そこに明るい穏やかな未来の希望を読みこんでいる。

しかし作者クレインは、「金色の陽の光が射してきた」ことだけではなく、「群がっている陰鬱な雨雲」にも注意を向けている。クレインは、フレミングが「金色の陽の光」を、陰鬱な雨雲の裂け目に見ていたとしても、それはたまたまで、この時にだけその陽の光はたまたま見えていたことを表そうとしていた可能性もある。群がっている陰鬱な雨雲は、ふたたび川面一面に広がるかもしれない、と考えていたかもしれないのだ。

そういう作家の立ち位置を考えれば、先に例示したような、戦争によるＰＴＳＤの症状を、この作品で具体的にリアルに描いて強調したのも納得できる。なぜなら、リアルに強調して描くことで、戦争ＰＴＳＤの深刻な実態を、読者に知らせる手段にしようとしていたと考えられるからだ。

また作者クレインが、語り手を使って、フレミングの未来への楽観的な希望や願望を、雨雲の切れ目から射す陽の光の比喩で表したのも理解できる。なぜなら、暗い雨雲をも描くことで、先にも述べたように、戦争のもたらす負の側面である戦争ＰＴＳＤの症状が、これからもフレミングには時には発症するかもしれないと、ひそかに暗示していると解することができるからだ。

クレインは、南北戦争が終わって30年近くたってから、南北戦争を描いた絵画やイラストだけでなく、元兵士が書いたものを参考にしたり、元兵士たちにインタビューもしたりして、この作品を完成させている。

そうした元兵士のなかには、戦争による何がしかの後遺症に苦しんでいた人もいたと思われる。作者クレインは、戦争による心の傷が、わずか1日でかんぜんに癒えるとは信じていなかったはずだ。戦後約30年たってこの作品を書いたクレインは、語り手とは違って、戦争を経験することが若者を「大人の男」に成熟させるのだと、ストレートに単純に信じることができなかったに違いない。戦争のもたらす負の側面をも無視できなかったはずなのだ。

まとめ

この作品が書かれた19世紀末の米国でも、戦争によるPTSDの犠牲者がいたのは間違いない。戦後約30年もたって南北戦争を冷静に観察できるようになって、元兵士たちにインタビューしたりしたクレインも、戦争PTSDがすぐには治らないのを知っていたと思われる。だがクレインは、その持続するPTSDをテーマとしてストレートに描くことはしなかった。

それは、当時の米国の読者層をふくむ世論が、米国が海外に膨張してゆく好戦的な雰囲気のなかで、男性性を否定するようにみえる戦争PTSDをテーマにした作品を好まなかったからだと思われる。また世論が、戦争の負の側面を描くことになる戦争ＰＴＳＤに苦しむ兵士を、作品のテーマとすることを好まなかったからでもあろう。

その見えざる世論の圧力によって、人気作家をめざしていた20歳代前半のクレインは、戦争のもたらす負の側面を、つまり戦争ＰＴＳＤなどの戦争による後遺症を理解していたが、それをダイレクトに表すことはしなかった。

むしろ、世論のそうした動向をつよく意識して、戦争の経験を大人になるためのイニシエーションとみなしている語り手を創造している。その受けいれやすい語り手を使って、戦争が生みだすＰＴＳＤを、若者を「大人の男」に成長させる試練や契機となるものとして、読者がＰＴＳＤを肯定的に捉えることさえもできる方向で、この作品を書いている。

しかしそれだけではない。作者クレインは、その語り手をことの本質を見ぬけぬ楽観的すぎる語り手としても描いている。そのことで、作者クレインはその語り手に皮肉な眼を向けていることが、注意ぶかい読者には分かる書き方をしている。

作者は、フレミングが戦争ＰＴＳＤの症状から半日もたたずにかんぜんに回復する姿を、あまりにも楽観的な語り手に語らせている。フレミングにたいする語り手のその楽観的な観察を、作者は受けいれていないのだ。そのことで、逆に、作者は戦争ＰＴＳＤの深刻な影響が戦闘のあとも長く残る可能性があることを読者に伝えようとしているともいえる。

また、戦争ＰＴＳＤにかんして言えば、戦争ＰＴＳＤは、南北戦争から約30年後に書かれたこの

『赤い武功章』では、これまで述べてきたように、作品の重要な要素として使われている。そこが、先のビアスの短編とは違った目につく新しい特徴だ。

〔*『赤い武功章』（*The Red Badge of Courage*）の日本語訳は、西田実訳『赤い武功章』（岩波文庫）や藤井光訳『勇気の赤い勲章』（光文社古典新訳文庫）などで読める。〕

注〔*注は引用した文献の典拠をしめす。典拠名の下の横書の数字は該当する頁数。引用文献一覧と併用してください。なお、原典からの日本語訳はすべて拙訳。以下同じ。〕

（1）Young 5; Herman 32.（2）Herring 808.（3）Herring 808.（4）Dean（1996）59-60.
（5）American Psychiatric Association 143-49.（6）Shakespeare 899.（7）Shakespeare 899.
（8）Shakespeare 890.（9）Shakespeare 910.（10）Shakespeare 890.（11）Stewart 132.
（12）Dean（1999）51.（13）Coleman 228-29.（14）西川 55.（15）Morris 97.（16）Coleman 208.
（17）Morris 96.（18）Morris 96.（19）Morris 96.（20）Coleman 211.（21）Coleman 219.
（22）Coleman 221.（23）McCann ix-x.（24）Eicher 590.（25）Campbell 273.（26）Tally 59.
（27）Tally 113.（28）Keeler 459-61.（29）Hendin & Haas 4.（30）Coleman 180.（31）Morris 89.
（32）Morris 89.（33）Keeler 453.（34）Hendin & Haas 4.（35）Hendin & Haas 4.（36）Coleman 5.
（37）西川 283.（38）Coleman 229.（39）Mitchell 16.（40）*Letters* 95.（41）長田 398.
（42）清水 280.（43）Shi 91.（44）Yost 248-49.（45）Kaplan 79-83.（46）Yost 248.（47）Kaplan 81.
（48）Westbrook 79.（49）Hungerford 531.（50）Croxall 101-02.（51）Horsford 127.

引用文献

American Psychiatric Association. "Posttraumatic Stress Disorder." *Diagnostic Criteria from DSM-5*. American Psychiatric Publishing, 2020, pp. 143-49.

Bierce, Ambrose. "The Affair at Coulter's Notch." *Ambrose Bierce's Civil War*. Ed. William McCann. Warbler Classics, 2019, pp. 105-13.

——. "Chickamauga." *Ambrose Bierce's Civil War*. Ed. William McCann. Warbler Classics, 2019, pp. 72-78.

——. "Four Days in Dixie." *Ambrose Bierce's Civil War*. Ed. William McCann. Warbler Classics, 2019, pp. 37-45.

——. "George Thurston." *Ambrose Bierce's Civil War*. Ed. William McCann. Warbler Classics, 2019, pp. 160-64.

——. "Killed at Resaca." *Ambrose Bierce's Civil War*. Ed. William McCann. Warbler Classics, 2019, pp. 98-104.

——. "The Mocking-Bird." *Ambrose Bierce's Civil War*. Ed. William McCann. Warbler Classics, 2019, pp. 165-70.

——. "An Occurrence at Owl Creek Bridge." *Ambrose Bierce's Civil War*. Ed. William McCann. Warbler Classics, 2019, pp. 62-71.

——. "One Kind of Office." *Ambrose Bierce's Civil War*. Ed. William McCann. Warbler Classics, 2019, pp. 144-53.

Braudy, Leo. *From Chivalry to Terrorism: War and the Changing Nature of Masculinity*. Knopf, 2003.

Campbell, Christopher D. "Conversation Across a Century: The War Stories of Ambrose Bierce and Tim O'Brien." *War, Literature & the Arts*, vol. 10, 1998, pp. 267-88.

Coleman, Christopher Kiernan. *Ambrose Bierce and the Period of Honorable Strife*. U of Tennessee P. 2016.

Crane, Stephan. *The Red Badge of Courage.* (Norton Critical 4th Ed.) Eds. D. Pizer & E. C. Link. Norton, 2008.

——. *Stephen Crane: Letters.* Eds. R. W. Stallman and Lillian Gilkes. New York UP, 1960.

Croxall, Brian. "'Becoming Another Thing': Traumatic and Technological Transformation in *The Red Badge of Courage.*" *American Imago*, vol. 72, no. 1, 2015, pp. 101-27.

Dean Jr, Eric T. "The Myth of the Troubled and Scorned Vietnam Veteran." *Journal of American Studies*, vol. 26, 1992, pp. 59-74.

——. *Shook over Hell: Post-Traumatic Stress, Vietnam, and the Civil War.* Harvard UP, 1999.

Eicher, David J. *The Longest Night: A Military History of the Civil War.* Pimlico, 2002.

Hendin, Herbert and Ann Pollinger Haas. "Posttraumatic Stress Disorders in Veterans of Early American Wars." *The Psychohistory Review*, vol. 12, no. 25, 1984, pp. 1-10.

Herman, Judith Lewis. *Trauma and Recovery.* 1992. Basic Books, 1997.

Herring, George C. "Vietnam War." *The Oxford Companion to United States History.* Ed. Paul S. Boyer. Oxford UP, 2001, pp. 806-09.

Horsford, Howard C. "'He Was a Man.'" *New Essays on* The Red Badge of Courage. Ed. L. C. Mitchell. Cambridge UP, 1986, pp. 109-27.

Hungerford, Harold R. "'That was at Chancellorsville': The Factual Framework of *The Red Badge of Courage.*" *American Literature*, vol. 34, 1963, pp. 520-31.

Kaplan, Amy. "The Spectacle of War in Crane's Revision of History." *New Essays on* The Red Badge of Courage. Ed. L. C. Mitchell. Cambridge UP, 1986, pp. 77-108.

Keeler, Kyle. "'I Thought This is a Bad Dream and Tried to Cry Out': Sleep as Trauma in the Fiction of Ambrose Bierce." *The Midwest Quarterly*, vol. 60, no. 4, 2019, pp. 451-68.

McCann, William. "Introduction." In Bierce, Ambrose. *Ambrose Bierce's Civil War*. Ed. William McCann. Warbler Classics, 2019, pp. vii-xiii.

Mitchell, Lee Clark. "Introduction." In *New Essays on* The Red Badge of Courage. Ed. L. C. Mitchell. Cambridge UP, 1986, pp. 1-23.

Morris, Jr. Roy. *Ambrose Bierce: Alone in Bad Company*. Oxford UP, 1998.

Parrish, I. S. *Military Veterans PTSD Reference Manual*. 1999. Infinity, 2001.

Shakespeare, William. *The Riverside Shakespeare*, Second Edition. Ed. G. Blackmore Evans. Houghton Mifflin, 1997.

Shi, Long. "Study on Naturalism in *The Red Badge of Courage*." *Advances in Social Science, Education and Humanities Research*, vol. 368, 2019, pp. 90-93.

Stewart, James Brewer. "Civil War: Military and Diplomatic Course." *The Oxford Companion to United States History*. Ed. Paul S. Boyer. Oxford UP, 2001, pp. 130-32.

Talley, Sharon. *Ambrose Bierce and the Dance of Death*. U of Tennessee P, 2009.

Westbrook, Max. "The Progress of Henry Fleming: Stephen Crane's *The Red Badge of Courage*." *Critic*, vol. 61, no. 2-3, 1999, pp. 71-82.

Yost, David. "Skins Before Reputations: Subversions of Masculinity in Ambrose Bierce and Stephen Crane." *War, Literature & the Arts*, vol. 19, 2007, pp. 247-60.

Young, Allan. *The Harmony of Illusions: Inventing Post-Traumatic Stress Disorder*. 1995. Princeton UP, 1997.

清水隆雄『アメリカン・ソルジャー　―米国社会と兵役制度史―』志學社、２０１２年。

長田豊臣「第五章　南北戦争と再建」『アメリカ史１』有賀貞ほか編、山川出版社、１９９８年、３７３～４６３頁。

西川正身『孤絶の風刺家　アンブローズ・ビアス』新潮選書、１９７４年。

第二部　第一次世界大戦

第一次世界大戦と米国

米国は、南北戦争以後、米西戦争（１８９８年）を除けば、第一次世界大戦（１９１４～１８）まで大きな戦争をすることはなかった。

バルカン半島の紛争から勃発した第一次世界大戦には、米国はしばらく参戦せず、１９１７年４月になってドイツに宣戦布告した。〔＊日本は１９１４年８月23日にドイツに宣戦布告している。〕

米国が参戦したのには、いろいろな理由がある。ひとつには、ドイツの潜水艦による無差別な攻撃によって、１９１５年５月に豪華客船ルシタニア号が撃沈され、米国人１２８人をふくむ１千１９８人の民間人が亡くなったことがある。この事件で、米国内では反ドイツの機運がたかまった。

また、戦後の国際秩序において、米国が果たすべき役割を考慮しての参戦でもあった。あるいは、米国が英仏を支援することで、英仏に貸しつけていた資金の回収を確保するためでもあった。さらに、米国と英国の歴史的なつながりも、英国を支援した要因のひとつだった。

米国の英仏の側への加担は、その兵員と豊富な軍需物資とによって、戦況に決定的な影響を与えた。米国の世界での存在感を証明したのだ。それもあり、米国大統領ウィルソンが１９１８年１月に発表した14カ条の戦後処理の原則は、戦後の国際秩序に大きな影響をあたえた。

この戦争によって、米国は名実ともに世界の大国になった。だが、そのために払った犠牲も大きかった。ヨーロッパに派遣された兵士のうち、約5万1千人が戦場で戦死し、約6万2千人が病死した[1]。また、戦費は3千300万ドルかかり、そのうちの三分の一は税金で、残りはおもに戦時国債でまかなわれた[2]。〔＊『グレート・ギャッビー』のニックが、証券会社に就職したのには、このような時代背景がある。〕

この第一次世界大戦は、英語では現在でもThe Great War（あの大戦争）と呼ばれることがある。そのことからも分かるように、4年間強にわたっておもにヨーロッパを舞台に繰りひろげられたこの戦争では、総数で約7千380万人が動員され、戦死者・行方不明者が約940万人、負傷者が約2千120万人の犠牲をだした[3]。

この未曾有の戦争は、欧米の社会や文化に決定的な影響をあたえた。たとえばこの戦争で、ロシア帝国、ドイツ帝国、オーストリア・ハンガリー帝国、オスマン帝国というヨーロッパの四つの帝国が崩壊した。世の中を長年縛ってきた既存の社会秩序が崩壊したことの象徴的な出来事だった。

また、この戦争は国家の総力戦でもあった。戦争には職業軍人だけでなく、いわゆる民間人も徴兵されたり志願したりして兵士として数多く加わった。しかもこの戦争は4年間も続き、大砲や機関銃という従来の兵器のほかにも、戦車や毒ガスや飛行機や潜水艦などの近代兵器が初めて使用された。結果、大量の犠牲者がでた。戦死者数も、英仏では、第二次世界大戦時よりも数倍多かったとも言われている[4]。

戦争による神経症(シェルショック)

この「人類史上最初の大量殺戮戦争[5]」では、多くの兵士が、戦場でのストレスを経験した。そのストレスの要因には、高性能の兵器の使用のほかにも、この戦争では塹壕戦が多用されたことにもある。

狭い閉じられた塹壕のなかで、砲撃や敵方の突撃などによって、たえず突然死の恐怖にさらされ続け、塹壕内の死傷者の姿を身近で眺めつづけなければならなかったからだ。

そうしたストレスに直面した結果、身体はちょくせつ傷ついていないが、心が傷つき、心身の不調を訴える兵士や元兵士が数多く現れた。

シェルショックの研究書

世間も軍隊も、そうした心身の不調を訴える兵士や元兵士の存在を無視できなくなった。それで彼らのしめした、今の言葉を使えば、いわゆる戦争PTSDの症状を、この第一次世界大戦のときには、シェルショック(Shell Shock; Shellshock)と呼ぶようになった。

というのは、彼らの症状は、近くで炸裂した砲弾（shell）のショック（shock）で、脳震盪や脊髄の震盪が起きて、それが原因で生じたと、最初のころは考えられていたからだった。現在からみれば、もちろん俗説だ。しかし英国の権威ある医学雑誌『ランセット』も、開戦から約半年後には、シェルショックという単語を使って、その症状を記述している[6]。

しかしここで注意しておくべきことは、シェルショックが症状のたんなる通称だったことだ。ＰＴＳＤのような公式に認められた病名ではなかったのだ。

だから、シェルショックに苦しむ元兵士や兵士は、世間や軍隊からは、資質の劣った人間、怠惰な人間、臆病者、意志薄弱者、ひどい場合には仮病を使っているとみなされがちだった[7]。世間も軍隊も、シェルショックに苦しむ人間を精神的な病に苦しむ患者としてではなく、不名誉な人間として扱いがちだったのだ。

ただし、世間や軍隊にはそうした傾向があったにもかかわらず、繊細な感受性をもっている作家のなかには、そうしたシェルショックにたいして、真摯な関心をしめし、それを作品にしている人もいる。

ユージン・オニール

戯曲『シェルショック』

ユージン・オニール（1888〜1953）は、そうしたシェルショックにたいして、早くから真摯な関心をしめし、それを作品にした作家のひとりだ。オニールは、1918年にはすでに一幕劇『シェルショック』（*Shell Shock*）を書いている[8]。

この劇のおもな登場人物は、ジャック・アーノルド少佐とハーバート・ロイルストン中尉と軍医のロバート・ウェイン。この3人は大学の同窓だ。少佐と軍医は大学時代の同学年の友人で、3歳年下の中尉は少佐の部下で友人でもある。

SON & ARTIST O'NEILL LOUIS SHEAFFER

オニールの研究書

少佐と中尉は、フランスの戦場で負傷したので米国に帰国している。軍医は軍務で、本国に帰っている。場面は、休戦の2カ月前の1918年9月の午後のニューヨークにある母校のグリル。そのグリルに入ってきたロイルストン中尉が、軍医のウェインを偶然見つけるところから、この劇は始まる。ロイルストンは、ウェインとアーノルド少佐が友人だと知っていた。それで、自分がフランスの戦場で負傷して交戦地にとり残されたとき、上官アーノルドの死をも恐れぬ勇敢な行動によって助けだされ、九死に一生を得たことをウェインに語る。

するとウェインは、自分はシェルショックを専門にしている軍医で、軍医トンプソンに依頼されて、そのアーノルドを治療するために米国戻ってきていて、これからアーノルドと会うのだと説明する。それを聞いて、ロイルストンは、今は用事があるから出てゆくが、少佐とはお会いしたいから、ここに来られたら知らせてください、と言って去る。

入れ違いに、アーノルド少佐が登場する。少佐は、かつては大学のアメリカンフットボールのスター選手だっただけでなく、作家志望でもあった。しかし戦場で約1年を過ごした後の今では、顔色も悪く、神経質になっている。右手の指をたえず口の端に近づけていて、両手はふるえている。また、少佐は大学時代にはタバコを吸っていなかったが、今は、すべてのポケットにタバコを1箱ずつもっている。しかもそれにもかかわらず、ウェインからタバコを借りて吸う。ところが、吸いはじめても、すぐに吸うのを止め、もみ消して、その吸いさしのタバコをポケットにしまい込む。それから新しいタバコに火をつけて、同じ動作を繰りかえす。さらに、グリルのボーイにタバコを銘柄も指定せずに1箱注文する。

あきらかに異常な振舞いだ。この振舞いで、作者のオニールは少佐がシェルショックに苦しんでいる姿を、視覚的に（＝演劇的に）分かりやすく描いている。

一方で、少佐自身も、自分の振舞いが異常なのに気づいている。だから、その理由をウェインに説明する。

塹壕戦

その説明によると、アーノルド少佐の部隊は塹壕戦を補給も断たれたなかで3日3晩戦いぬいた。

塹壕のなかは、ぬかるんでいて、不潔でネズミが足元を走りまわっていた。シラミもいて夜も眠れず、悪臭もひどかった。

塹壕のなかでは、砲弾の破片が当たった隣の兵士の脳味噌がとび散って、少佐の顔にかかったりもした。また、死体が塹壕の端には積みあげれられていたし、暗闇で躓（つまづ）くと血まみれの死体だったりした。負傷兵の助けを求めるうめき声や悲鳴が、塹壕の内と外からも聞こえていた。そのうえ、いつか分からない敵の突撃や砲撃の恐怖に「気が狂うほど」(669)におびえてもいた。

そんななかで、タバコの紫煙をふかく吸いこむと、悪臭をやわらげ、緊張していら立っている神経をやわらげる効果があった。

ところが孤立していた塹壕では、タバコの補給はなかった。少佐は何よりもタバコを吸いたかった。だが、1本も手に入らなかった。タバコの飢餓状態に苦しんでいたのだ。そんな経験をしたことに、タバコにかんする現在の自分の奇妙で異常な執着行動の原因があると、少佐自身は説明した。

しかし軍医のウェインとの対話をさらに重ねるなかで、タバコへの異常な執着の本当の原因は、別のところにあるのが分かる。

少佐が指揮する部隊が塹壕から突撃攻撃にでて退却したとき、部下のロイルストン中尉が地雷で脚をやられ、銃で撃たれて戦場にとり残された。その時、アーノルドは塹壕からふたたびとび出して、血まみれで失神していたロイルストンを肩に担いで塹壕にまで運んだ。それは、無謀で自殺行為とも思えるような、まさに勲章に値する命知らずの英雄的で勇敢な行為だった。

しかしアーノルド自身は、自分がロイルストンを助けたのは、ロイルストンが1箱のタバコをもっているのを知っていたから、その1箱のタバコを手に入れるためだったと、心の奥底ではかたく信じている。

まったく利己的な目的から、つまりタバコを手に入れるために、もう死んでいるかもしれない、意識のないロイルストンを塹壕に運びこんだと信じているのだ。その考えが、アーノルドの心の傷となって、その傷がシェルショックを生んでいたのだ。そのことが、軍医ウェインとの対話と診断でまず明らかになる。

それからさらに対話を重ねるなかで、その時には、実は、傷ついていたロイルストンは助けを求めていたことが明らかになる。その叫び声を聞いたから、少佐は部下で友人のロイルストンを助けるために塹壕からとび出したのだ。1箱のタバコのためではなかったのだ。その事実を、ウェインは対話による巧みな誘導で、少佐に思いださせることに成功する。

そして、塹壕戦での3日3晩のショッキングな経験そのものが、タバコのためにロイルストンを塹壕に運びこんだという「おろかな」(671)考えを生んでいたのだと説得する。軍医のその説得の言葉に、少佐も納得する。

少佐は、意識がすでになかったので塹壕で死んだと思っていたロイルストンが生存していたことを今回知った。そのこともあり、自分の心の傷が「おろかな」考え違いから生まれたものだと理解できた。その結果、心の傷は一気に消えた。少佐は、軍医ウェインの適切な誘導と助言によって、シェルショックを克服できたのである。

その時、ロイルストンがグリルに戻ってくる。再会の挨拶を交わしたあとで、ロイルストンが、アーノルドにタバコを勧めた。だが、アーノルドはきっぱりと断る。これからもタバコを吸う気はないと断言する。それからワインでの乾杯を提案する。ここで、この劇は終わっている。アーノルドがシェルショックを克服できたことを祝福して、ハッピーエンドで終わっているのだ。

この一幕劇からは、おもにつぎの四つのことが分かる。

(1)アメフトのスター選手で「雄牛のような神経」(661)をもっていると思われていた人間でも、つまりどんな人間でも、過酷な戦闘にさらされるとシェルショック(=戦争PTSD)に苦しむことがあることが、1918年にすでに分かっていたこと。

(2)シェルショックは、砲弾による脳や脊髄の震盪でおきるのではなく、心の傷から生じるのだということが、専門家には1918年にはすでに理解されていたこと。

(3)軍隊は、兵士に深刻な影響をあたえているシェルショックに、戦時中の1918年9月の段階ですでに、その治療のために組織的に対処しようとしていたこと。

(4)塹壕戦での3日間にわたる過酷な経験は、その間に経験したことの実態や事実の記憶をゆがめてしまうことがあること(これは序章で述べたPTSDの診断基準のDの1に該当する)。

これら四つのこの戯曲が明らかにしていることは、戦争PTSDにかんする現在の私たちの理解に照らしても、違和感なく受けいれられる。

しかし戦争PTSDにかんする現在の理解からみれば、アーノルドがロイルストンを命がけで助けた本当の理由を知ったことで、アーノルドがそれまで苦しんでいたシェルショックを急転直下克服できたという展開は違和感が残る。1918年に書かれた一幕芝居という環境が要求した結末だと思われる。

というのは、現在のPTSDの知見からすれば、アーノルドがシェルショックに苦しむおもな原因となったのは、突撃と退却をふくむ、塹壕戦での3日間の過酷な経験にあったと考えられるからだ。その苛酷な経験が心の傷として残っている限り、アーノルドはシェルショックをすぐには克服できないと思われる。

たしかに、3日間の苛酷な経験によって、その間に経験したことが、記憶のなかで別物に変わることはあるだろう。しかし、その誤って記憶されていたものが、事実にそって訂正できたとしても、アーノルドのようにシェルショックそのものからすぐに抜けだせるとは思えない。誤った記憶を生んだ原因、この場合は、塹壕戦での3日間の経験そのものは、まだ心に傷として残っているのだから。

現在の私たちからみれば、この劇の結末はちょっと安直なように思える。しかしこの作品は1918年に書かれ、一方、1918年11月11日に第一次世界大戦が休戦を迎えている。つまりこの作品がおそらく大戦中に書かれたことを考慮すれば、アーノルドがシェルショックを克服する姿をみせてハッピーエンドで終わることは、興行上からも要求されていたと思われる。

米国国内には、戦時中には戦争にたいする熱気と支持があった。そういう雰囲気に応えるためにも、命を賭して部下の兵士を助けた英雄的な勇士アーノルド少佐がシェルショックを克服して、ハッピーエンドで終わることは求められていたと思われるのだ。

ハッピーエンドで終わるためには、アーノルドがシェルショックを克服する姿を描かねばならない。とすれば、アーノルドの苦しんでいるシェルショックは一気にそして確実に治るものでなければならない。

そういう制約のなかで、作者のオニールは、シェルショックの原因をアーノルドが事実と違うことを「おろかにも」記憶していたことにせざるをえなかったと思われる。そうすれば、記憶を事実どおりに訂正できれば、シェルショックは克服できるのだから。

まとめると、オニールは、1918年の時点で、シェルショックと呼ばれていた戦争PTSDを偏見のない眼で観察していて、それを演劇に仕上げている。

しかし時代が求める制約が、つまり当時の観客に受けいれられるものでなければならないという興行上の制約があった。だから『シェルショック』では、シェルショックに苦しんでいた、勇敢で部下おもいのアーノルド少佐が、軍医ウェインの適切な助言と誘導によって、シェルショックを急転直下克服するという、すこし強引なハッピーエンドで終わっている。

〔＊『シェルショック』の日本語訳は現在のところない。〕

シェルショックの実情

オニールの『シェルショック』のハッピーエンドの結末は、現在の私たちから見れば、ちょっと安直で強引なものだと感じられる。しかし、オニールと同時代の人びとのなかにも、このハッピーエンドは楽観的すぎて、現実とは違っていると感じた人はいたと思われる。というのは、つぎのような記事が1921年8月21日の『ニューヨークタイムズ』紙に載っているからだ[9]。

その記事によると、米国政府は、1919年にはウィスコンシン州のウォーキショに、シェルショックやそれと類似の症状をしめす兵士のために、300床ある民間の治療施設を買収して、それ専用の施設に転用している。また、1921年には、同様の治療施設をメリーランド州のペリービルに新しく建設している。

休戦から3年近くたった1921年の時点でも、シェルショックに苦しむ兵士の治療を専門にする病院を新設しなければならないような状態だったのだ。この二つの専門病院の建設を伝えている『ニューヨークタイムズ』の記事のタイトルも「戦争神経症の治療は難しい」というものだった。

実際、その記事のなかでは、これらの専門病院に入院しても、シェルショックの患者はかんぜんに治癒する人は少なくて、病状が緩和するだけの人が多いことが語られている。しかも、患者の入院日数は30日以内の人はまれで、たいていは3カ月から6カ月であるとも語られている。

また、研究者のディーンも、病院でシェルショックの治療を受けた患者数が、1921年の7千499人から、その10年後の1931年には1万1千342人にまで増えたことを指摘している[10]。

現実のシェルショックは、オニールの劇とは違って、専門医の一回の適切な助言とアドバイスで治るようなものではなかったのだ。

ヘイデン大佐の告白

同様の証言は、『アトランティック・マンスリー』誌1921年12月号のヘイデン大佐の「シェルショックになって[11]」（"Shell-Shocked-And After"）という告白手記にもみられる。

ヘイデンは、休戦10日前の1918年11月1日に前線に派遣された。その前線で大佐は、大砲の集中砲火によって、顔を負傷した。

その後、勝利の行軍をしているときも、「万力で絞めつけられているように」（740）頭が痛んだ。軍医が治療してくれたが、それでも、頭痛が続き、よく眠れず、食欲もなく、激戦で負傷している悪夢を見て寝汗をかき、夜中に目を覚ましたのだった。あきらかにシェルショック（＝戦争ＰＴＳＤ）の症状がでている。

高級将校の大佐であるヘイデンは、占領地のドイツでも歓待される。だが、頭痛は続き、悪夢も続き、イライラも激しくなった。意識が遠のくこともあった。

それで病院に送られたが、病院での最初の5週間のことは、記憶からとんでいる。頭痛はその後も変わらず止まらなかった。

退院して帰国後、陸軍省に職をえたが、仕事中に幻覚をみるようになって、自分が正気を失いつつあるのを感じた。それでシェルショックの治療のために、もっとも権威あるウォルターリード陸軍病院に入院した。だが、病院の3人の医師からは、「たぶん余命1カ月か、よくて永久に気が狂うだろう」(746)と宣告された。

しかし大佐は、正気を保ち生きのこるのだという強い意志をもって、自分の意思で病院を退院して、シェルショックを克服しようとあらゆる努力をする。その間、頭はずきずき痛むし、吐き気はするし、不眠にも悩まされた。

そして世間の人びとが戦争を過去の出来事とみなそうとするなかで、自分の苦しみや考えが他人に理解されないことで、孤立感や孤独感を深めていった。その間には、破壊したい衝動や自殺願望に強くとらわれていた。

それらの症状が軽減したきっかけは、同じシェルショックに苦しんでいるフランス人の元大尉と話しあったことや、カリブ海の島で1カ月間以上を過ごしたことにあった。

そうした模索と努力の結果、砲撃で負傷してから約2年後に、ようやく通常に近い日常生活が送れるようになった。そして世間の無関心や理解のない冷たい対応のなかで、困難に直面している多くの帰還兵士に関心を向ける余裕も生まれてきた。そんななかで、この告白手記は書かれたのである。

このヘイデン大佐の手記で眼につくのは、彼が孤立したなかで自殺願望に襲われ苦しんでいることだ。大佐は、シェルショックに苦しんでいた友人が、帰国の船上から身を投げたことを語っている。また、陸軍病院で良くしてくれた看護師の兄弟の帰還兵士がシェルショックに苦しんだ末に自殺したことを語っている。4人の友人が自殺したことも語っている。さらに、拳銃をもてあそびながら、死ぬことが「最善の策だ」(747)とも考えてもいる。夜に眠るときには、夜中に窓から身を投げるなどの異常な行動をしないように、窓やドアに鍵をかけている。

ヘイデン大佐は、負傷してから約3年後には、この告白手記を書けるまでに回復している。しかしこの告白手記からは、シェルショックの帰還兵士は、回復には長く苦しい不安定な期間が必要で、その回復の間も、破壊衝動やその極端なかたちである自殺願望に苦しむことがあるのが分かる。

ヤング少佐の自殺未遂

ヘイデン大佐は、シェルショックに苦しんだが、自殺願望を克服して、雑誌に11ページの長い文章が書けるまでに回復している。だが、ヘイデン大佐も語っているように、シェルショックに苦しんだ果てに、自殺する帰還兵士もいた。たとえば、1921年8月31日の『ニューヨークタイムズ』には、つぎのような記事が掲載されている。その記事を引用すると、つぎのようになる。

シェルショックの少佐ホテルで自殺を試みる

ジョセフ・A・ヤングは頭を銃弾で撃ちぬいたが、しかし一命をとり留めていて逮捕された。

フィラデルフィアから来たジョセフ・アームストロング・ヤングと妻と友人夫妻が、昨日コロンバス街の角の西72番通り112にあるハーグレイブホテルのスイートルームから退室していたときに、ヤングは「ちょっとすみません」と言って脇に寄り、それから38口径の回転式拳銃で頭を撃った。……（中略）……彼は拳銃を隠しもつことを禁じる州法違反で逮捕された。容態は重篤だということだ。

36歳のヤングは、西127通り610に住むクレメント・C・ヤング医師の息子で、兵卒として入隊してカナダ軍とともにこの世界大戦を戦い、負傷して2度シェルショックに罹った後に砲兵隊の少佐として退役した。

夫妻はフィラデルフィアに住むH・M・ブラウン夫妻とともに、月曜日にそのホテルの2階のスイートルームに部屋をとった。夫は最近シェルショックによる不調をずっと訴えていたと妻は語った。2組の夫婦は月曜日の夜に芝居を楽しみ、昨日の朝には、ヤング氏は気分良好な姿を現していた。

……（略）……　ブロドスキー医師は、弾丸が頭を貫通して右のこめかみから抜けているのに、ヤングが命をとり留めているのは奇跡だと言っている。警察によると、ヤングは拳銃を撃つ少し前に、母親の訪問を受けていたということだ。[12]

この抄訳からは、ヤング夫妻は、友人夫妻とともにニューヨークで夜に芝居を楽しみ、翌日には特別変わったこともなく朝を迎えていたのが分かる。そして昼すぎにチェックアウトしようとしたとき、唐突にヤング氏が自殺を試みたのも分かる。スイートに一泊して友人夫妻と観劇を楽しむという、少し余裕のある暮らしだが、ヤング氏はふつうの生活を送っていた。ところが、唐突に謎めいた拳銃自殺を試みたのである。

SHELL-SHOCKED MAJOR TRIES SUICIDE IN HOTEL

Joseph A. Young Puts Bullet Entirely Through His Head, But Lives—Is Arrested.

As Joseph Armstrong Young, his wife and two friends from Philadelphia were leaving their suite at the Hotel Hargrave, 112 West Seventy-second Street, corner of Columbus Avenue, yesterday, Young said: "Excuse me," stepped aside and then fired a bullet into his head with a 38-calibre revolver. He was removed by Dr. Brodsky to Flower Hospital, a prisoner, charged with violation of the Sullivan law. His condition is said to be serious.

Young, who is 36 years old, and the son of Dr. Clement C. Young of 610 West 127th Street, served in the World War with the Canadian forces, enlisting as a private, and after being wounded and shell-shocked twice, was discharged as a Major of artillery.

He and his wife, with Mr. and Mrs. H. M. Brown of Philadelphia, took a suite Monday on the second floor of the hotel. Young had been complaining of illness from shell-shock lately, his wife said. The two couples attended a theatre Monday night and Mr. Young appeared in fair spirits yesterday morning.

When Young fired the shot, the police of the West Sixty-eighth Street Station say, guests at the hotel who were in the dining room became excited. It was shortly after noon when the report of the revolver was heard by Patrolman John J. Burns, who was on the corner. Persons passing the hotel also heard the report.

William T. Thomann, manager of the hotel, summoned Dr. J. A. McLeay, house physician of the Hotel Majestic, who in turn called Dr. Brodsky. The bullet, Dr. Brodsky said, passed through his head and out at the right temple, and it is said to be a miracle that Young continued to live. Young was visited by his mother a short time before the shooting, the police were told.

ヤング少佐の記事

この唐突な自殺の試みからは、まず、シェルショックの最悪の症状、つまり自殺を試みることが、とつぜん現出するのが分かる。唐突ゆえに理解できない。だから、まわりの人間には、謎めいた行為にみえる。

つぎに、そのシェルショックの最悪の結果は、休戦から約2年9カ月後になっても、現れるのが分かる。シェルショックに苦しむ者は、表面的には「ふつう」の生活をかなり長い間にわたって送ることができていても、唐突に最悪の結果を招くことがあるのだ。

さらに、この記事からは、1921年8月の段階では、シェルショックに苦しむ帰還兵は、唐突に自殺を試みることがあるという、ある一定の共通理解のようなものが存在していたことも分かる。だからこそ、この記事の見出しは、大文字のゴシック体で「**シェルショックの少佐ホテルで自殺を試みる**」とつけられているのだ。1921年8月の時点では、シェルショックに苦しむ帰還兵士がとつぜん謎めいた自殺をはかることがあるのが、ある程度知られていたのである。

ところが、ハーマンが帰還兵士の戦争PTSD（＝シェルショック）は「定期的に忘れられてきた[13]」と言っているように、この共通理解は長く続くことはなかった。また、この事実が、戦争PTSD（＝シェルショック）を描いた文学作品の理解をむずかしくしている大きな要因となっている。

F・スコット・フィッツジェラルド

シェルショックとフィッツジェラルド

フランシス・スコット・フィッツジェラルド（1896～1940）は、米国を代表する作家の一人。第一次世界大戦にみずから参戦しようとして、1917年10月には、名門プリンストン大学を中退して、軍隊に勇躍して志願入隊した。

フィッツジェラルドの研究書

歩兵連隊の将校として配属されていたが、しかし1918年11月に休戦が成立した。フィッツジェラルドは、海外の戦地に派遣されることはなかったのだ。1919年2月には除隊し、除隊の直後にニューヨークに直行して、文筆で身を立てようとして作家修業を始めた。

こうした経歴をもつフィッツジェラルドは、シェルショックにも早くから関心をもっていた。たとえば、1919年には短編「バーニス断髪す」（"Bernice Bobs

Her Hair") を書き[14]、『サタデーイブニング・ポスト』誌の1920年5月1日号に発表している。

その短編のなかでは、軽薄な若い娘の軽薄さを象徴的に表すために、その娘が「こんにちわ、シェルショックさん!(Hello, Shell Shock!)[15]」と、青年に無邪気に話しかける場面が描かれている。

娘は、シェルショックに罹った帰還兵士の心身の深刻な苦しみに思いを致すことなく、たんなる流行の言葉と解して、「シェルショック」を気軽に使っている。この娘への作者フィッツジェラルドの批判はあきらかだ。同時に、そうした若い娘の出現を許している社会の雰囲気、つまりシェルショックをたんなる流行語としてとらえて、シェルショックに苦しむ兵士を共感的に理解しようとしない社会一般への批判的な眼もあきらかである。

中編「メイ・デー」

フィッツジェラルドのこうしたシェルショックへの関心と視点から、読むと興味ぶかい作品がある。中編「メイ・デー」("May Day")である。

この中編は1919年11月ごろに書かれ[16]、1920年7月に雑誌『スマートセット』に発表された。そして短編集『ジャズエイジ』(*Tales of the Jazz Age*)(1922年)に再録された。

その短編集の序文で、フィッツジェラルド自身が、この作品が１９１９年春のニューヨークで起こった「三つの出来事」を描いていて、その春の「世間の興奮状態」を背景にしているとコメントしている[17]。

１９１９年春の三つの出来事

そのこともあって、「メイ・デー」は、ジャズエイジが始まろうとする１９１９年の春のニューヨークの社会風俗を、醜悪な面をふくめてリアリスティックに描いた作品とみなされることが多い。

この作品は、プロローグと11の章からなっている。この11の章は、ゆるく繋がってはいるが、物語として一貫して緊密に展開しているわけではない。

大まかに要約すれば、11の章では、ゴードン・ステレットを中心に展開する物語と、キャロル・キーとガス・ローズを中心に展開する物語と、イーディス・ブレイデンを中心に展開する物語との、三つの物語が語られている。

そのそれぞれの物語の部分が、それぞれ別々の章でゆるく独立して語られているという印象を受ける。通読すれば、たしかに登場人

フィッツジェラルドと妻のゼルダ

物たちはそれぞれの物語で横断的に登場している。しかしそれぞれの物語の断片が並んでいるような感じがする作品構造にもなっている。

これは、それまでの小説の伝統から外れた新しい構成方法だった。この構成は、ルールストンも指摘しているように[18]、戦後のフランスを中心に起こった芸術の革新運動に刺激を受けたうえでの工夫だったと思われる。

たしかに、この三つの小話は調和的に混じりあっているとは言いがたい。しかし、それぞれの登場人物たちがお互いに交差しているだけでなく、そのそれぞれの登場人物たちが戦争によって大きな影響を受けている点でも共通している。だからこの作品は、ひとつのまとまった中編としてじゅうぶん読みえる。実際、エブルは、1963年に書いた総合的な解説研究書のなかで、この作品を傑作とみなしている[19]。

さて、話をもとに戻して、フィッツジェラルドの言った「三つの出来事」とは、つぎの三つのことをさす。

（1）メイ・デーの日に、約千名の元兵士たちが左翼系の集会を攻撃しようとしてマディソン・スクエアガーデンに集結したことや、元兵士たちが各所で左翼系の人びとと小競り合いを繰りかえしたことや、そして約400名の元兵士たちが左翼系の新聞『コール』のビルを襲撃して死者が一人でたこと[20]。

（2）フィッツジェラルド自身がプリンストンの学生と二人で、イェール大学の同窓会主催のデルモニコズでのダンスパーティーの後、レストランのチャイルズとデルモニコズとコモドアホテルで悪ふざけのバカ騒ぎしたこと[21]。

（3）プリンストン大学出身の若者が、作中人物のゴードンと似た八方塞がりの状況のなかで拳銃自殺したこと[22]。

これら三つの出来事のうちの（1）は、おもにキーとローズの物語に反映されている。（2）のパーティーについては、おもにイーディスにかんする話に、その後のバカ騒ぎについてはローズやゴードンにかかわる物語のなかの重要なエピソードに組みこまれている。（3）は、ゴードンが拳銃自殺する最後のシーンに反映されている。

だから作家自身が解説しているように、この作品が「三つの出来事」を描いているのは確かだ。しかしこの作品に、フィッツジェラルド自身が言っているような、1919年春の「世間の興奮状態」だけを読みとっていたのでは、皮相な読み方のように思われる。その理由を以下で証明しようと思う。

主人公のゴードン

先にも述べたように、この中編は11の章からなっている。そのなかの1章、2章、4章、7章、9章、11章の六つの章で、ゴードンの振舞いがおもに語られている。そのうえ6章でもゴードンの存在が言及されている。

つぎに多く語られているのがローズの振舞いで、3章、5章、8章、9章の四つの章で語られている。（ただしローズと思われる人物の姿が10章でも描かれている。）イーディスは4章、6章、8章、10章の四つの章で語られている。

ゴードンは、この作品では一番多くの章で語られていて、作品の初めと終わりで語られている。だから、この作品の主人公とみなせる。一方で、ローズとキーの物語（キーは8章で新聞社のビルから転落死する）は、サブプロットとなっていて、二人は、とくにローズは副主人公の役割を果たしている。イーディスは、彼女が中心にいるパーティーや新聞社の場面が、おもにゴードンの物語とローズとキーの物語とをつなぐ役割を果たしている。だからゴードンやローズに比べて、彼女がこの作品で果たしている役割の重要性は低い。

そこで、まず、ゴードンについて検討してみよう。24歳のゴードンは、名門のイェール大学の卒業生で、1919年2月に第一次世界大戦から米国に帰還したばかりの元兵士。

大学時代には、絵画に才能を発揮するような芸術家肌の学生だった。また、「世話を焼いてやりたくなるような弱さや、守ってやりたくなるような頼りなさ」(114)を、年下の恋人イーディスですらも感じてしまうような学生だった。ベスト・ドレッサーだとも認められていた。そしてゴードンは、その評判の美しい女性イーディスにも愛されていた。

しかし第一次世界大戦を経験して米国に2月に帰還してからは、そのエリート大学出身の前途洋々たる若者の運命は暗転した。

復員してから約1カ月後、故郷のペンシルベニア州ハリスバーグからニューヨークに仕事を探しに出てきて、輸出関係の会社の仕事に就いた。しかし4月下旬にはそこを馘首された。馘首されるまでの1カ月強の間は、つぎつぎに復員してくる兵士を歓迎するパーティーに連日でかけていた。さらにその間に、貧困家庭出身で孤児のジュエルと出会い深い仲になり、今では現金200ドルまでも恐喝まがいに要求されている。

ニューヨークに出てきてからのゴードンの私生活は、パーティーと酒と女の日々だったのだ。

5月1日の当日には、ゴードンは、大学時代の友人のフィリップ・ディーンを最高級ホテルのビルトモアに訪ねてゆき、「不安な気分と貧困と眠れぬ夜」(102)に苦しんでいると、告白し訴えざるをえない状況にすでになっている。さらに、「ぼくはかんぜんにバラバラになっちまった、フィル、へたばっているんだよ。」(100)とか、「はんぶん気が狂っているんだ、フィル、もし君がニューヨークに来るのを知っていなければ、自殺していたと思うんだ。」(101)とも訴えている。そして実際、ディーンにその苦境を語った日の翌日には自殺している。

また、借金を申し込んだとき、ディーンから色よい返事をもらえないと、怒りの声を抑えるのに、ベッドの縁をつよく握りしめなければならなかった。それだけでなく、怒りで頭はクラクラし割れるようで、「口は渇き苦い味がする」(103)のだった。そのうえ、かつてはベスト・ドレッサーだったゴードンのスーツはみすぼらしくなっていて、カッターシャツは変色して擦りきれている。

また、大学時代の恋人イーディスは、みすぼらしい姿のゴードンの両眼が「血走っていて、勝手にぐるぐる動いている」のを、デルモニコズのパーティー会場で見て、「言いしれぬ恐怖」(117)を感じ

デルモニコズ（現存しない）

ている。そして「あなたは悪魔のようにみえるわ。」(117)とまで言っている。

そんなイーディスにたいして、ゴードンは「ぼくはかんぜんにバラバラになっちまった。メチャクチャなんだ、イーディス。」(117)と応じている。

また、イーディスに「狂った人みたいよ」(118)と言われたときには、「この4カ月間、ぼくの内部では何かがプッツンと切れつづけているんだ、…(中略)… ほんとうにだんだんと気が狂いはじめているんだ。」(118)と告白している。あるいはまた、「ぼくは気が狂いつつあるんだ。この場所全体が、ぼくには夢のようだ、このデルモニコズは。」(118)とも言っている。〔＊デルモニコズは5番街44丁目にあった由緒ある豪華なレストラン。〕

先に述べた戦争から復員してからのゴードンの変貌ぶりを、まとめると、つぎのようになる。

（1）パーティー三昧の日々で、酒と女に溺れている。
（2）不安に苦しんでいる。
（3）お金に困っている。
（4）不眠に苦しんでいる。

（5）孤立し疎外されていて、かつての親友のディーン以外には援助を求められないと思っている。
（6）自分が解体し崩壊してゆく不安にとらわれている。
（7）自殺したいという願望にとらわれている。
（8）精神の不安が身体の変調となって現れていて、感情の理性的な抑制が効かなくなっている。
（9）正気を失いつつあると自覚し、かつ、その自覚を恐れている。
（10）現実をリアルなものとして感じられなくなっている。
（11）ひっそりと自殺している。

ゴードンと戦争PTSD（シェルショック）

ゴードンのこれら11の変貌ぶりをみれば、現代の読者なら、ゴードンは戦争によるPTSDに苦しんでいたと解すると思われる。なぜならゴードンの11の変化は、序章でしめした『精神疾患の分類と診断の手引』のPTSDの診断基準の項目と、以下の七つの点で一致しているからだ。

1．ヨーロッパ戦線で戦ったゴードンは、戦場で死に直面している。とうぜん死体や負傷兵を身近で見ている。これはPTSDの診断基準のAの1と2と3と4とに該当している。
2．ゴードンの変貌の（2）は、PTSDの診断基準のDの2と4と7とに該当するだろう。
3．ゴードンの変貌の（4）は、PTSDの診断基準のEの6に該当する。
4．ゴードンの変貌の（5）は、PTSDの診断基準のDの2と6に該当するだろう。

5. ゴードンの変貌の（6）と（7）と（9）と（11）は、ＰＴＳＤの診断基準のＤの2と7や、Ｅの2に該当するだろう。

6. ゴードンの変貌の（8）は、ＰＴＳＤの診断基準のＥの1に該当するだろう。

7. ゴードンの変貌の（10）は、ＰＴＳＤの診断基準のＤの2や、Ｅの5に該当するだろう。

さらにつけ加えると、ゴードンの変貌の（1）は、ＰＴＳＤの診断基準のＤの4と5や、Ｅの2から生まれた結果だと思われる。つまりパーティーや酒や女は、ＰＴＳＤの苦しみから逃避するための手段だったと思われるのだ。また、ゴードンの変貌の（3）は、戦争ＰＴＳＤによって正常なふつうの日常生活が営めなくなったために生じた結果だといえるだろう。

以上から、ゴードンにみられる11の変貌は、ゴードンが戦争ＰＴＳＤに苦しんでいた証しとなる。この作品のゴードンは、戦争によるＰＴＳＤ（＝シェルショック）に苦しんでいる元兵士として描かれているのだ。

もちろん1919年当時には、戦争ＰＴＳＤという概念はなかった。シェルショックですらも、流行の言葉であったとしても、一般の人には実感のある明確な症状や病気ではなかった。シェルショックにたいする世間の共通した確たる理解はなかったのだ。

だから、ゴードンのまわりの人たちも、ゴードンの変貌の原因を、戦争によるシェルショックではなく、ゴードンの個人的な事情に見いだそうとしている。

たとえば、かつての親友であったディーンは、5月1日の朝のホテルで、ゴードンから現在の困窮ぶりを初めて聞かされたときには、「もっと分別をもつべきだったな。」(101)と応じている。また、心身ともにボロボロだと嘆き、３００ドル貸して欲しいと哀訴するゴードンにたいして、「事態をありのままに見なくちゃな。お金がないなら、働かなくちゃ、そして女たちと関わらないようにしなくちゃ。」(102)と、真っ当すぎるアドバイスをする。それから、わずか5ドルを手渡す。

ゴードンは、その上から目線の対応を憎んでいた。だが、その屈辱的な5ドルを拒否できない。それだけでなく、さらに借金を頼む機会を求めて、ディーンに付きまとう。一方、ディーンの方は、ゴードンに昼をすぎても付きまとわれていたので、根負けして75ドルを貸して、ゴードンを体よく追いはらう。

さらに、大学時代の恋人のイーディスも、心身ともにボロボロで気が狂いそうだと告白して、少なくとも優しい言葉を期待していたゴードンにたいして、嫌悪すら感じて、「あなたは悪魔のようにみえるわ。」とか、「ゴードン、こんなあなたを見るのは残念だわ」(119)と言って、去ってゆく。

このように、ゴードンのかつて親しかったまわりの人間たちでさえも、現在のゴードンの苦境は、戦争体験から生じた心の病気に原因があるのではなく、ゴードン個人の資質に責任があるとみなして、ゴードンから離れてゆく。

現在の私たちからみれば、冷たい対応のようにみえる。しかし当時の状況では、ふつうの反応だった。むしろ、ゴードンの苦境につけ込んで、ジュエルのようにお金を脅しとろうとした人間に比べれば良心的でふつうだったといえる。

ディーンやイーディスの反応がふつうなのは、序章でも述べたように、戦場でのストレスから生じた症状がPTSDだと公式に病気と認められるまでの経緯をふり返ればあきらかだ。

また、この作品「メイ・デー」の批評史からもあきらかである。たとえば、スクラーは「ゴードンはもって生まれた弱さの犠牲者にすぎないのであって、彼の貧困は堕落の原因ではなく、結果である。[23]」と、きびしく断定している。あるいは、タトルトンは「ゴードン・ステレットの崩壊と自殺は、実利的で凡俗な米国や、金を巻きあげようとする女が原因というよりも、むしろ道徳的な意思をみずから麻痺させた結果である。[24]」と主張している。要するに、ゴードンの憐れな自殺は、ゴードンの心や性格の弱さに原因があるとしている。

ゴードンの変貌の原因を、もっと具体的に、ゴードンがアルコール依存症だったからだと主張する批評家もいる[25]。たしかに、名門イェール大学の人気者だった若者が、復員後には、疲れきって、哀れを誘うほどのひどい姿に変わっている。また、不健康な顔つきで、両目は血走っていて無意味に空転している。指もふるえている。それらは、アルコール依存症の人によくみられる姿だ。

また、ゴードンは、パーティーでダンスを踊ったとき、イーディスに「どうしてお酒を飲むの?」と問われて、「すごく惨めだからだよ。」(117)と答えている。この返答にも、アルコール依存症とみなされる資格はある。

ただし、この特権的なパーティーでは、アルコールがふんだんに供されていたから、パーティーのときに酔っていたからといって、アルコール依存症だとまでは言えないかもしれない。しかし、ジュエルと深い仲になって別れられなくなったのも、酔った勢いで書いた手紙のせいだと告白している。また、定宿にしている小さなホテルの部屋は「酒の嫌な臭い」(141)がしていたとも語られている。だからゴードンが、仮にアルコール依存症でなかったとしても、ニューヨークでは常習的に酒を飲んでいたのは間違いない。

しかし注意しなければならないのは、ゴードンの変貌のほんとうの原因は、常習的な飲酒にあったのではない点だ。その飲酒癖を生んだものに原因がある。アルコールへの依存は結果にすぎない。現在ではよく知られているように、戦争PTSDの苦しみから逃れるために、アルコールや薬物に依存するのは珍しくない。ゴードンの変貌の本当の原因は、戦争によるPTSDにある。

そう考えるのは、前にも引用したが、ゴードンはイーディスに、「この4カ月間、ぼくの内部では何かがプッツンと切れつづけているんだ、…(中略)…ほんとうにだんだんと気が狂いはじめているんだ。」(傍点筆者)と告白しているからだ。

ゴードンは「この4カ月間」、つまり除隊する約1カ月強も前から、「だんだんと気が狂いはじめている」のだ。気が狂いはじめていているのは、酒が自由に飲める退役の1カ月も前のことなのである。ゴードンの精神をむしばんで、気を狂わせはじめたものは、酒ではなく、戦場でのストレスから生じたPTSDだと考えざるをえない。

5月1日のゴードンは、なるほどアルコール依存症と似た症状をしめしている。しかし彼を翌日の自殺に追いこんだものは、アルコール依存症ではなく、戦争PTSDである。

主人公のゴードンを中心にした物語では、まとめると、戦争によるPTSDに苦しむ帰還兵士が、世間の無関心と冷たい対応のなかで孤立して、さらにジュエルのような性悪な女に追いつめられて、八方塞がりの状態で、みずから命を絶つ姿が描かれている。

ローズ2等兵とキー2等兵

つぎに、ローズと相棒のキーが登場する脇筋について考えてみよう。二人は5月1日の3日前にニュージャージー州で除隊したばかりの2等兵（Private = 兵卒）。除隊となり軍隊を放りだされて、ニューヨークに流れてきたのだ。

二人は、空腹と寒さに苦しんでいる。もうすでにシラミやノミに悩まされてもいる。所持金も、二人であわせて「5ドルにならないほど」（107）しかもっていない。二人は私服も買えず、軍服を着たままだ。

ニューヨークに出てきても、お金もないし友達もいない。ニューヨークで働いているキーの兄を除けば、訪ねるあてもない。復員した兵士であふれているニューヨークでは、もちろん働き先もない。刺激や面白そうなものを求めて、他の帰還兵士たちと同じように、あてもなくニューヨークの街中をうろつき回るより仕方がなかった。

復員兵士は、ニューヨークの街の住民にとっては迷惑な存在となっていた。語り手も「（ニューヨークは）兵士たちに完全にうんざりしていた」（104）と語っている。その結果、元兵士たちは世間からは嫌われて孤立することにもなった。とうぜん感謝されたり、ケアされたりすることもない。そんな孤立した彷徨のさなか、二人は、街角で群衆を前にして反戦演説をしている弁士を、ひとりの帰還兵士が殴りたおすのを目撃する。その後、その兵士を中心にした帰還兵士たちからなるヤジ馬とともに、5月1日だから開かれていたメイ・デーを祝う集会を襲撃しようと集会場に向かう。（帰還兵士たちが、左翼系のメイ・デーや左翼系の人びとを目の敵にするのは、まず、自分たちのうちに鬱積している行き場のない怒りや不満を発散させるためだった。）しかし二人は、その集会場が遠いのを知ると、その烏合の衆の隊列からも離れる。

この一連の振舞いに、二人の場当たり的で刹那の快楽を求める無責任な性格がよく現れている。

それから二人は、レストランのデルモニコズでウエイターをしているキーの兄に会いにゆく。キーの兄は、二人をレストランからすげなく追いださずに、しばらく物置部屋で待っているように言ってくれた。待っている間に、二人は酒を盗み飲みしたりしていたが、そのホテルのパーティーに参加していたイェール大の学生のピーターに発見される。しかし、酔っていたピーターに面白がられ、酒を勧められた。二人はただ酒をたらふく飲むことができたのだった。

その後、酔った二人がふたたび街中にでたとき、左翼系の新聞社を襲撃しようとしている群衆にたまたま出会った。すると何の考えもなく、その群衆に加わり一緒になって新聞社を襲う。

真夜中の新聞社には、たまたま訪れていたイーディスと、社員であるイーディスの兄ともう一人の社員しかいなかった。新聞社は、多勢に無勢で、暴徒に蹂躙される。その混乱のなかで、酔っていたキーは、たぶん本人の不注意から2階の窓から転落して死ぬ。まったく無意味で無駄な死だった。

やがて警官が来て、暴徒は排除される。ローズは現場から逃げおおせて、終夜営業しているレストランチェーンのチャイルズにゆく。そのレストランでは、ゴードンとジュエルのカップルが深刻な様子で話しこんでいる姿や、ピーターとディーンがパーティー後のバカ騒ぎをしているのをただ眺めていた。バカ騒ぎをしている二人組はやがてレストランから追いだされる。ここで、9章が終わっている。ローズと名ざしされたローズの描写も、この9章で終わる。

「小柄で浅黒い兵士」とローズ2等兵

つぎの10章では、チャイルズを追いだされたピーターとディーンの二人組が、つぎに立ちよったデルモニコズから出てきたときに、「小柄で浅黒い兵士」(138)と出会う場面が描かれている。その「小柄で浅黒い兵士」は、二人組を見知っている様子で、二人の後をつけて歩きはじめる。その兵士は、酔った二人がコモドアホテルで大騒ぎをしたあとで、ビルトモアに向かうと、そこまでもついて行く。そしてそのホテルのロビーで二人がふたたび出てくるのを待っていた。

その時に、イーディスも、宿泊先のビルトモアに、大柄なエスコートの男と一緒に戻ってくる。そのホテルのロビーで、イーディスは酔っぱらったピーターとディーンの二人組に出会い、ひと悶着(もんちゃく)が起きる。

その直後、イーディスは、その二人組をじっと眺めている「小柄で浅黒い兵士」を、ロビーの人ご

ビルトモアホテル（現存しない）

みのなかに見つける。そしてその兵士を指さしながら、「兄の脚を折った兵士があそこにいる。」（140）と甲高い声で叫ぶ。

するとエスコートの大柄な男が、電光石火、その「小柄で浅黒い兵士」に跳びかかっていく。その現場を、その最高級ホテルのロビーにいた男たちがすかさずとり巻いた。おそらく、この「小柄で浅黒い兵士」は、大柄な男に殴りたおされて、上流階級の男たちによって袋叩きにあっただろうと思われる。

ところで、10章のこの「小柄で浅黒い兵士」は、一度も名前で呼ばれることはない。だが、ローズであるのは間違いない。

というのは、この兵士がピーターとディーンを見知っていたし、新聞社を襲撃した姿をイーディスに見られているからだ。また、ローズはキーよりも「背が低く」て「色黒（swart）」（106）であるか、あるいは「小柄で浅黒い（short and dark）」（130）と語られているからだ。前後関係から考えても、論理的にも「小柄で浅黒い兵士」はローズである。

ところが語り手は、10章では、先にも述べたように、この兵士をローズとは一度も呼ばない。あくまでも「小柄で浅黒い兵士」で通している。しかし一方、ひとつ前の9章では、ローズという固有名詞で、２ページの間に7回も、必要以上の頻度で呼んでいる。なぜなのか。

なぜ「小柄で浅黒い兵士」なのか?

語り手は、あきらかに「小柄で浅黒い兵士」と「ローズ」とを意識的に使いわけている。そこには、どのような理由があるのだろうか。

語り手は、「小柄で浅黒い兵士」を、本文の１３８ページでは「a short dark soldier」と表し、同一人物であるにもかかわらず、１４０ページでも、定冠詞 the ではなく、不定冠詞 a をもちいた「a short, dark soldier」ともう一度表している。（ただし3度目は、定冠詞 the をもちいて「the short dark soldier」(140) と表している。）

語り手がローズという固有名詞を使わずに、不定冠詞 a を二度繰りかえしたのは、不定冠詞を強調して、ひとつの総称であることを強調しようとしたからだと思われる。不定冠詞を強調して、ローズだけのことではなく、2等兵や1等兵の下級の帰還兵士一般をさし示したかったからだと思われるのだ。

ローズやキーの本国帰還後の救いのない、きびしいどん底生活や、無意味な死や唐突に殴打されることは、二人に限られたことではない。下級の帰還兵士一般の帰国後の苦しみと困難の象徴である。そのことを描こうとしているのだ。

ところで、ローズ2等兵は、イーディスによって、兄の脚を折った犯人にされている。だが、そのローズは、栄養不良で「動物的な活力」(106)に欠けている。また、デルモニコズで酒をくすねるときにも明らかなように、気の弱い臆病な男だ。しかも新聞社への違法な乱入のときには、たんに面白そうだと群衆につき従っていただけだったのに、群衆の前面に押しだされて、違法な群れの先頭に立たされている。緊急な事態で、機敏で的確な判断ができる人間ではない。

そんなローズには、酔ってもいるし、新聞社内の大混乱のなかで、イーディスの兄を選びだして、その脚を折るなんて才覚はなかったはずだ。ローズがイーディスの兄の脚を折った可能性はほぼゼロだと思われる。

そして何よりも、イーディスは兄の脚が折られる現場を見ていたとは書かれていない。ただ群衆が事務所に乱入して来たとき、その先頭にいたローズの顔が、イーディスの記憶にたまたま残っていただけなのだろう。イーディスにとっては、ローズは兄の新聞社に乱入してきた暴徒を代表する象徴となっている。

上流階級のイーディスは、下級帰還兵士のローズの個別性を端(はな)から気にしていないのだ。そのイーディスの立ち位置を示唆するために、この場面では固有名詞で呼ばれていない。また、総称をさし示す不定冠詞が強調されて用いられているのだ。フィッツジェラルドは技巧的な作家でもある。

そのローズは、警官から逃れてたまたま入った終夜営業のレストランで、ディーンとともに酔ってバカ騒ぎしているピーターに、たまたま再会した。そして暇つぶしに面白そうなことを求めて、二人の後をつけビルトモアホテルにまで、たまたまやって来た。そこで、たまたまイーディスに見つけられた。それでローズは濡れ衣を着せられて犯人にされて、一方的に痛めつけられた。ローズは運からも見放されている。

ローズとキーは、3章の初めで、「見捨てられた無用なもの（driftwood）」として生き、「見捨てられた無用なもの」(106)として死ぬだろうと、語り手に予言されていた。

2階の窓から転落して死ぬキーは、予言通りの無意味で愚かな結末を迎えている。一方、ローズの描写は、濡れ衣を着せられて一方的に痛めつけられるシーンで終わっている。だからローズの今後の人生も、不運で不幸なもの――「見捨てられた無用なもの」――になるだろうことが示唆されている。

このローズとキーを中心にした物語でも、ゴードンの物語でエリートの帰還兵士の苦しみと困難が描かれていたように、下級の帰還兵士が直面しなければならなかった苦しみと困難が描かれている。

これまで検討した脇役のローズとキーが登場する章は五つある。そして主役のゴードンが登場する章は六つある。ひとつの章が重複しているから、全11章からなるこの中編で、10の章において、エリートの帰還兵士と下級の帰還兵士、つまり帰還兵士一般の帰国後の苦しみと困難が描かれている。

とすればこの中編は、作者フィッツジェラルドが語っているような「世間の興奮状態」だけを描いたものではなく、帰還兵士たちの帰国後の苦難をも描いた作品だともいえる。

豪華なパーティーの意味

この作品は帰還兵士一般の帰国後の苦難を描いている。であるなら、四つの章で描かれている豪華なパーティーとその後の乱痴気騒ぎにも、「世間の興奮状態」を切りとって描いたものだという従来の解釈とは違った意味を読みとることができる。

この作品は、エリート大学の学生や卒業生が、戦勝がもたらした解放感や好景気のなかで、ジャズエイジの始まりを象徴するような華やかなダンスパーティーと、その後の軽薄なバカ騒ぎとを描いている。そう解していただけでは済まなくなるのだ。

その時に参考になるのが、この作品のプロローグの存在だ。

そのプロローグでは、音楽隊を先頭に隊列を組んでブロードウェイを行進する凱旋兵士たちを、人びとが「窓際から」(97) 熱烈に歓迎している姿が描かれている。その一方で、凱旋兵士を歓迎している人びとは、実は、歓迎を口実にニューヨークに出てきて、ニューヨークでの飲食や買い物やエンターテイメントなどを楽しむためであることが語られている。

たとえば、人びとの異常なまでの購買欲に、「ああ！　トリンケットも売りきれた！　どうしたら良いのやら、神様お助けを！」(98) と、嬉しい悲鳴をあげている商店主の姿が喜劇的に誇張して語られている。そこには、凱旋兵士の歓迎を口実に、自分の欲望を満足させることにまい進している利己的な人びとにたいする作者の批判的な眼が読みとれる。

また、このプロローグで語り手は、凱旋パレードの様子を、「毎日毎日、歩兵たちはブロードウェイを陽気に行進し、全員が気持ちを高ぶらせている、なぜなら帰還した若者たちは純粋で勇敢、紅顔皓歯で、そして故郷の娘たちは処女で顔も姿も見目麗しいからだ」(98)と語っている。

しかし本文で描かれている帰還兵士のゴードンもローズもキーも全員が、陽気でもないし、気持ちを高ぶらせてもいない。「純粋で勇敢、紅顔皓歯」とはまったく正反対の帰還兵士たちだ。また、「故郷の娘」であるジュエルも「処女で顔も姿も見目麗しい」とは、とても言えない女性だ。

凱旋兵士や故郷の娘を極端に誇張して理想化して語っている。そのことで、語り手が凱旋パレードやその観衆にも皮肉な眼を向けて批判的に見ているのが分かる。

しかし同時に、理想化された凱旋兵士や故郷の娘の姿が語られることで、凱旋兵士の歓迎を口実に、みずからの利己的な欲望を満たすことに狂騒している人びとの醜さが、いっそう際立つ。それも事実だ。

もちろん語り手の皮肉で批判的な眼は、凱旋兵士や故郷の娘たちよりも、凱旋兵士の歓迎を口実に、自分の欲望を満たすことに狂奔している人びとにより強く向けられている。

プロローグの語り手のこうした視線を考慮すれば、イーディスを中心にしたパーティーの場面やパーティー後のバカ騒ぎも、当時の世相の描写を越えた意味をもつようになる。

5月1日の夜に、デルモニコズで始まったイェール大学同窓会主催のパーティーは、日付をまたいで続き、その後の乱痴気騒ぎは翌朝9時過ぎまで続く。

5月1日は、1918年11月11日の休戦から半年もたっていない。ローズやキーのように、まだ戦場から兵士たちが復員している時期だ。街中には、行く当てもなく不満をいだいた貧しい帰還兵士たちが、住民にいみ嫌われながらうろついている。

そんななか、戦前から続く伝統と格式を誇るレストランで、全米の各地から出てきたエリート大学の学生や卒業生が、最高級のホテルに泊まり、上流階級の女たちと「戦後最高」(104)の豪華なパーティーを楽しみ、その余韻を傍若無人に楽しんでいる。

そこで描かれている世界は、みじめで貧しい帰還兵士たちがさまよっているニューヨークの現実とは別世界だ。ゴードンでさえも、「この場所全体が、ぼくには夢のようだ、ここデルモニコズは。」と、思わず語っているように、現実世界から隔絶した夢のような別世界なのである。

このパーティーの世界は、凱旋兵士を「窓際から」歓迎しながら、歓迎を口実に、自分たちの欲望の充足をひたすら求めている人びとの世界と同質だ。この二つの世界の人びとは、自分たちの特権的な世界に自足して、浮かれ騒いでいる。

両者とも、眼の前にいる帰還兵士のきびしい現実を見ようともしない。彼らの苦難を知ろうともしない。作者は、プロローグで凱旋兵士を歓迎する人びとに向けたのと同じ皮肉で批判的な視線を、パーティーとその後のバカ騒ぎに向けている。

であるなら、恵まれたエリートたちが催すこの豪華で派手なパーティーとその後のバカ騒ぎとの描写は、彼らエリートたちとまったく対極的な世界に生きざるをえない帰還兵士たちの苦しみと困難を際立たせるためのものだと考えられる。

帰還兵士の苦難

中編「メイ・デー」は、先にも述べたように、主筋のゴードンにまつわる話と、副筋のローズとキーにまつわる話と、おもにイーディスが中心にいるパーティーにまつわる話の三つの話からなっている。その三つの話のなかで、登場人物たちが交差している。しかも三つの話は、帰還した兵士の苦難というテーマとそれぞれ関わっている。

作者フィッツジェラルドは、ゴードンを主人公に、ローズとキーを脇役に、イーディスを繋ぎの人物に設定することで、戦争のもたらすマイナスの影響を広範に描いている。

ゴードンの場合では、外見的には無傷で帰還しても、戦場で心に深刻なダメージを受けた結果、ふつうの日常生活が送れなくなった兵士の姿が描かれている。しかもそんな兵士は、兵士の心の傷に無関心で冷淡な世の中のなかで孤立して、結果として自殺を選ばざるをえないのだ。

ローズとキーの場合では、戦場から帰還した下級兵士が何のケアも準備もなく、軍隊からとつぜんポイ捨てられた苦悩と困難が描かれている。帰るべき実家も、待っている人もいないときの、下級の帰還兵士たちは、お金もなく頼れる人も行き場もない。大都市に流れてきて、刹那的な刺激を求めて街中をうろつき回り、街の住民にはいみ嫌われている。そういう冷たい世間の対応のなかで、下級の帰還兵士たちは孤立し、おろかで無意味な死に方をしたり、孤立無援のなかで世間の人びとから理不尽に痛めつけられたりしている。

作者フィッツジェラルドは、メレディスも指摘しているが[26]、戦場ではなく、戦後の個人の辛さや苦しみに関心をもっていた。この作品でも、帰還兵士たちの帰還してからの苦難がおもに描かれている。

〔＊中編「メイ・デー」の日本語訳は、佐伯泰樹編訳『フィッツジェラルド短篇集』（岩波文庫）などで読める。〕

長編『グレート・ギャツビー』

1925年に出版された『グレート・ギャツビー』（*The Great Gatsby*）は、フィッツジェラルドの代表作。また、アメリカ文学を代表する古典でもある。そして作家村上春樹（1949年生まれ）が最も影響をうけた作品としても知られている[27]。

この作品は、タイトルになっている人物ギャツビーに焦点を当てて、アメリカン・ドリームとの関連で読まれることが多い。しかし先の中編「メイ・デー」を読んだときのように、第一次世界大戦との関連で、語り手のニックに焦点を当てて読むと、これまでにない新しい面白さが発見できる。

『グレート・ギャツビー』の表紙

そもそも『グレート・ギャツビー』は、第一次世界大戦から帰還した兵士であるニックが、ニューヨークで出会った同じ帰還兵士のギャッツビーがいかにグレート（＝偉大）であったかを語っている小説。帰還兵士が帰還兵士のことを語っている物語なのだ。

ニックがニューヨークに出てきた理由

語り手であるニックは、基本的には自分が見聞きしたことを語っている。だから語り手であるだけでなく、この作品の重要な登場人物でもある。

そのニックは、１９１５年に東部の名門イェール大学を卒業した教養あるエリート。父親も１８９０年にイェール大学を卒業しているような、中西部で３代続いた裕福な名門の出身だ。おそらく１９１７年か１９１８年に従軍して、１９１９年には復員したと思われる。

復員後の「１９２２年春」（６）に、ニックは故郷の中西部からニューヨークに出てきた。帰還してから２年あまり故郷にいたことになる。故郷でのその間の生活については、ニックがほとんど語っていないので、よく分からない。ただし、故郷をでた理由は、ニック自身が語るところによると、つぎの二つである。

ひとつ目の理由は、「私はその反撃（＝第一次世界大戦）を完璧に楽しんだので、帰ってきても落ちつかなかった。わが中西部は、今では世界のあたたかな中心ではなく、宇宙のギザギザな果ての断崖のように思えてきた――それで東部（＝ニューヨーク）に行って、証券業を学ぼうと決心した。私の知っている者は皆証券業に就いていたし、独身者がもう一人ぐらいは証券業に入りこめると考えたからだった。」（6）と語っている。

二つ目の理由は、幼馴染の女性と「婚約した」（19）という噂が広まったことにあると語っている。

まず、第一の理由について考えてみよう。引用した語りの前半部分で、ニックは、第一次世界大戦を「完璧に楽しんだ」と語っている。しかしそれは、本心からの言葉だとは思えない。ニック自身はかつて大学新聞に連載論説を書いていたような教養のある文系の人間だ。そんな人間が殺し合いである戦争を「完璧に楽し（む）」なんてことはありえない。まったく苦痛に満ちた悲惨な体験だったことを反語的に表現しているのだ。

それに続く訳文の「帰ってきても落ちつかなかった」の元の英語は、「I came back restless」だ。英語の「restless」には、「落ちつかない」だけでなく、「イライラした」、「安眠できない」、「休めない」の意味がある。だからこの部分は、「帰ってきても休めない」とか「帰ってきても安眠できない」の意味にとることもできる。

それに続けて、ニックは「わが中西部は、今では世界のあたたかな中心ではなく、宇宙のギザギザな果ての断崖のように思えてきた」（傍点筆者）と語っている。

戦場にゆく前には、生まれ故郷は「世界のあたたかな中心（the warm center of the world）」と感じられていた。ところが、復員後は「宇宙のギザギザな果ての断崖（the ragged edge of the universe）」のように感じられるようになったのだ。

英語の「ragged edge」には、「ギザギザな果て」だけでなく、「ギザギザな断崖」の意味もある。

だからここでは、宇宙の荒涼たる果ての果てであることが強調されている。しかも「世界」が、復員後は「宇宙」にまで拡大されている。宇宙の果てとは、エドガー・アラン・ポーが『ユリイカ』（1884年）のなかで言っているように、想像力の限界と同じ意味だ[28]。現代科学では、「時間の始まりの瞬間[29]」が存在するところだ。考えうる限り遠い所である。

ニックは、それまで「あたたかな」世界の中心にいたと思っていた。ところが、戦争から帰ってからは、遠い遠い宇宙の果ての荒涼たる断崖の上に、ひとりポツンとうち捨てられていると感じて、心が落ちついていない。それが、復員からおよそ2年後にニューヨークに出てきたひとつ目の理由だ。

ニューヨークに出てきた二つ目の理由は、幼馴染の女性と近々結婚するだろうという噂が広まったからだったと説明している。

テニスを一緒にすることもあったその女性には、ニューヨークに出てきてからも、しばらくは末尾に「愛するニックより」（48）と書く手紙を毎週だしていた。好意をもっていたが、ニック自身は目下結婚する気はなかったのだ。それで、故郷から逃げだしたと言っている。

噂に強いられて結婚したくないのであれば、その噂を否定すれば、それで済む。しかしその噂をあえて否定しようとしないで、その噂が届かない所に逃れている。このニックの振舞いからは、人生にたいして消極的というか退行的な対応をするニックの姿があきらかになっている。

ニックの特徴

故郷からニューヨークに出てきた先の二つの理由から分かる、ニックのその時の特徴を要約すると、つぎのようになる。

（1）自分の経験した戦争を、苦痛に満ちた耐え難いものだったと感じている。

（2）戦争から帰ってからのニックは、心が落ちつかずイライラや不眠に苦しんでいる。

（3）戦争から帰ってからのニックは、自分のまわりの世界が一変したと感じていて、ふかい荒涼たる孤立感や疎外感に苦しんでいる。

（4）故郷では心が落ちつかず荒涼たる孤立感や疎外感に苦しんでいたから、その苦しみから逃れるためにニューヨークに出てきている。

（5）ニューヨークで証券業に就いたのは、とくに証券業界で成功したいからというのではなく、戦後の証券ブームのなかで「独身者がもう一人ぐらいは証券業に入りこめる」だろうと、つまり就職が簡単だったから証券会社を選んでいる。

（6）すでに29歳になっている裕福な名門の一家の男であるのに、結婚したいという気がない。

（7）結婚の噂への対応の仕方からは、自分の人生にたいして積極的に立ちむかおうという気概がなくて、面倒なことからは逃げようとする傾向があるのが分かる。

これら七つのニックの特徴を、序章でしめしたＰＴＳＤの診断基準と比較すれば、その項目に以下の六つの点で該当しているだろう。

1．(1)の経験した戦争を苦痛に満ちた耐え難いものだとニックが感じているのは、診断基準のAの1と2と3と4とに該当する経験をしたからだと思われる。
2．ニックの特徴の(2)は、診断基準のEの1と6とに該当するだろう。
3．ニックの特徴の(3)は、診断基準のDの2と6とに該当する。
4．ニックの行動の(4)は、生まれ故郷の中西部の町では皆が知り合いで「絶えず監視されている」(137)状態からの、つまり、他人の眼に映った自分の病的な姿をたえず意識せざるをえない状態からの脱出を意味している。そんな監視のなかでは、自分の戦争での経験や記憶を忘れることがむずかしいとニックは感じていただろう。だからニックのこの行動は、診断基準のCの2に該当するだろう。
5．ニックの特徴の(5)と(7)は、診断基準のDの2と5から生じた性向だろう。
6．ニックの特徴の(6)は、診断基準のDの5と7とに該当するだろう。

以上の六つの点から、ニックは第一次世界大戦に参戦したことで、戦争PTSDに罹っていた可能性がたかいと思われる。

つけ加えておくならば、ニックも米国人兵士だけで約2万6千人の戦死者をだした第一次世界大戦における最大の激戦であるアルゴンヌの戦い(1918年9月26日〜11月11日)に加わっていた可能性がたかい。というのはニックは、アルゴンヌの戦いで勲章をもらっているギャツビーと同じ第3師団に属していたからだ。もちろん、膠着している激戦に加わることは、戦争PTSDに罹る可能性をたかめる。

ニックと戦争PTSD

ニックが戦争ＰＴＳＤに苦しんでいたとすると、ニックにまつわる謎めいた状況や出来事が理解できるものになる。

たとえば、ニックがニューヨークに出てゆきたいと言ったとき、叔父や叔母までも集まり、プレップスクール（＝寄宿制の進学高校）を選ぶ時のように、「とても厳粛でためらいがちな顔つき」で「やっとのこと」、「『まあ、いいだろう（Why – ye-es)』」（６）と応じたのだ。しかも父親は、ニューヨークでの最初の１年間は資金援助してやるとも言ったのだった。常識的に考えれば、二つとも謎めいた反応である。

まず、親族までも集まって、ニックがニューヨークに出てゆくこのことの可否を議論するのが謎めいている。それから、その親族たちが、とても厳粛に、ためらいがちに、やっとのことで、しぶしぶ認めるというのも謎めいている。さらに、ニューヨークに働きに出てゆく息子にたいして、父親が最初の１年間という期限つきで資金援助すると約束するのも謎めいている。

なぜなら、ニックはエリート大学イェールの卒業生で、海外の戦場も経験している29歳の男だから。立派すぎるほどの大人の意志だから、ふつうなら、親族の意見を聞くまでもなく、本人の意志を尊重するだろう。また、ふつうなら、29歳のエリート大学の卒業生で帰還兵士が働きにでるに際して、親が1年間という期間を決めて資金援助する必要もないだろう。

ということは換言すれば、故郷に復員してからの「落ちつかない（restless）」（6）ニックは、ふつうの29歳のエリートの大人とは、まわりの人間からみなされていなかったと考えられる。高校の進学先さえも自分で決められない15歳の頼りない男の子のように、この時の「落ちつかない」ニックはまわりの人たちからみなされていたのではないか。

であるならば、ニックは戻った故郷では、先のニューヨークに出てきた理由から推測できたように、戦争によるPTSDに苦しんでいたと考えるのが最も妥当な推測だろう。戦争PTSDに苦しんでいて、「落ちつかない」ニックは、大人としての信頼を得るような振舞いが、帰郷後の実家ではできていなかったと考えられるのだ。

またニックは、米国に帰還してからニューヨークに出てくるまでの約2年間、故郷で何をしていたのかを、テニスを別にすれば具体的に語ろうとはしない。しかしそのことも、その間はPTSDに苦しんでいたので、語るに足る社会生活を送れていなかったと考えれば納得できる。

さらに、中西部の裕福な名家の男が、戦場から帰還後2年ほども故郷ですごした後、野心もなくニューヨークにたんなるサラリーマンとして働きに出てくることも謎めいている。

だが、故郷にいた約2年間にPTSDからある程度回復したから、転地療養とリハビリをかねてニューヨークに出てきたと考えれば、ニックの振舞いも納得できる。また、そう考えれば、親族たちが躊躇しながらも、しぶしぶニューヨーク行きを認めたのも、父親が1年間という期限を切って、資金援助を約束しているのも納得できる。

また、ニックの女性への対応も、ニックがPTSDから完治できていなかったと考えれば、納得できるものになる。ニックは3人の女性とのつき合いを語っている。

最初の女性は、先にも述べた故郷でテニスを一緒にした女性。この女性とはニューヨークに来てからも毎週のように手紙を書いていたが、いつの間にか手紙も書かなくなっている。そして約6カ月間ニューヨークですごした後で、故郷に戻ってからの彼女との関係については、ニックは何も語っていない。だが、以前のような親密な交際の再開はおそらく無かったと思われる。

二人目の女性は、同じ会社の経理部の女性で、彼女とは「短期間の関係（a short affair）」（46）をもった。〔＊a short affair には、「つかの間の情事」の意味もある。〕だが、彼女の兄が知るところになると、面倒に感じて会わなくなり、そのまま関係を終わらせ、あっさりと別れている。またニックは、この女性を最後まで「ある娘（a girl）」（46）とのみ呼んで済ませている。

三人目の女性はジョーダン・ベイカー。ジョーダンとは4カ月間ほどかなり深いつき合いをしている。だが、ジョーダンに言わせれば、「電話一本であなたは私を捨てた。」（138）という形で別れている。

これら3人の女性とのニックの別れ方は、冷淡なところがあると感じられるほど、非常にあっさりしている。愛したことが尾を引くことは無い。ギャツビーがデイジーにあくまでも執着するのと、まったく対照的だ。

ギャツビーとの比較で考えると、ニックは女性をほんとうには愛していない、あるいは愛することができないのではないか、と感じられるほどだ。もしそうなら、その3人の女性への対応に見られるある種の冷たさも、PTSDの診断項目のDの7が指摘している「幸福や満足や愛情のような肯定的な感情を抱くことができない」に該当していると考えられる。

あるいはまた、ニューヨークで30歳の誕生日を迎えたときのニックは、これからの10年間が「不吉で脅威を与える」(106)ものになるだろうと感じている。そしてその10年間は、今後の「孤独な10年間」(106)となるのを約束しているとも感じている。

今後も幸せな家庭をもつことも考えられず、将来にたいしてさらなる不吉や脅威や孤独を感じているのだ。これは、先のPTSDの診断項目のDの2と5と6と7とにみられる、自分自身にたいして否定的な信念を抱くや、意義のある活動への参加や関心が減退するや、孤立しているとか疎外されていると感じるや、幸福や満足や愛情のような肯定的な感情を抱くことができない、に該当する。

さらに語り手のニックは、物語の冒頭で「判断を保留することは無限の希望をもつことだ。」(5)と語っている。ニューヨークから戻った後でも、判断の保留が希望を生んでいるという、シニックで虚無的な主張をしている。これも、ニックがPTSDの苦しみから完全には解放されていないか、その記憶にまだ囚われていると考えれば、理解できる。

まとめると、ニックとニックにまつわる描写には、以下のような七つの特異な点や謎めいた点がある。

（1）イェール大卒の帰還兵士の29歳のニックがニューヨークに出てゆくことを、親族たちが集まってきて、しぶしぶ認めたこと。
（2）ニックがニューヨークに出てゆくに際して、父親が1年間の経済的な援助を約束したこと。
（3）ニックは復員してから、故郷で取りたてて語るに値するほどのこともせずに2年あまりを過ごしていたと思われること。
（4）名家出身のニックがこれといった野心も目的ももたずに、故郷の中西部からニューヨークに出てきたこと。
（5）ニックはつき合った女性に執着せず、冷淡なまでにあっさりと別れていること。
（6）イェール大卒の30歳のニックが、今後の10年間が不吉で脅威にみちた孤独なものとなるだろうと暗い予測をしていること。
（7）ニックが希望にたいして、距離をとって皮肉な眼でみていて、積極的に肯定的に評価できないこと。

これら七つのうち（1）から（5）までは、ニックが、米国に帰還後も戦争PTSDに苦しんでいて、実家で戦争PTSDからの回復に努めていて、ある程度回復したから転地療養とリハビリを兼ねてニューヨークに出てきたと考えると納得できるものになる。そして（6）と（7）は、戦争PTSD（の後遺症）がニックにまだ残っていたと考えると納得できるものになる。

逆にいうと、これら七つのニックにまつわる特徴ある振舞いや謎めいた振舞いも、ニックが戦争P

TSDに苦しみ、そのPTSDから完治できていなかったことの補足的な証明ともなっている。

さらにつけ加えるならば、ニックが戦争PTSDに苦しんでいたと考えられる傍証もある。

ニックは、プールで銃殺される直前のギャツビーの胸中を、その時のギャツビーは、きっと「威嚇的な」木の葉だと、「見慣れぬ」空だと、「グロテスクな」バラの花だと、「荒々しい」(126)陽の光だと感じていたに違いないと語っている。

秋の日の風景の描写としては、形容詞がふつうではない。まわりの世界にたいする感覚の描写が尋常ではないのだ。ギャツビーには、まわりの世界が威嚇的で、グロテスクで、荒々しい、見慣れぬものに見えていたに違いないと、ニックは想像している。

同時にニックは、この時のギャツビーが「かつてのあたたかな世界を失くしてしまったと感じていたに違いない」(126)(傍点筆者)とも語っている。さらに、ギャツビーがこの世界を「現実感はないのに実質がある、新しい世界」(126)(傍点筆者)と感じていたに違いないとも語っている。

言うまでもないことだが、殺される直前のギャツビーの胸中は誰にも分からない。すべてニックの想像だ。しかもその想像が、「あたたかな世界」という同じ語が両方で使われていることからも推測できるように、ニックが帰還後に「あたたかな世界の中心」から追放されて、「宇宙のギザギザな果ての断崖」にうち捨てられていると感じていた心境と同種のものだ。

ニックは、ギャツビーの胸中に仮託して、ここでも自分のPTSDの苦しみを語っているとみなせる。ここで語られているまわりの世界が、威嚇的で、見慣れぬもので、グロテスクで、荒々しくて、その世界にあたたかみや現実感が欠けている点は、ＰＴＳＤの診断項目のＤの2と6とに該当するからだ。

ニックが出会ったギャツビーという男

ニックは復員後も戦争ＰＴＳＤに苦しんでいて、それからの回復に努めていたのなら、先に述べたように、ニューヨークに出てきたのも転地療養とリハビリの一環だと考えられる。また、そう考えれば、ニューヨークで生活を始めたときに、新緑に感激して、「夏とともに生命（life）はまた再び始まる」（7）〔＊lifeには「人生」の意味もある〕という、つよい感慨をもったのも理解できる。

このように、戦争ＰＴＳＤから抜けだして以前のようなノーマルな人生を送りたいと願っていたとき、ニックはギャツビーに出会ったのだった。

ギャツビーも帰還兵士だった。それだけでなく、ギャツビーはアルゴンヌの戦いを経験していた。アルゴンヌの戦いは、先でも述べたが、第一次世界大戦で最大の激戦で、米国人兵士だけで約2万6千人が戦死した〔＊この戦死者数は大戦中の全戦死者数の約半分〕。しかもギャツビーは、敵に包囲されたなかで、じゅうぶんな装備をもたぬ１３０人の部下を率いて「2昼夜」（53）戦いぬいた。

その勇気と戦功で少佐に2階級特進して、あらゆる同盟国が勲章をくれたと、ギャツビーは語っている。

命の危険にさらされる猛烈な激戦を経験した兵士だったのだ。それでもギャツビーは、ニックとは違って、戦争の後遺症に苦しんでいる様子を少しもみせない。人妻になっているデイジーとの結婚を夢みて、希望をもって前向きに生きている。

休戦後、ギャツビーは米国に帰還するとすぐに、デイジーと出会った思い出の地ケンタッキー州ルイビル市に向かった。そして軍から支給された給与を使いきるまで、1週間滞在した。戦後も、ギャツビーはデイジーを変わらず愛しつづけているのだ。

16歳のとき、ギャツビーは、ノースダコダの貧しい農民の両親を見限って家出した。そんなギャツビーには、ニックと違って、帰るべき実家はなかった。それで生きるために、仕事を捜しにニューヨークにやって来た。そして賭け玉突き場で、ギャングのウルフシャイムと出会った。

その時のギャツビーは、先の中編「メイ・デー」のローズやキーと同じように、平服を買うお金がないので勲章をつけた軍服を着たままだった。ウルフシャイムの観察によると「2日間なにも食べていない」(133)ようにみえていた。

しかしギャングのウルフシャイムと組むことで、3年もたたずに莫大なお金を手にいれた。今はウエストエッグに敷地約16万㎡(約4万8千坪)のフランスの市庁舎風の大邸宅に住んでいる。その大邸宅は、ニックがたまたま借りた借家の隣だった。

そのギャツビーは、ニックが観察したところでは、5年前に出会って恋に落ちたデイジーをふたたび獲得しようとして、全身全霊を傾けている32歳の男だった。デイジーは、すでに大富豪のトム・ブキャナンと結婚していて、2歳の娘もいる。それにもかかわらず、ギャツビーはデイジーとの結婚をあきらめずに結婚を夢みている。そんな男として、ニックの眼には映っている。

ギャツビーは、デイジーとの結婚のために、ニックがデイジーとは親戚で、二人にはつき合いがあるのを知って、ニックに近づいてくる。そしてデイジーとの再会の仲介を頼んでくる。ニックも、ギャツビーがデイジーにたいして純粋で一途な愛情を抱いていると感じとったこともあって、ギャツビーの求愛行動に肩入れするようになる。

ニックがギャツビーに肩入れする理由

ニックは自分が「正直な人間」（48）であって、「人間として基本となる作法の感覚」（5）を身につけているのを誇りにしている。そんなニックが、「心からの軽蔑」（6）をすべて具現していると感じていた現役のアウトローであるギャツビーと、知人の妻となっている又従妹（またいとこ）のデイジーとの恋愛を阻止しないで、手助けている。

矛盾した振舞いだ。この矛盾に、ニックも気づいている。だからその説明を間接的にしている。その説明のなかで最も重要なものを要約すると、ギャツビーが「人生における有望な兆しにたいするある種の高感度の感受性」（6）をもっていて、「希望を見いだす非凡な才能、ロマンチックな即応力」（6）を身につけていたからだった。

具体的な例をあげれば、ギャツビーは、ニックの観察によれば、遠くの対岸に見える「ひとつの緑の灯火」（20）にたいして、そこに美しいデイジーの姿やデイジーとの幸せな将来の姿を読みとっている。そして両手をさしだして、小刻みに震えながら没我の状態になっているのだ。

そのギャツビーの姿に、「人生における有望な兆しにたいするある種の高感度の感受性」や「希望を見いだす非凡な才能、ロマンチックな即応力」を見いだして、ニックはつよい感銘を受けている。

同じような例は、つぎの場面でも見いだせる。デイジーは、プラザホテルでギャツビーの裏の顔を夫のトムから聞かされて、それまでの態度を豹変させた。また、その直後にデイジーは運転していた車でマートルを轢(ひ)き逃げした。

プラザホテル

デイジーのそうした振舞いを知った後でも、ギャツビーはデイジーに絶望して見捨てるようなことはしない。ニックでさえも、デイジーのこの一連の振舞いを断罪して、その直後には、一時的にせよデイジーをきびしく「無価値なもの（nothing）」（114）とみなしている。だからおそらく、ギャツビーでさえもデイジーにいったんは失望しただろう。

しかしギャツビーは、自宅に戻ったデイジーを建物の外から、デイジーの身を案じながら、朝の4時ごろまでデイジーの部屋の窓を見守っている。

ギャツビーのその振舞いを見て、ニックはギャツビーが絶望的な状況のただなかにいても、そこに何かしら希望を見いだしたからこそ、寝ずの見守りをしていたと理解している。そして感激して、その見守りには「神聖さ」(114)があったと、最大限の賛辞を捧げている。その賛辞は、ニックがギャツビーの振舞いに「希望を見いだす非凡な才能」を見いだしたからこそ生まれたものだ。

以上の二つの例からだけでも、ニックがギャツビーの「人生における有望な兆しにたいする好感度の感受性」や「希望を見いだす非凡な才能、ロマンチックな即応力」をたかく評価しているのが分かる。そうしたたかい評価は、ニックがそういう能力に憧れをもっていたからだ。

その憧れは、今のニックにはそういう能力が欠けていることを表している。その能力を身につけたいと渇望しているのだ。だからこそ、ギャツビーのその能力に激しく反応して、つよい感銘を受けている。

そういう能力は、PTSDの診断項目のDの2と4と5と6と7などから推測できるように、PTSDに苦しむ人に欠けている能力だ。

PTSDに苦しんでいたニックが、ギャツビーのこの能力にとくに注目してふかく感動したのも納得できる。さらに、ギャツビーのこういう能力に注目して、つまりギャツビーのロマンチックな側面に注目して、ギャツビーの姿を語ろうとしたのも理解できる。

なぜなら、ニックは自分が苦しむPTSDから回復したいと望んでいたからだ。そしてその回復のためには、ギャツビーの「人生における有望な兆しにたいする好感度の感受性」や「希望を見いだす非凡な才能、ロマンチックな即応力」を自分も身につける必要があると考えていたからだと推測できる。

ギャツビーのそうした能力を強調して語ることで、ニックはその能力を再確認し再認識して、その能力を自分も身につけようとしていたのだ。だからこそ、ニックはギャツビーの不倫の愛に肩入れしてまでも、ギャツビーのそういうロマンチックな能力に魅せられて語っているのだ。

さらにもう一つニックがギャツビーをたかく評価している要素がある。それは、大きく分ければ先のロマンチックな能力にふくまれる特質だが、ニックがとくに強調して語っているので、ここでも触れておく。

その要素とは、ギャツビーが弱肉強食の非情なギャングの世界でのし上がってきた犀利（さいり）な男であるにもかかわらず、「小さな子どものような」(69) 純情さと率直さを今ももち続けている点だ。そのコントラストがとりわけ魅力的なのだ。

『グレート・ギャツビー』のDVD

たとえば、それはニックの家でデイジーと約5年ぶりに再会する場面に典型的に現れている。この時、ギャツビーは約束時間の1時間前には、白のフランネルのスーツに「銀のシャツに、金色のネクタイ」(66) という、心の高鳴りをちょくせつ反映させた奇抜な服装で現れている。そしてデイジーと対面する直前には、ふたたび玄関にでて「死人のように蒼白になって、両腕を重りのように上着のポケットに突っこみ、私の眼を悲壮な感じで睨みつけながら、水たまりのなかに立っていた」（67）のだった。ところが約1時間後にニックが戻ってくると、「ギャツビーは文字通り輝いていた、…（中略）…新しい幸福が彼から放射して小さな部屋を満たしていた」（70）のだ。

なんという純情。なんという率直さ。ニックが魅了されたのも理解できる。こうした率直さや純情は、大人の場合では、一時的にしろ、現実や経験の重さや複雑さを忘れることができたり、無視できたりできるロマンチックな能力から生まれるものだ。

ニックが語ろうとしないギャツビー

ニックは、希望や未来への期待のようなロマンチックな能力を身につけたいと望んでいる。そのために、ロマンチックなギャツビー像を語りつづけている。一方、ギャツビーのアウトローの側面、つまり現実の社会でギャツビーの存在や生活を成りたたせているリアルな側面については、あまり注目しないし、直接的には語ろうとしない。

ニックは、ギャツビーをデイジーとの結婚を夢みて全身全霊で努力している男とみなそうとしている。しかし現実のギャツビーは、そんなに単純なロマンチックな男ではない。

たとえば、ギャツビーは、ニックにデイジーとの仲介を頼む同じ日に、ギャングのウルフシャイムとの3人でのランチをセッティングしている。それだけでなく、その食事のとき、ウルフシャイムはニックに「仕事のゴネクション（＝ギャングの仕事）」（56）の話を始める。
たしかにギャッツビーは、その話を即座にさえぎり、人違いだと訂正している。しかし、ワールドシリーズでの八百長を成功させたようなギャングが、「ゴネクション」の話で人違いをするはずがない。この時のニックが、ウルフシャイムのあまりにもギャング然とした振舞いに「動揺している[30]」のを見て、ギャッツビーがとっさに機転を利かしたと思われる。
というのは、当日の深夜2時に帰宅したニックに、待ちかまえていたギャッツビーは、証券の仕事と関わる、あまり時間を取らない、結構なお金になる「ちょっと秘密を要する」（65）仕事をしないかと提案しているからだ。「ゴネクション」の話を、今回はギャッツビー自身が持ちかけているのだ。ところが、ここまであからさまにアウトローの仲間に入ることを誘われているのに、ニックはその時はそのことに気づいていない。（ただし故郷に帰ってからは、そのことに気づいていて、「わが人生における危機」（65）だったと回想している。）

この時のニックは、ギャッツビーがデイジーとの恋愛に夢中になっていると信じている。だから、この「秘密を要する」仕事の申し出が、デイジーとの恋の仲介を応諾したお礼だと考えていた。だから「人間として基本となる作法の感覚」を身につけているのを自慢しているニックは、この申し出をある種の賄賂（まいない）と考えて断っている。結果的にギャングの仲間に引きずり込まれるのをまぬがれている。

この時のギャッツビーは「ゴネクション（＝ギャングの仕事）」の紹介を、デイジーとの仲介のお礼という形をとることで、ニックが「仕事」を、つまりギャングの仲間入りを受けいれやすくしている。

リアリストのギャツビーが、ニックのロマンチックなものに傾斜している心情を、冷静に計算して利用しようとしている場面だ。

ところで、デイジーとの仲介を頼む当日に、自分がギャングと親しい関係にあるのを顕示するのは、ふつうはありえない。この不合理な振舞いは、デイジーとの仲介がうまくいかなくなっても良いから、ニックとウルフシャイムとの顔つなぎをしたかったからだ、と考えざるをえない。

そして、その顔つなぎは「仕事」のためであったのは間違いない。ギャツビーは、この場面では、恋愛の成就よりも、「仕事」を優先している。

また、同じことが、つぎの場合にもみられる。

デイジーが運転していた車が、プラザホテルからの帰途、ウィルソンの店の前で轢き逃げ死亡事故を起こした。その車はギャツビー所有のニッケルのパーツが輝いているド派手な車（＝たぶん手作りのカスタムカー）で、黄色だった。〔＊当時の市販車は黒色が一般的だった。〕目撃者も複数人いた。また、ウィルソンの店もギャツビーの邸宅から遠く離れてはいなかった。早晩、警察が轢き逃げした黄色い車の持ち主がギャツビーだと割りだすのは自明だった。

それでニックは、その日の夜明け前には、ギャツビーにとりあえず州外かカナダに逃亡することを勧める。ところが、ギャツビーは逃亡のアドバイスを拒絶する。

するとニックは、ギャツビーが逃亡を断った理由を、「そんなことは考えられなかった。デイジーがどうするつもりか知るまでは、デイジーを残して去るなんてことはとてもできなかったのだ。」

(115)と想像している。そして「ギャツビーは最後の希望のようなものにしがみついていたし、私はその希望からギャツビーを振りはなすことなんか耐えられなかった。」(115)(傍点筆者)と結論づけている。(ここでも、ニックはギャツビーの希望を抱くロマンチックな能力にこだわっている。)

しかし、その後のギャツビーの行動を検討してみると、ギャツビーが自宅に居残ったのは、デイジーのためだけではなかったことが分かる。

ニックはその日の朝の別れ際に、昼にはギャツビーに電話連絡することを伝えた。ギャツビーもそれを承諾している。それだけでなく、その時に、ギャツビーは「デイジーも電話してくるでしょうね。」(120)と、ニックに応じている。デイジーからの電話連絡をも待っていると答えているのだ。ところがニックが、約束通りに正午にギャツビーに電話をすると、話し中だった。ニックは4度もかけ直した。すると4回目には、電話交換手が「電話回線はデトロイトからの長距離電話のために、ずっと空けてある」(121)と説明してくれた。

電話回線は、ギャツビーの意向で、デトロイトとの連絡用に独占的に長時間使われていたのだ。もちろん、デトロイトとの連絡は「仕事」のためである。この場面では、ニックの親身の心配よりも、つまり友情よりも、また、デイジーからの電話よりも、つまり恋愛よりも、「仕事」を優先している。

つぎの場合はどうだろうか。ギャツビーが初めてデイジーを自分の大邸宅に招きいれ、自慢の数々の品をデイジーに見せ、デイジーもその品々に夢中になっていた。そのさなかに、突然、電話が鳴った。するとギャツビーは、なんの躊躇(ためらい)もなく電話にでて、手短に用件を話してから電話を切る。

この時のギャツビーは、5年越しの願望がかない、愛するデイジーに自慢の大邸宅を初めて案内している最中だった。デイジーも豪華な調度品や持ち物に魅惑され夢中になっていた。5年越しの夢が実現しつつあるさなかなのだ。

恋するふつうの男なら、こんな時には、雰囲気をぶち壊す電話にでたりはしない。しかしギャツビーは電話にでる。それだけでなく、手短に「仕事」の指令を与えている。やはりギャツビーは、恋愛よりも「仕事」を優先しているといえる。少なくとも、恋する気持ちが燃えあがっているときでも、「仕事」のことを忘れない男である。

これら三つの例からは、ギャツビーの実像には、ニックが語ろうとしているロマンチックなギャツビーとは異質な部分があることが分かる。言いかえれば、先にも述べたように、ニックは、ギャツビーのロマンチックな側面を強調して語っているのだ。

そしてニックが、ギャツビーのロマンチックな面に注目して語るのは、ニック自身にはそういうロマンチックな要素が今は欠けているのを自覚していて、そうした能力を自分も身につけたいと考えていたからだと思われる。

自分の願望をギャツビーに読みこむニック

先にも引用したが、ニックがアドバイスした州外かカナダへの逃亡を、ギャツビーが拒否した場面をもう一度考えてみよう。その時、ニックはギャツビーが逃亡を断ったのは、「ギャツビーは最後の希望のようなものにしがみついていた」からだと推測している。しかし事実は、すでに証明したように、それだけではなかった。もっと大きな別の理由があった。「仕事」を継続して円滑に進めるためだったのだ。

「最後の希望のようなものにしがみついてい（る）」ギャツビー像は、ギャツビーはあくまでもデイジーに夢中で、他のものは眼中にないロマンチックな男であって欲しいという、ニックの願望が投影された想像上の姿である。ニックの願望を反映した姿なのだ。

これも先に引用したが、殺害される直前に、プールで浮きマットの上で休んでいたときのギャツビーの胸中を、ニックが語っている場面がある。殺される直前のギャツビーの心のなかは誰も知ることができない。だから、それはニックの想像にすぎない。しかもニックのその想像は、すでに証明したように、ニックがPTSDに苦しんでいたときの心境を反映したものだった。ここでも、ニックは自分好みのギャツビーを語ろうとしている。

また、ギャツビーがデイジーを初めて自宅を案内したとき、デイジーの隣で対岸の緑の灯火の方向を眺めたときのギャツビーの心境を、「あの灯火がもっていた、とてつもない意味合いが今では永遠に消えてしまったのだという気持ちがたぶん生じていただろう。」（73）と解説している。もちろん、そんなことをギャツビーが告白することはありえない。具体的な証拠もない。この特徴のある喪失感はすべてニックの推量である。

この推量は、まず、これまでのギャツビーの振舞いから、ギャツビーにとって、湾の対岸に輝いていた「緑の灯火」は、美しい魅惑的なデイジーの象徴であり、デイジーとの将来の幸せな結婚の象徴であったに違いない、というニックの想像から生まれたものだ。そしてその想像をもとにして、ロマンチックなギャツビーなら、自分の夢の一部が実現したときには、そういう喪失感をもっていたに違いないと推しはかっているのだ。

恋焦がれていたデイジーが、今では手を延ばせば触れられる位置にいることを、ギャツビーの喪失感と関連させて考える思考は、尋常なものではない。そうとうロマンチックな思考だ。

5年間も焦がれつづけてきた想いの一部が実現したのだから、嬉しさや満足を感じているだろう。そう想像するのが、ふつうの思考だろう。だから、ここで語られている喪失感にも、ギャツビーはあくまでも徹底してロマンチックな人間であって欲しい、というニックの願いが反映されている。

以上の三つの例からも分かるように、ニックはギャツビーの姿を語るときに、ギャツビーにたいする自分の願望を読みこんでいる場合がある。

そして、自分の願望を反映しているギャツビー像を語ることは、自分の語るロマンチックなギャツビー像と一体化したい、というニックの願望のひとつの現れだと解することができる。

ニックはロマンチックなギャツビー像を強調して語ることで、自分も自分が語るギャツビーのようなロマンチックな考え方や物の見方を身につけたいと願っている。ニックは自分が心のうちに描いているロマンチックなギャツビーの姿に、自分の生き方の今後の指針を見いだそうとしているとも言いかえられる。

実際、ニックは、ギャツビーのロマンチックな面に注目して、ギャツビーと親しく交わることで、ロマンチックな考え方や物の見方を少しずつ獲得しはじめている。

ニックの変化

故郷に居たときは、故郷は「宇宙のギザギザな果ての断崖」のように思えていた。しかしニューヨークに来てからは、「私はニューヨークを好きになり始めた」(46)と語っている。また、クイーズボロ橋から眺めたニューヨークを「世界のすべての神秘と美しさ」(55)を約束している街と、それが「途方もない期待(wild promise)」(55)だという保留をつけながらも、感じられるようになっている。

自分が今住んでいる街を、故郷で感じていたような、荒涼とした敵対的な世界ではなく、美しく好ましい世界だと、時には感じられるようにもなっている。ニックは変わったのだ。PTSDから回復しつつあるといえるだろう。

故郷に帰る最後の夜には、ニックは「(この地は)かつてのオランダ人の船乗りたちの眼には、新世界のフレッシュで緑の乳房のように花咲いていた」(140)だろうと想像できるまでになっている。ロマンチックな想像力を働かせることができているのだ。PTSDからかなり回復できている証拠だ。

もちろん、ニックのその変化は、ギャツビーとの交流だけから生まれたものではないだろう。エネルギッシュに活動している大都市ニューヨークで、ギャツビーやジョーダンとの交際だけでなく、それをふくむ新しい環境のなかで、刺激を受けたからこそ、今住んでいる場所が好きになり始めたのだ。同時に、ロマンチックな想像力を働らかせることもでき始めている。転地療法の効果がでているのだ。

だからこそニックは、ニューヨークに「永遠に」（6）居るつもりで出てきたのに、ニューヨークに半年ほど居て去る決断ができた。

たしかに、ニューヨークを半年ほどで去ったのは、ギャツビーとジョージ・ウイルスンとその妻のマートルとの三人もの顔見知りが死ぬという身近で起こった忌まわしい事件から、離れたかったからだろう。また、その事件の真相を知っていながら、警察に通報しなかった後めたさから逃れるためだったかもしれない。

ただし、ひるがえって考えれば、ニックがニューヨークに出てきた一番大きな理由は、先に検討したように、ＰＴＳＤからのリハビリをかねた転地療養のためだったのだ。だとすると、ニューヨークに来て半年がたって、ニューヨークが美しく好ましい街と時には感じられるようになったのだから、つまりニューヨークでＰＴＳＤからある程度回復できたのだから、ニューヨークに居なければならない必要性は減少したといえる。

故郷に戻っても、以前のように「宇宙のギザギザな果ての断崖」にひとりポツンとうち捨てられているという孤立感や疎外感に、もはや苦しめられることはないだろう。そう予感できた。だからニックは、ニューヨークを去る決意ができたのだろう。まただからこそ、他でもない故郷にふたたび帰ったのだろう。

実際、ニックは故郷にふたたび帰って、この物語を語りおえるときには、「だからこそ私たちは、絶え間なく過去に引きもどされながらも、流れに逆らってボートをこぎ続けるのだ。」(141)という、限定的ではあるが、未来に向けられたロマンチックな言葉を語ることができるようになっている。

まとめ

語り手のニックは、第一次世界大戦で戦争PTSDを発症した。それで故郷での2年間ほどの養生の後、ニューヨークにリハビリと転地療養をかねて出てきた。そして同じ帰還兵士のギャツビーと出会った。

ギャツビーは激戦を経験したのに、その後遺症に苦しんでいない。そればかりか、人妻となっている元恋人のデイジーとの結婚というロマンチックな未来を信じ、自分の夢に向かって前向きに生きている。そんなふうに、ニックにはみえた。

一方でニックは、戦争PTSDによってそうしたロマンチックな能力を失っていた。それで、戦争のその後遺症を克服して、そうしたロマンチックな能力をふたたび身につけたいと願っていた。だからニックは、ギャツビーのそのロマンチックな能力につよい感銘と影響を受け、その感銘と影響を語っている。

語ることで、ニックは、自分もその能力を身につけるための手掛かりを確かなものにしようとしている。だからこそニックは、ギャツビーとのニューヨークでの出会いと別れを、故郷に帰った後で、じっくりと時間をかけて反芻（はんすう）し、言葉を選びながら長い物語で語っているのだ。

その言葉選びの彫琢（ちょうたく）の長い過程は、ニックがギャッツビーのロマンチックな能力を身につけるのに効果があったと思われる。また、ニックがギャッツビーのことを時間をかけて練りあげて語ったから、『グレート・ギャッツビー』は後代に残る名作となったのだ。

ＰＴＳＤに苦しんでいたニックは、ギャッツビーとの出会いと別れを注意ぶかく語りなおすことで、ギャッツビーがもつロマンチックな能力を再確認している。そしてこれから、自分もそのロマンチックな能力を確実に身につけ、人生を前向きに生きたいと願っている。だから『グレート・ギャッツビー』は、ニックが戦争によるＰＴＳＤを克服しようとしている姿を描いた物語だとも解することもできる。

〔＊『グレート・ギャッツビー』の日本語訳は多くあるが、野崎孝訳『グレート・ギャッツビー』（新潮文庫）や村上春樹訳『グレート・ギャツビー』（中央公論新社）や小川高義訳『グレート・ギャッツビー』（光文社古典新訳文庫）などで読める。〕

アーネスト・ヘミングウェイ

ヘミングウェイと戦争

先のフィッツジェラルドと並び称せられるアーネスト・ヘミングウェイ（1899～1961）も戦争につよい関心をもっていた作家だった。というよりもむしろ、戦争体験が作家としての出発点だったといえる作家である[31]。

ヘミングウェイの研究書

ヘミングウェイは1917年ハイスクールを卒業すると、ミズーリ州の『カンザスシティ・スター』紙の記者になった。しかし翌年の春には、米国赤十字の運転手としてイタリアの戦場にゆくことを志願した。

1918年4月には新聞社を退社して、5月にヨーロッパに渡った。同年6月6日ごろに、米国赤十字の要員としてイタリアのスキオの部隊に配属され、6月22日には前線に派遣された。7月8日にフォッサルタでPX（酒保）の要員として塹壕を訪れていたときに、オーストリア軍の迫撃砲などによる攻撃を受けた。

ヘミングウェイは砲弾の破片が全身につき刺さっただけでなく、右膝も機関銃で銃撃され重傷を負った。それでも、負傷した仲間の兵士を待避壕にまで背負って運んで助けた[32]、という英雄伝説が残っている。だが、それを証明する確かな証拠は残っていない[33]。

しかし戦場で重傷を負ったのは確かで、前線の野戦病院からミラノの米国赤十字病院に移送され、手術を受けて入院した。10月下旬にはいったん退院して前線に向かった。だが黄疸を発病して再入院となり、結局あわせて約5カ月間の治療と養生を余儀なくされた[34]。

19歳になる直前に戦場で負傷したこの経験は、ヘミングウェイの心にも大きな傷を残した。それは確かだ。しかしヘミングウェイは、自分が勇気ある強い男（＝マッチョ）であるのをつねに演出しようとしていた作家だった。それで、戦争で受けた自分の心の傷についてはちょくせつ語っていない。ただし、「（戦争は）あまり経験しすぎると破壊的な害をあたえる[35]」というような、間接的な言葉では語っている。

描かれた戦争PTSD

ヘミングウェイは自分が受けた心の傷については、ちょくせつ語ってはいない。しかし創作した作品では、たとえば、短編集の主人公のニック・アダムスを通して、戦場で生じた心の傷を描いている。

短編「身を横たえて」(“Now I Lay Me”)(1927年)では、一人称の主人公のニックが、戦場で砲撃された後遺症に苦しんでいる姿を具体的に告白している。

ニックは、負傷してからは、夜の暗闇のなかで眠ると、「魂が自分の身体から抜けでる」(276)という恐怖にとらわれていた。だから夜には「眠りたいとは思わなかった」(276)と語っている。一方で、夜でも灯火のもとでは、「眠るのが怖くはなかった」(279)とも語っている。また、神に祈ろうとして、「祈りの言葉さえも思いだせない」(278)夜が何度もあったとも語っている。この時のニックは、あきらかに精神の正常なバランスを欠いている。

ニックは、この短編では、そうした眠らない夜に、あるいは眠られない夜に、どのようにして時間を過ごしていたかを語っている。たとえば、過去のマス釣りのことや、両親のことや、彼の従兵(=つき従う部下の兵士)との夜中の会話などをくわしく具体的に語っている。そしてその語りが、この作品のおもな内容となっている。

この短編では、戦争によるPTSDの苦しみのなかで、どのように日々を過ごしていたかという、兵士の告白が作品そのものになっているのだ。

また、別の短編「誰も知らない」(“A Way You'll Never Be”)(1933年)では、戦場で負傷した後に、かつての上官に会いに、前線を訪れたニックの姿が、おもにニックの眼を通して語られている。その前線には、新しい戦死体がまだそこここに転がっていた。

この時のニックは、初対面の兵士に「負傷されたのですね。」(312)と言われるような様子をしている。さらに、とつぜん脈略のないことを喋りだし、負傷したときのフラッシュバックにも苦しんでいる。元上官には、前線にはもう来ない方が良いし、しばらく横になって休んでいた方が良いとも言われている。また、一人で後方に戻れるかとも心配されている。ニック自身もその間に自分の心が一時的に変調したのに気づいている。

この短編でも、戦争によるＰＴＳＤの苦しみとその症状が、兵士の告白を通して具体的に詳しく描かれている。

これら二つの短編からは、ヘミングウェイが戦争による後遺症、当時の言葉でいえばシェルショックにつよい関心をもっていて、それを作品化しているのが分かる。

しかも、その戦争によるＰＴＳＤを短編として作品化するのに、10年ほどの年月がかかっている。そのことは、ヘミングウェイが自分の経験した負傷とその後遺症を対象化し作品化するのに、約10年の期間が必要だったことを表している。

言いかえれば、作品化するのに要したこの時間の長さは、ヘミングウェイが戦争ＰＴＳＤにふかく長く苦しんでいたことの間接的な証拠ともなっている。

さらにつけ加えるならば、フィリップ・ヤングは、短編のなかで語られるニックの物語は、ヘミングウェイの自伝的な要素がとくにつよい物語群だと分類している[36]。また、ヤングは別の著書で、ヘミングウェイが１９１９年に帰国後、睡眠障害に苦しんでいて、夜の砲撃で負傷したので、夜の暗闇のなかでは短時間しか眠られなかったとも記している[37]。

ヘミングウェイ自身は告白することはなかったが、ヘミングウェイがある時期には戦争PTSDに苦しんでいたのは間違いないだろう。

短編「兵士の家」

ヘミングウェイの「兵士の家」（"Soldier's Home"）は、1924年に書かれ[38]、1925年6月の同時代作家のアンソロジーで発表された。その4カ月後に、ヘミングウェイの短編集『われらの時代に』（*In Our Time*）に、その第7章として収録された。〔＊日本ではこの作品のタイトル"Soldier's Home"の日本語訳は「兵士の故郷」で定着しているが、ここでは、私の議論の主旨にそった、英語の原題の直訳の「兵士の家」とする。〕

この作品でおもに描かれているのは、オクラホマ州の田舎町の実家に、約1カ月前に、第一次世界大戦から帰還した元志願兵のハロルド・クレブスのある1日の生活。なお、この作品は、作者自身によって、1924年12月の段階ではあるが、「これまで書いたなかで最高の短編[39]」とみなされている。

クレブスはいつ帰郷したのか?

「兵士の家」の場面は、オクラホマの田舎町のクレブスの実家。時期については、クレブスが故郷へ帰還して「約一カ月後」(113)の「晩夏」(112)だった、とのみ語られている。年月については語られていない。

しかし年代を推測する材料はある。たとえば「クレブスがオクラホマの故郷へ帰還するまでに、英雄たちの歓迎はすでに終わっていた。」(111)と語られている。また、クレブスの故郷への帰還が、町民には「かなり滑稽」に思えるほどに「遅すぎた」(111)し、「戦争が終わって数年後」(111)だったと書かれている。

だから語り手の言葉を文字通りに解すれば、クレブスの帰郷は、休戦の1918年11月から「数年後」、つまり1920年以降の夏のことになる。

ところがこの「数年後」については、これを文字通りには受けいれない解釈が、私がたまたま目にしただけでも八つある。その全ては、クレブスが1919年に帰郷したとしている。その内の三つは[40]、そう判断した根拠を示していない。他の四つは[41]、事実は「数カ月後」なのだが、主観的な印象で「数年後」と語っている、としている。残りのひとつは[42]、ヘミングウェイのケアレスミスで「数カ月後」の誤りだとしている。

わたし自身は、ニックが帰郷したのは、書かれているとおりに、休戦から「数年後」だと考えている。「数年後」か「数カ月後」かは、わたしの今後の議論のテーマにかかわる問題なので検討しておく。

1919年はありうるのか？

その判断の根拠を示さずに「数カ月後」としているものについては、反論のしようがない。また、「数年後」をケアレスミスだとする考えには、モンテイロも考えているように、この短編のこの個所ではそんなことは「まずありえない[43]」と、私も考える。

そこで、残りの4人の「数年後」は主観的な印象を表したもので、事実は「数カ月後」の1919年だという見解に、以下の四つの点から反論しておく。

（1）同郷の元兵士たち「全員」(111)がすでに、クレブスよりもずっと早くに帰郷しているからだ。

くわしく説明すると、作品中では、クレブスが属していた第二師団は、「1919年夏」(111)に米国に帰還したと語られている。（この「1919年夏」という表記は、現実の第二師団がニュージャージー州ホーボーケンに帰還したのが1919年8月3日だったから[44]、歴史的事実とも合致している。）また、アメリカ外征軍のなかで最も重要な第一師団も米国に帰国して、ニューヨークとワシントンで約2万5千人の兵士が盛大な凱旋パレードをしているのが、1919年秋の9月10日と17日だった[45]。だからクレブスと同郷の元兵士たちの帰郷は、おそらく1919年のことだったと思われる。

一方で、クレブスが帰郷したのは「夏」だった。だから、もし仮にクレブスの帰郷が休戦から「数カ月」以内だったとすれば、クレブスの帰郷も、1919年の夏になる。すると、クレブスの帰郷が他の元兵士に比べて「滑稽」に思えるほど「遅すぎた」ことはありえない。クレブスの帰郷は1919年の夏ではありえない。1920年の夏以降に帰郷していなければならない。

（2）原文には「（クレブスは）第二師団が1919年夏にライン川から戻ったときに米国に戻ってきた」（111）と書かれているからだ。つまり、1919年夏に「米国」に帰ったとのみ書かれていて、故郷に帰ってきたとは書かれていないからである。

たしかに、ヨーロッパ戦線に派遣された兵士が米国に帰国すれば、間もなく除隊になるのが通例である。しかし除隊になれば、すべての兵士が故郷に戻るわけではない。たとえば、フィッツジェラルドは、1919年2月にアラバマ州の基地で除隊になると、すぐにニューヨークに出てきて作家としての自活の道を探し、同年7月になるまでニューヨークに留まっていて故郷に帰っていない[46]。また、先で検討したフィッツジェラルドの中編「メイ・デー」の帰還兵士のローズやキーも、除隊になるとすぐにニューヨークに出てきて、故郷に帰ろうとはしていない。

（3）クレブスは帰郷後、自分が戦った会戦の地図つきの歴史書を図書館から借りだして読んでいて、「その戦争のことがほんとうに分かりはじめた。」（113）と感じているからだ。

こういう内容の充実した歴史書が出版されて、図書館から借りだせるようになるには、1918年11月の休戦から数カ月後の1919年夏では時間的に無理だろう。休戦後1年間以上の時間が経過していると考えるべきだ。ただしクレブスは、「もっと多くの地図」と「もっと詳細な地図」(113)のついた歴史書が将来に出版されることを望んでいるから、休戦からあまり長い年月は経っていないとも思われる。

(4)これが最大の理由であるが、本文で帰郷したのは「数年後」と語られているからだ。先の「数年後」は主観的な印象で、事実は「数カ月後」だったという、4人の研究者の解釈は、まさに主観的な解釈で、確たる証拠のない説得力に乏しいものだ。

以上の四つの点からだけでも、クレブスは休戦から「数年後」の夏に帰郷したと考えるのが妥当である。

では、その夏は休戦から2年後だったのか、それとも3年後の夏だったのか。わたしは1920年の夏だったと考える。

それは、まず、草稿では1920年となっていたからだ[47]。

つぎに、クレブスの田舎町では、「ふしだらな娘たち」(112)ではない、ふつうの多くの若い娘たちが、クレブスが入隊する以前には見かけなかった「髪をショートカットにしていた」(112)と語られているからだ。

流行に敏感なフィッツジェラルドが短編「バーニス断髪す」(“Bernice Bobs Her Hair”)を発表したのが、『サタデーイブニング・ポスト』誌の1920年5月1日号だった。さらに、ニューヨークで一般の若い娘が髪をショートカットにするのが流行し始めていると、『ニューヨークタイムズ』紙が報道したのが1920年6月27日のことだった[48]。だとすると、オクラホマの田舎の町でショートカットが流行するのは、1920年の春以降のことだと考えざるをえないからだ。

以上の二つの理由から、クレブスが実家に戻ってきたのは、米国に帰還してから約1年後の、1920年夏だったと考えられる。また、そう考えれば、クレブスの1920年夏の帰郷を「かなり滑稽」に思えるほど「遅すぎた」と、故郷の人びとが考えたのも、クレブスの帰郷時には「英雄たちの歓迎はすでに終わっていた」のも納得できる。

クレブスはその1年間をどこで何をしていたのか?

主人公のクレブスは、夏に実家に戻って「約一カ月」しか経っていない。一方、属していた第二師団は1919年夏に米国に帰還している。とすればクレブスは、帰国してから約1年間故郷に帰っていないことになる。

過酷な戦場を経験した兵士が除隊になれば、ふつうなら、すぐに実家に帰って心身を休めたくなるのが自然だろう。しかしクレブスは除隊後約1年間も故郷に戻らなかった。それはなぜなのか。

クレブスの故郷の町の若者たちは全員が徴兵で入隊している。しかしクレブスは、米国が参戦した1917年に大学から志願して入隊している。（念のために言っておけば、徴集兵と志願兵との間に除隊の時期に違いはない[49]。）しかもアメリカ外征軍のなかでもっとも死傷者率のたかかった第二師団[50]の海兵隊に入隊している。

海兵隊は、アメリカの四軍のなかでもっとも勇猛な軍として知られている。さらにオクラホマ州で志願して海兵隊に入れたのは各郡でわずか「4人か5人」で、オクラホマ出身の志願の海兵隊員は「希有な存在」だった[51]。クレブスは、愛国心が旺盛で勇猛果敢を自認し、世間からもそれが認められていた選ばれたエリートの新兵だったのだ。

しかし戦場では、クレブスは目覚ましい武勲をあげられなかったと思われる。なぜならクレブスは、休戦後でも「伍長（corporal）」（11）だったからだ。

海兵隊で伍長というのは、下士官ではあるが、最下位の下士官で、三等軍曹よりも下の階級だ。大学から志願すれば、入隊時にはたんなる「兵卒」ではなく下士官で任官したと思われる。ちなみにプリンストン大学を中退しているフィッツジェラルドは、1917年11月に陸軍の少尉で任官して、戦場にはでていないのに1918年4月には、伍長より9階級上の中尉に昇任している[52]。

つまりクレブスは戦場にでていて、アルゴンヌの戦いをふくむ五つの激戦に遭遇しているのに階級が上がっていない。とすれば、コブラーも指摘しているように[53]、退役時に伍長であるクレブスは戦場で目立った武勲をあげることはできなかったのだろう。

むしろ武勲をあげられなかったというよりも、クレブスは下士官としてその任務を、とくに大戦中最大で最後の激戦であるアルゴンヌの戦い（1918年9月～11月）でも、その任務をじゅうぶんに果たせていなかったのではないかと思われる。〔＊このアルゴンヌの戦いで『グレート・ギャッビー』のギャッビーは少佐に2階級特進している。〕

そう考える根拠は一枚の写真にある。クレブスは、休戦後にラインの河畔で仲間の伍長と、ドイツ人の売春婦と思われる「美しくない」(111)二人の女性と、4人で写真を撮っている。〔＊売春婦とは書かれていないが、本文中には、彼女たちとは「会話を交わす必要がなかった。とてもシンプルな関係だった」(113)と語られている。〕

この写真は、メソジスト派の大学で同じ襟の服を着た学友たちと一緒に撮った写真とは対照的だ。デファルコも「孤立と分離[54]」の雰囲気を読みとっている。

この孤立感のただよう写真に写っているクレブスは、仲間の伍長と二人とも揃って「軍服には大きすぎるように見えた」(111)と、軍服が身に合っていないことが語られている。

この窮屈になった軍服については、クレブスの知的・性的な成長[55]や「ある意味での成長[56]」を表しているという解釈がある。彼らは身体が大きくなったことを成長と解している。

しかし、いかなる仕事においても、制服が身に合っているというのは、その仕事において有能である証拠である。さらに、先に言及した、ヘミングウェイの別の短編「誰も知らない」では、「少しきつい」(312)軍服を着ている主人公の兵士は、戦闘によって生じたＰＴＳＤに苦しんでいて、兵士として不適格であることが語られている。きつい制服と兵士としての不適格とが対応しているのだ。だから写真に写っているクレブスからは、クレブスが伍長として有能でなかったことが暗示されているとも解釈できる。

もちろん入隊時には、身体に合った軍服が支給される。この年齢で身長が目につくほど伸びることはないだろう。だから二人の伍長は入隊後に太ったのだ。二人とも揃って窮屈に見えたという表現からは、クレブスの軍服が窮屈に見えたのは、クレブスのみの偶然ではなく、二人とも太っていて、それが事実であったことを示唆している。孤立のなかで、類は友を呼んでいるのだ。

河田も言うように[57]、過酷な戦場で、兵士が太ることは通常考えられない。だから二人とも、前線から離れた後方で、太ったと推測できる。そして兵士が戦場から離れられるのは、心身が傷ついたときぐらいである。だが、クレブスは、身体的に重大な負傷したとは語られていない。だから治療していたとしたら、それは、戦場で心が病んでいたからだと考えられる。

その治療の過程で太ったのだ。この写真を撮ったときには、クレブスは戦争で心がすでに傷ついていて、その影響が太った身体にでていると考えられる。

クレブスが戦争ＰＴＳＤに苦しんでいたとすると、クレブス自身も自分が戦争によって神経症に苦しんでいる姿を、故郷の人びとに知られたくなかっただろう。

というのは、当時の世間では、戦争神経症（ＰＴＳＤ）に罹（かか）る者は、臆病者か意志薄弱者か社会生活不適応者か作病者と見なされがちだったからだ[58]。現在でも、２０１６年10月に、大統領候補だったドナルド・トランプは、「強い」兵士は、戦争や戦闘でＰＴＳＤに苦しむことはないと聴衆の前で叫んでいる[59]。

そんな世間の眼は、海兵隊の志願兵として、勇猛果敢を世間からも認められて出征したクレブスにとっては、耐えられないものだったはずだ。だから戦争ＰＴＳＤからある程度回復するまで、クレブスは故郷に戻らなかったと考えるのである。

故郷に戻らなかった約1年間は、その可能性としては、つぎの三つことのどれかに時間をかけていたと考えられる。あるいは、その三つの内のいくつかを兼ねることで、その1年間を過ごしていた可能性がある。

（1）先のオニールが演劇でしめしていたように、医師の治療をうけていた[60]。

（2）先の新聞記事（本書84頁）が指摘したように、設立されていた戦争神経症治療のための専門病院で治療をうけていた[61]。

（3）南北戦争以降に各地にあった、戦争で心身が傷ついた兵士を収容する「兵士の家（Soldiers' Home）」と呼ばれていた施設に留まって養生していた。

わたし自身は、この作品のタイトル「兵士の家」が示唆しているように、その空白の1年間を、おもに「兵士の家」で過ごしていたのだろうと想像している。

どこで過ごしていたにせよ、クレブスは、帰国してから、戦争ＰＴＳＤからの回復のために約1年間をついやした後、戦争ＰＴＳＤからかなり回復できたと信じて、故郷の実家に戻ってきた。その時には、帰国からは約1年が過ぎていた。そう考えるのだ。

先の『ニューヨークタイムズ』の記事が指摘しているように、戦争ＰＴＳＤで専門病院に入院しても、完全に治癒する患者は少ないだけでなく、たいていが3カ月から6カ月間入院している。また、病院で治療をうけた患者数も、ディーンがすでに指摘していたように（本書85頁）、１９２１年よりも１９３１年の方が増えている。戦争ＰＴＳＤから回復するには、時間がかかるのだ。

実際、以前の「ヘイデン大佐の告白」（本書85頁）でも述べたように、大佐も深刻な戦争PTSDに罹ってから、通常の日常に近い生活が送ることができるようになるのに、約2年かかっている[62]。また、先の『グレート・ギャツビー』のニックも、復員後2年ほどを実家で過ごしてから、ニューヨークに働きにでている。

クレブスと戦争PTSD

クレブスは1919年の夏に米国に帰還したが、約1年間故郷に戻らなかった。それは、その1年間を戦場で罹ったPTSDからの回復のためについやしていたからだと考える。なぜそう考えるかといえば、クレブスは、まず、大戦で五つの激戦と遭遇しているからだ。つぎに、実家に戻ってからも、戦争PTSDの症状と思われる振舞いをしているからだ。

実家に戻ってからのクレブスの特徴ある振舞いを挙げると、つぎのようなものがある。

（1）帰郷しても最初のころは戦場の話をしようとしなかった。
（2）戦場で体験したすべてのことにたいして嫌悪感をもっている。
（3）仕事に就こうとしないなど、社会との関係のなかで生きることを拒否している。
（4）いつも遅くまで寝ている。
（5）女友達を作ろうとしないだけでなく、「誰も愛せないんだ」（116）と言っているように、感情が制限されている。

（6）自分の未来を思いえがけず、希望をもって行動を新たに起こせないでいる。
（7）母親の気持ちを忖度できないだけでなく、怒りっぽく感情的になりやすくなっている。

クレブスのこの七つの特徴を、序章でしめしたPTSDの診断基準を参考にして考えると、その特徴は診断項目のつぎの七つの点で該当しているだろう。

1．クレブスは戦場で五つの激戦と遭遇しているから、診断基準のAの1と2と3と4とに該当する経験をしている。
2．クレブスの特徴の（1）と（2）は、診断基準のCの1に該当する。
3．クレブスの特徴の（3）は、診断基準のDの5に該当する。
4．クレブスの特徴の（4）は、眠りにつくや眠りつづけるのが困難であることや、ゆっくり眠れないことから生じている可能性がたかいから、診断基準のEの6に該当するだろう。また、それは社会と積極的に関わろうとしないことからも生じているだろうから、Dの5にも該当するだろう。
5．クレブスの特徴の（5）は、診断基準のDの7に該当する。
6．クレブスの特徴の（6）は、診断基準のDの2と5とに該当するものから生まれた結果だろう。
7．クレブスの特徴の（7）は、診断基準のDの2と3と4と6や、Eの1に該当するものから生まれた結果だろう。

以上の七つの点からだけでも、クレブスは第一次世界大戦に兵士として参戦したことで、戦争PT

SDに罹り、休戦後1年半以上経過したのに、それから完全には回復していないといえる。

さらに、クレブスは、帰国してから約1年後に実家に帰ってきて、「事態が再びだんだんと良くなってきている」(113)と、自分が回復途上にあると感じている。これは見方を変えれば、これまでの生活には今以上の支障があったことをクレブスが認めているのを表している。しかもクレブスは、先に証明したように、今も戦争PTSDをうかがわせる症状をしめしている。ならば、このことからも、クレブスは実家でも戦争によるPTSDに苦しんでいたといえるだろう。

また、クレブスは、自分が戦った戦争について書かれた歴史書を図書館から借りだして読んで、「自分が良い兵士だった。」(113)と確認して、「それが大事な点だ。(That made a difference.)」(113)と感じている。このことは、逆にいえば、それまでは自分が良い兵士だったという確信がもてていなかったことを表している。その理由は、クレブスが戦争PTSDに苦しんでいたからだと考えるのが妥当だと思われる。だからクレブスの歴史書にたいするこの反応も、クレブスが戦争PTSDに苦しんでいたひとつの傍証になると思われる。

たしかに、デファルコやコーエンや板橋のように、クレブスは戦争体験を誇りにしていて、戦争体験によって男性性を獲得して大人の男として成長したという意見や[63]、先にも指摘したように、クレブスには何らかの成長がみられるという意見もある[64]。しかしそれらの解釈は、帰還してからの故郷でのクレブスの振舞いに目配りができていないといえる。

もちろん、これまでもクレブスが精神的に傷ついていることは、今村やウルリッヒやエビィやホフマンやベイカーやスチュワートなどによって指摘されている[65]。しかし、それらの研究は、クレブスが精神的な傷を受けたことを指摘はしているが、残念ながらそれをじゅうぶんには展開して検討していない。そこでここでは、クレブスの戦争PTSDに焦点を当てて、この作品をくわしく検討しようと思う。

信仰を失ったクレブス

クレブスは、戦場で心に傷をうけた。そのことで生じたクレブスの変化のなかで、大きな変化のひとつは、クレブスが神を信じられなくなっていることにある。

短編集『われらの時代に』の第7章として収録されているこの「兵士の家」の本文の前には、「第7章」という表記の下に、イタリック体で書かれた9行の小文が置かれている。その小文では、第一次世界大戦のイタリア戦線での、ある兵士の姿が描かれている。

その兵士は、塹壕のなかで、砲撃で命の危機に瀕したとき、もし生きながらえられればキリストの教えを伝える人となるという交換条件までだして、心底から神の加護を祈っている。この時の兵士は、少なくとも神の存在を信じていた。また、神が人知を超えた存在だということも信じていた。

しかしその死に瀕した状況を経験して生きのびると、神との約束であった交換条件をすっかり無視している。神の教えを人びとに伝えるどころか、翌日の夜には、売春宿に登楼して売春婦を買うという涜神(とくしん)的な行動をしている。砲撃で命の危機にさらされる経験をしたことで、彼は信仰心を失ったのだ。

参考までにつけ加えておけば、ヘミングウェイは、この短編集の約1年後に出版した長編『日はまた昇る』（*The Sun Also Rises*）（１９２６年）なかでも、主人公のジェイクに、教会堂のなかで「信仰心を抱くことができたらほんとうに良かったのに、でもつぎ来るときには、たぶん抱けるだろう」(103) と述懐させている。

カトリックの信者であったジェイクは、第一次世界大戦で全身に大ケガを負うような経験をしたことで信仰心を失ったのだ。ここでも、激しい戦場を経験した兵士が信仰を失った姿が描かれている。あるいは、１９２７年に出版された短編「身を横たえて」では、戦場で負傷してからは、「祈りの言葉さえも思いだせない」(278) 兵士の姿が描かれている。

話をもとに戻して、兵士が戦場で信仰心を失う姿をドラマチックに描いているこの小文が、「兵士の家」の本文の前に置かれている。そこには、作者の意図があるはずだ。

クレブスは、母親が「私たちは皆、神の王国にいるのです。」(115) と、復員してきたクレブスに説ききかせるような家庭で育った。実際、その母親は、クレブスとの口論の後に、仲直りの証として、ダイニングのテーブルのわきで二人で跪（ひざまず）いて神に祈るように提案している。クレブスも、それに従って跪いて母親の祈りを聞いている。クレブスは信仰に篤（あつ）い家庭で育ったのだ。大学もメソジスト派の大学に進学している。クレブスは戦場にゆくまでは、神を信じていたのは確かだ。

ところが、故郷に帰ってからは、信仰ぶかい母親に面と向かって「ぼくは神の王国にはいない。」

（115）と断言する人間に変わっている。戦場を経験したことで、クレブスは信仰心を失ったのだ。

実際、クレブスは、先にも述べたが、仲間の伍長と二人で、白昼堂々と売春婦と思われる二人の女性と一緒に写真に収まっている。十戒のひとつの姦淫の罪を犯した証拠であるこの写真は、コブラーも指摘しているが[66]、クレブスの信仰ぶかい家族には見せられない類の写真だった。しかしクレブスは、そんな記念写真を撮ることには抵抗がなくなっていたのだ。これはクレブスが純粋な信仰心を失っていたからこそ可能だったと思われる。

では、クレブスはどのような契機で信仰心を失ったのだろうか。

そのことを考えるうえで参考になるのが、本文の前に置かれた先の小文である。このイタリア戦線の兵士は、死の恐怖に直面して信仰心を失っている。クレブスも、戦場では「いつでも吐き気がするほどひどく怖がっていた」（112）と、同郷の帰還兵に語っている。クレブスも戦闘ではひどい恐怖を感じていたのだ。

クレブスも、戦場で命の危機に瀕するような状況をくぐり抜けて生きのこった。けれども、その時に感じた恐怖によって、入隊前にもっていた信仰心を失ったのだ。そのことを、本文の前に先の小文を置くことで、ヘミングウェイは確実に伝えようとしていたと推測できる。

居心地の悪い実家

この作品のかなりの部分で、クレブスの実家での居心地の悪さが、つまり「息子の実家でのあきらかな不幸[67]」が、信仰ぶかい母親との関係を中心にして描かれている。それで、これまでの研究において、その母と子との葛藤が注目されてきた。

たとえば、この作品は、息子の母親からの自立をテーマとしているという解釈がある[68]。そこまで極端でなくても、作者ヘミングウェイが母親に反発していたのが伝記的に知られているから、その線にそって、この短編の母親にたいしても厳しい見方のものが多い。

その厳しい見方のなかには、この母親は「母親として不適格[69]」という意見や、「自己中心的で残酷で…（中略）…ものすごく破壊的[70]」だとか、「モンスター[71]」だとか、「むさぼり食らう母[72]」だというようなものまでもある。

しかし詳しく読んでみると、彼女は息子にたいして異常なまでに厳しい身勝手な母親ではないことが分かる。

クレブスは、帰国してから約1年も過ぎてから実家に戻ってきた。そのうえ、それから1カ月にもなるのに、朝は遅くまで寝ていて、読書や玉突きやクラリネットの練習はするが、いわゆる生産的なことは何もしない。玄関のポーチの階段から通りを眺めて、日々を過ごしている。

こんな息子の姿を身近に見ていたら、どんな母親でも、「何かすることをもう決めたの？」（115）とか、「そのことをもうそろそろ考えたらどう？」（115）と問いかけると思われる。しかしその当たり前の問いかけに、クレブスは「そんなことは考えたことない。」（115）と、すげなく全否定する。

すると母親も、自分の生活を律している神を持ちだしてきて、「神様はどんな人にもやるべき仕事をお与えになっている。神の王国には怠け者はありえないの。」(115)と、クレブスを真っ向から教えさとそうとする。

しかし、もし仮にクレブスが、もっと曖昧に否定していたら、信仰ぶかい母親でもここまでまともに「神の王国」や「怠け者」の言葉を持ちだささなかっただろう。母親のこの厳しく断定的な言葉は、クレブスの相手のことを考えない、すげない全否定が導きだしたものだ。

一方でクレブスは、断定的な言葉で神を持ちだされて、「ぼくは神の王国にはいない。」と、これもあまりにも直截に本心を言ってしまう。

戻ってきた実家には、神という絶対的な存在のもとに、日々の生活が以前の通りにあった。正常な思いやりと神経があれば、そんな言葉を母親に言うべきではなかった。そんなことを言えば、母親が「私たちは皆、神の王国にいるのです。」と真っ向から反論するのは明らかだった。

本文でも、この神の王国にかんする議論について、「いつものように、クレブスは当惑し腹が立った。」(115)(傍点筆者)と、語り手は解説している。「いつものように」と語られているように、これまでに何度も繰りかえされてきたことだった。クレブスには、母親が感情的になるのはよく分かっていたはずなのだ。

PTSDに苦しむクレブス

母親への配慮が足らなかったのだ。結果的にここで表面化した母と子との鋭い対立の責任の大半は、クレブスの配慮の無さにある。クレブスの相手のことを配慮できないこの態度は、序章で引用したPTSDの診断基準のDの2と6と7や、Eの1から生じた結果だと考えられる。クレブスの母親にたいする配慮の無さは、彼がその時に苦しんでいた戦争PTSDから生じているのだ。

自分がまいた種から生まれた鋭い対立に、クレブス自身までも当惑し腹を立てている。

そのクレブスにさえも、母親にさらに言いかえすことが事態をさらに悪化させることが、これまでの経験から分かっていた。彼は怒りのなかで、不機嫌に沈黙をするより仕方がなかった。

クレブスのその怒りを秘めた沈黙を見て、母親が「ハロルド、あなたのことをとても心配しているのよ。…（中略）… あなたのために、これまでも神様に祈ってきたし。今も一日中祈っているのよ、ハロルド。」（115）と言うのも、信仰ぶかい母親だから、意外な反応ではない。どちらかと言えば、子を想う母親の気持ちの必死さが伝わってくる言葉だ。

しかしこの時、クレブスは黙って、「（冷えて）固くなってゆくベーコンの脂肪」（115）をじっと見つめている。

この固まってゆく白い脂肪は、この時のクレブスのしらけた嫌な気分と、かたくなに拒絶する気分とを象徴している。彼は母の言葉や母の愛をかたくなに拒絶しているのだ。

クレブスのその不機嫌な沈黙や不満げな視線を感じとって、母親は「そんな風に見つめないで。…（中略）… 私たちはあなたのことを愛していて、あなたのためを思って、あなたの今の状況を話しているのは分ってるでしょう。」（115）などと、クレブスのことをいかに愛し心配しているかを、くどくどとたたみ掛けてくる。それも自然なことだ。

しかしその感情的な口説きに、クレブスは、「それで全部？」(115) と応じる。あまりにも冷たい反応だ。感情の交流をかたくなに拒否した態度だ。この冷たい反応に接して、母親は茫然として、「そうよ。ねぇ、あなたは母さんを愛してないの？」(116) と、感情的になって、すがる思いで問いかける。

すると「ああ (No)。」(116) と、最小限の言葉できっぱりと否定する。あまりにも配慮を欠いた振舞いだ。そっけなく「ああ (愛してない)。」と、息子に面とむかって言われて、冷静でいられる母親はこの世にはいない。母親が「声をあげて泣きはじめる」(116) のも当然だ。

こういう愁嘆場(しゅうたん)が生じるのは、クレブスに母親の気持ちを忖度する気持ちの余裕がないからだ。ここまでのクレブスの一連のふるまいには、先にも指摘したが、PTSDの診断基準のDの2と7や、Eの1が示唆している、他人にたいして攻撃的になるとか、感情が制限されるというPTSDの影響が見いだせる。

母親が声をあげて泣くという事態に直面して、さすがのクレブスも自分が言ったことが「思慮のない」(116) 振舞いだったことに気づいた。それで母親を慰めようとする。

あれほどぶっきらぼうな返事をしていたクレブスが、まず、「誰も愛せないんだよ。」とか「母さんを愛していないと言う気はなかっただよ。」(116) と弁解する。それから、両手で顔を覆いながら泣きつづけている母親の肩に腕をまわして、「母さん、ぼくのことを信じてくれないの？」(116) と口説く。

ところが母親は、頭を振って、信じていないことを身振りでしめす。それでクレブスは、「お願いだから、お願いだから、母さん、お願いだから僕のことを信じて。」(116)と、「お願いだから」を3度も繰りかえして嘆願する。

母親は、やっと、「わかったわ、」と言って、クレブスを見て、「ハロルド、あなたを信じるわ。」(116)と言ってくれた。それでクレブスは、母親の髪にキスまでする。すると、母親は顔を近づけてきて、「わたしはあなたの母さんよ。小さな赤ん坊だったときには、この胸に抱いていたのよ。」(116)と、息子が自分と一心同体だった幸せな時代のことを話す。しかし過去はとり戻せない。しかも母親との一心同体を望まれることは、成長した息子には嫌悪感がおそらく生じるものだ。

クレブスは、この母親のことばを聞いて、「気分が悪くなり、かすかに吐き気がした」(116)のだった。気分が悪くなったのは仕方がないかもしれない。しかし「かすかに吐き気がした」のは過敏すぎる反応だ。この過敏な生理的な反応にも、PTSDの診断基準のEの1が指摘する、神経が過敏になるPTSDの影響を見いだせるだろう。

吐き気を抑えながらもクレブスは、「マミー、分かってるよ。母さんのためによい子でいようと思う。」(116)と、「マミー(Mummy)」という幼児語まで使って答えて、母に甘えてみせる。母親にたいして、懸命に「よい子(good boy)」であるための演技をしようとする。

最後に、母親がテーブルの側で、跪(ひざまず)いて神に祈ることを求めたときには、クレブスも母親と一緒に跪く。そして母親の祈りを母親の隣で聞いている。その後、クレブスは母親にキスをして外出する。

ダイニングでの母親とクレブスとのこの「もっとも痛々しい[73]」場面は、一見すれば、母親の過干渉から生じたように見えるかもしれない。しかし実態は、これまで検証してきたように、息子クレブスの母親にたいする一連の配慮の無さや愛の無さがちょくせつの原因となって生じたものだ。

その配慮の無さや愛情の無さは、クレブスが過酷な戦争を体験することで「神が信じられなくなった」ことと、「誰も愛せなくなった」ことによって、つまり戦争で心が傷ついたことで生じたのだ。クレブスは戦争によるPTSDのために、神の王国に生きつづけている、情のふかい母親との齟齬と対立が決定的になったのである。

戦場で心が傷ついて信仰心を失ったクレブスは、帰国から約1年後に実家にやっと戻ってきた。しかし心の傷がかんぜんには癒えていないから、神の王国を信じている母親を中心に動いている家族のなかでは居づらくなる。

たしかに、クレブスは実家で妹のヘレンとは、それなりに心を通わせている。彼女とのダイニングでのたわいもない会話は、この作品のなかで唯一の情愛ぶかい場面だ。けれどもその場面は、母親の「出てお行き、ヘレン。」(115)という言葉でとつぜん中断される。この場面が象徴するように、クレブスにとって実家はけっして居心地の良い所ではなかった。

そこで、就きたい仕事が特にあるわけではないが、学生時代に知っていた隣の州のカンザス市にとりあえず出てゆき、人間関係が希薄な都会のなかで生活しようとする。

この時のクレブスは、ウルリッヒが言うような「開拓者が抱いていたような希望[74]」を抱いていたわけではない。居心地の悪い実家や故郷からの脱出という、消極的なものにすぎなかった。おそらく、『グレート・ギャッツビー』のなかのニックが、1922年の春に故郷からニューヨークに出てきたときのそれと近い心境だったと思われる。

「兵士の家」と作家の皮肉な眼

この短編は、帰還した兵士（soldier）クレブスの実家（home）での一日の生活をおもに描いている。だから、そのタイトルが「兵士の家（"Soldier's Home"）」であるのも納得がゆく。「家（ホーム）」はほんらい愛とくつろぎを与える拠り所であるべきだ。しかしこの作品では、クレブスにストレスを与え、クレブスを「家」から追放している。結果的に、皮肉なタイトルとなっている。

また、このタイトルは、同じ発音の「兵士の家（Soldiers' Home）」をも想起させる。この「兵士の家」は、戦争で心身が傷ついた元兵士たちがその傷をいやすために滞在する全米各地に昔からあった施設。除隊しても、いろんな事情から、すぐに帰える家がない元兵士を救済するための施設だ。この「兵士の家」で、クレブスは、先にも述べたように、帰国してから故郷に帰るまでの幾らかの期間、戦争ＰＴＳＤからの回復に努めていた可能性がある。

一方で、ヘミングウェイは、この短編で、戦場で受けた心の傷を実家でいやすことができないクレブスを描いている。そしてタイトルを、「兵士の家」としている。

そのタイトルを付けることで、同音異義の「兵士の家（Soldier's Home＝兵士の実家と、Soldiers' Home＝元兵士たちをいやすための施設）」を利用して、クレブスの実家が、実は、傷ついた心をいやす「兵士の家」とはなっていないことを強調している。

タイトルの「兵士の家」には、クレブスをとり巻く状況に、皮肉な視線を向けている作者の姿が感じられる。

同じような皮肉な眼は、クレブスの設定にも見いだされる。たとえば、クレブスは勇猛な海兵隊に志願して、五つの激戦に遭遇し、心が傷ついて帰郷しても、二人の妹たち以外は誰も彼を英雄として迎えいれてくれないのだ。

兵士の家（マサチューセッツ州）

しかし一方、徴兵された同郷の他の若者たちは、休戦からおそらく数カ月後に帰郷し、英雄として「もの凄い熱狂」(11)で歓迎されている。この対照的で理不尽な設定にも、志願してイタリア戦線におもむいた経験をもつ作者の皮肉な視線が感じられる。

また一方で、クレブスは海外の戦場から生きて祖国に帰ってきても、戦場で心が傷ついているから、すぐには実家に帰れない。さらに、帰国から約1年ぶりに実家に帰ってきても、その戦争ＰＴＳＤの影響のために、自分の未来をおもい描けない。他人を愛することもできない。母親を思いやる精神的な余裕にも欠けている。その結果、やっとたどり着いた家族のもとから出てゆかねばならない。

理不尽で皮肉な展開だ。だが、そんな展開だけでなく、そんな展開が生みだす苦しみに、帰還兵士のクレブスは耐えねばならない。短編「兵士の家」は、戦場から幸運にも生きて帰ってきても、戦争で心が傷ついたために、帰還後にも直面しなければならなかった苦難を、その苦難に寄りそいながら、皮肉な視点をまじえながら描いた作品だといえる。

〔＊「兵士の家」（ただし日本語訳では「兵士の故郷」）の日本語訳は高見浩訳『ヘミングウェイ全短編1』（新潮文庫）などで読める。〕

長編『日はまた昇る』

ヘミングウェイの最初の長篇『日はまた昇る』（*The Sun Also Rises*）は、先の短編「兵士の家」から約1年4カ月後の1926年10月に出版された。

この小説の時代背景は、第一次世界大戦後の春から7月中旬まで。年代は明記されていないが、1924年か1925年と思われる。

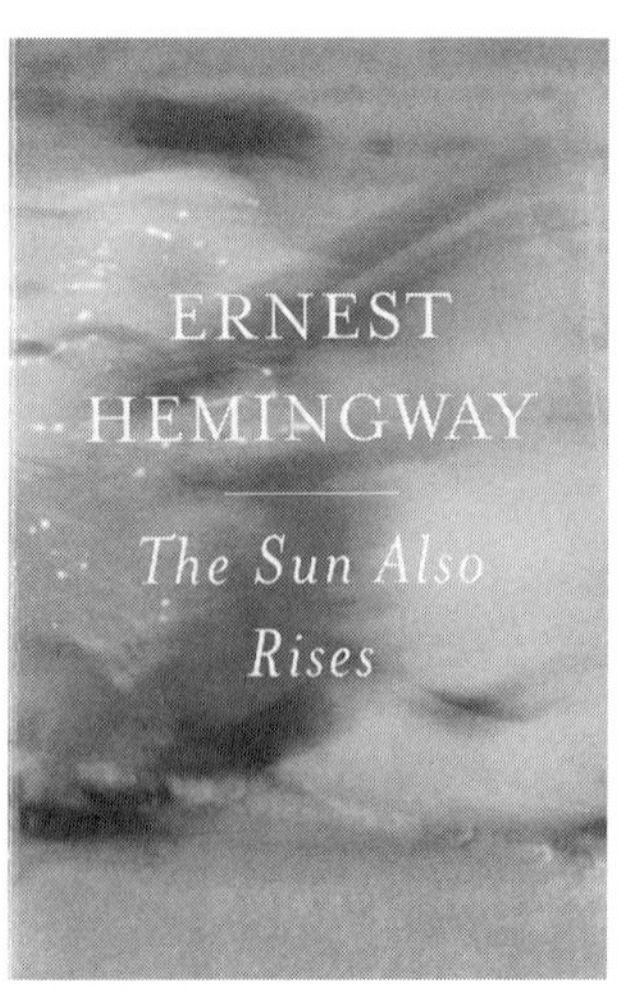

『日はまた昇る』の表紙

たとえば、7月6日は「日曜日」（156）だったと語られている点を重視すれば、1924年になる。（1925年なら月曜日。）ただし別の個所で、6月25日は「土曜日」（88）だと語られているが、1924年なら水曜日なので矛盾している。

一方、作中の語り手は、米国の政治家ウイリアム・ブライアン（1925年7月26日死去）の「訃報が昨日の新聞に載っていた」（126）と語っている。また、ボクシングの「ルドゥー対キッド・フランシスの試合」(87)を6月20日に観たと語っている。これらのことやヘミングウェイの伝記的な事実[75]を重視すれば、1925年になる。ただしブライアンの死が語られているのは1925年の6月下旬ことで、彼の死は7月26日だから日付が矛盾している。また、ボクシングの試合は、6月20日ではなく、現実には1925年6月9日だった[76]。

要するに、ヘミングウェイは日付に鷹揚なところがあるのだ。正確なところはよく分からない。だが、ここでは、便宜上1925年としておく。

おもな舞台は、フランスのパリとスペインのパンプローナ。なかでも7月のパンプローナのサン・フェルミンの祭り(=フィエスタ)が印象的に描かれている。だから英国では、この作品のタイトルは『フィエスタ』で発売されている。

この作品の語り手は一人称で、ジェイク・バーンズ。自分が見聞きしたことを語っている。だから語り手でもあり、重要な登場人物でもある。ジェイクは、米国カンザスシティ出身で、現在はパリに滞在して、新聞社の海外特派員の仕事をしている。ジェイクも、当時のヘミングウェイと同じく、作家志望のいわゆる「エクスパトリエイト(=祖国離脱者)」(120)だった。

戦争によって負傷した男、ジェイク

米国人のジェイクは、第一次世界大戦中、志願してイタリア戦線でイタリア軍の一員として戦った。これは、先の短編「身を横たえて」や「誰も知らない」のニックや、長編『武器よさらば』（*A Farewell to Arms*）（１９２９年）のフレデリックと同じ設定である。

ジェイクは全身を負傷して、「（この戦争に）命よりも大切なものを捧げた」(39)のだ。男根をも負傷し、それで性交ができなくなってしまったのである。〔＊１９５７年製作の映画では、脊椎の損傷が原因で不能になったという設定になっている。また、レイノルズはジェイクが男のふつうの性欲をもっているので、男根だけが損傷して、睾丸は無傷だったと考えている[77]。作中の去勢牛とは違う点だ。〕

負傷したジェイクも、ヘミングウェイと同様に、ミラノの病院で治療を受けた。その病院ではブレッドが看護師として働いていた。その後、船で英国に送還されたとき、その船中で看護師のブレッドと再会し恋心が再燃した。

ジェイクが恋した看護師のブレッドは、ヘミングウェイが恋したアグネスのような米国人ではなく、スコットランド人だった。

しかも現在「34歳」(247)のブレッドは、「１９０５年にはパリの学校にいた」(248)と言っている。14歳のときには、すでにパリで教育を受けていただけでなく、全身に気品が漂っている「上流階級の雰囲気をもつ」(64)女性なのである。もちろん、アシュリー准男爵とはまだ離婚協議中だから、実際に「レディ（准男爵夫人）」の称号をももっている。

ジェイクが負傷後に送還された国が英国だったこともあり、ブレッドとのいわゆる相思相愛の関係は、ジェイクが英国にいる間も続いていた。ただしジェイクはセックスができなかったし、やがてパりでの仕事を見つけたから、二人の関係はそれ以上深まることはなかった。

ところで、パリでも教育を受けたブレッドが、イタリア戦線にまでボランティアの看護師として やって来たのは、恋人がイタリア戦線で戦っていたからだった。フェッタリーの言葉を使えば、看護師になったのは「戦場いる恋人と一緒にいるための手段[78]」だったのだ。しかしその恋人は、戦場で「結核」(34)によって病死した。

それでも、いやむしろ、だからブレッドは、戦時中に、英国海軍軍人であったアシュリー准男爵と結婚した。〔＊ジェイクは、「ブレッドは愛情のない結婚を2度した。」(47)とロバート・コーンに言っているが、結婚にまで至ったのは、この時だけだったと思われる。〕しかしアシュリー卿は帰国後には、正気を失いはじめた。床の上で寝るようになり、ついにはブレッドを「殺す」(207)と言いだし、弾を込めた拳銃を枕元において眠るようになった。それでブレッドは、現在、別居していて離婚協議中なのである。

そんな境遇のブレッドは、今は、新しい愛人のスコットランド人マイク・キャンベルと再婚しようとしている。それでブレッドは、地元のスコットランドを離れて、マイクとパリでおち合うために、先にひとりでパリにやって来る。とうぜん、パリで特派員をしているジェイクと再会することにもなる。パリでも、二人は自分たちが愛しあっているのを再確認する。

ブレッドは気品があって「スゴイ美形(damned good-looking)」(29)だから、男たちに人気がある。同ジェイクの知人の米国人のコーンも、初対面で一目ぼれして、ブレッドを追いまわすようになる。同じように、米国でチェーン店をも経営している大金持ちのミッピポポラス伯爵も、50歳代であるにもかかわらず〔＊伯爵は21歳のときにアビシニア戦争（1894〜96）に参戦したと言っている（67）〕、ブレッドに入れあげて、彼女のために大金を湯水のように使っている。このミッピポポラス伯爵とは、ブレッドは未明まで遊びあるいている。

要するに、パリのブレッドは男たちにモテモテなのだ。パリだけでなく、旅先のパンプローナのサン・フェルミン祭に集まった人びとの間でも、大モテなのだ。ウィリンハムが言うように、ブレッドは祝祭の中心にある「五月柱（メイ・ポール）[79]」のような役割を果たしている人物設定になっている。ブレッドがそんな風に奔放に振舞っているのを横目で見ながらも、ジェイクのブレッドへの愛は変わらない。ジェイク自身の言葉を使えば、「断続的にとてつもなく長い間。」（128）ブレッドを愛しつづけているのだ。

一方、ブレッドも伯爵と遊びあるいていながら、ジェイクと出会うと、心底から愛しているのはジェイクだけだと囁きつづける。実際、ブレッドは、「あなたに触れられたら、わたしはあっさりグニャグニャになるわ。」（34）とまで言う。肉体がジェイクを欲していると、あからさまに告白しているのだ。

しかしジェイクは、戦争中に受けた傷のために、男根が役にたたない。愛するブレッドの欲望に応えてやることができない。〔＊当時のヘミングウェイは、『武器よさらば』（1929年）でもあきらかなように、愛と性交とは不可分だと考えていた作家だった。〕ここに、ジェイクの苦しみと悩みがある。また、そこに、ブレッドが男たちと隠さずに遊びまわるのを止めないひとつの理由がある。

結果として、ジェイクの苦悩はますます深まる。その結果、酒の量も増えることになる。なぜなら、「ワインを飲むと、いやな気分がなくなり、幸せな気分になった。彼らみんながとても良い人間のように感じられた。」(150)からだった。

ジェイクと戦争PTSD

ジェイクは戦場で全身を負傷しただけでなく、その負傷が原因で性交できない身体になった。この身体的な傷は心にも大きな傷を残した。その心の傷は、たとえば、ジェイクのつぎのような七つの特徴的な振舞いとなって現れている。

(1)ジェイクは、負傷後には夜は眠れなくて、「半年間というもの、電灯をつけたままにして眠った」(152)と語っている。この告白は、前に引用したヘミングウェイの短編「身を横たえて」なかで、戦争PTSDに苦しむ主人公のニックが、夜の暗闇のなかでは眠られないが、夜でも灯火のもとでは「眠るのが怖くなかった」(279)という症状と一致している。

１９２５年の時点でも、ジェイクは「昼間なら何事にもハードボイルドになるのはすごく簡単だったが、夜は別だった。」(42)と感じている。夜には、いろいろと心をわずらわせる想いが生じ、感情が波立って、なかなか寝つけられなかったのだ。また、大好きな闘牛の専門紙２紙をすみずみまで読んだ後では、「たぶん今夜は眠られるだろう。」(38)とも思っている。ジェイクは、1925年の時点でも普段は、夜に寝入るのが簡単ではないのだ。

（2）ジェイクは、街で拾った売春婦を知人たちがいるカフェに連れていったとき、ブレッドに「えらくロマンチックな気分なのね。」と言われたとき、「いや、退屈なんだ。」（31）と答えている。当時、おそらく世界で一番刺激にみちていた1925年のパリで、特派員のジェイクは退屈している。

（3）コーンとコーンの女友達のフランシスと会った日の夜に、シャワーを浴びた直後のジェイクは、バラの花束を抱えたブレッドとミッピポポラス伯爵の訪問をうけた。その時「疲れていて、とても惨めな気分」（61）になっている。ジェイクのその姿を見たブレッドは、ジェイクのふつうじゃない状態を見てとり、ミッピポポラス伯爵を追いだそうかと、ジェイクに問うている。そして伯爵にシャンパンを買いにゆかせている。

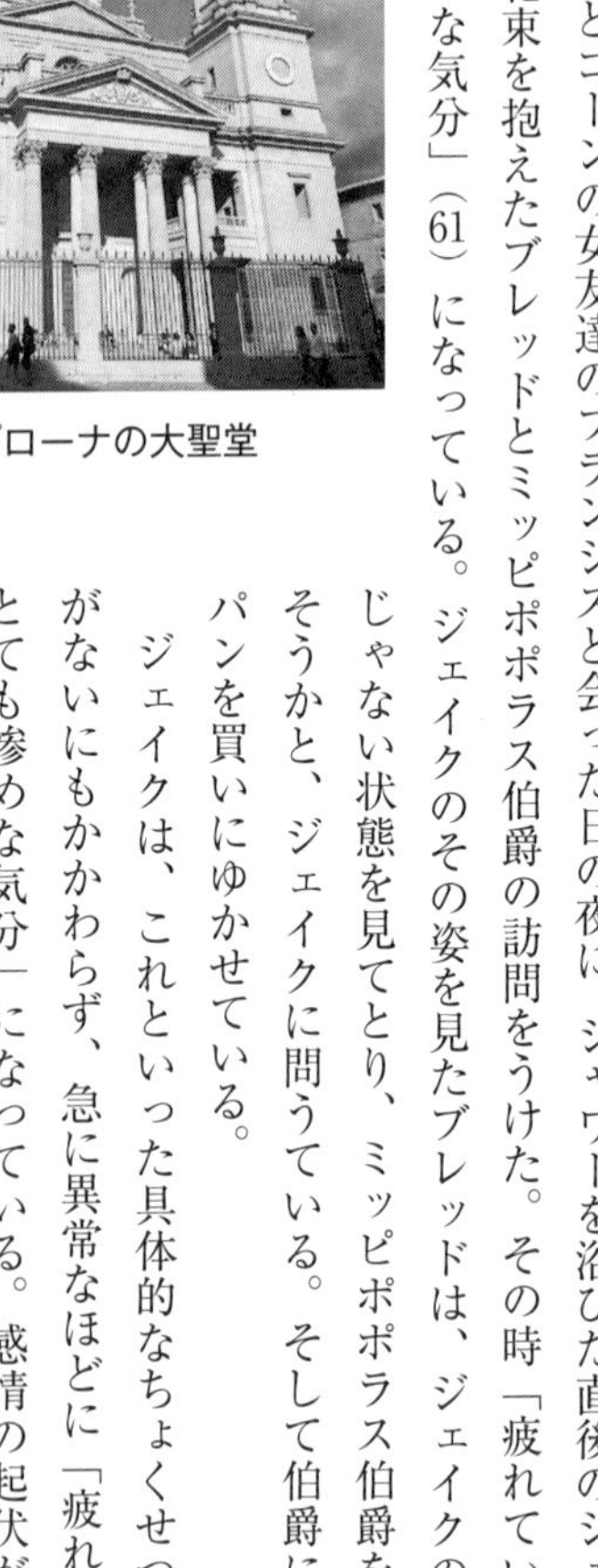

パンプローナの大聖堂

ジェイクは、これといった具体的なちょくせつの原因がないにもかかわらず、急に異常なほどに「疲れていて、とても惨めな気分」になっている。感情の起伏が激しいのだ。

（4）ジェイクは、パンプローナの大聖堂のなかで「信仰心を抱くことができたらほんとうに良かったのに」（103）と感じている。同時に、自分が「なんという腐ったカトリック信者」(103)なのかと、斬鬼(ざんき)の念を抱いている。言いかえれば、ジェイクはかつてはまともなカトリック信者だったのだ。ところが、おそらく戦争を経験したことで、先の短編「兵士の家」のクレブスと同様に、純粋な信仰心をもてなくなったと考えられる。実際、カトリックの大聖堂のなかで「大儲けができること」(102)を祈っている有様だ。

(5)ジェイクは、友人のビルに「お前は死ぬほど酒を飲んでいる。」(120)と言われているように、毎日毎日、大量の酒を飲みつづけている。たとえば、マドリードでブレッドと再会した日の午前中にマティーニを3杯、昼にワインを少なくとも4本飲んでいる。米国本土では、禁酒法(1920〜33)が施行されていたので、その反動の要素もあったかもしれないが、異常な飲み方だ。

(6)ジェイクは「人生とは何かということは気にしていなかった。わたしが知りたかったのは、人生をどう生きるかだった。」(152)と語っている。人生の意義などについては、心を悩ませていない。ただ、どのように生きのびてゆくかという手段にのみ関心がある。そう断言している。たしかに、潔(いさぎよ)い考えだ。けれども、人生にたいする虚無的な態度ではある。

(7)ジェイクは、サン・フェルミン祭の花火の煙を見たとき、「榴散弾の炸裂」(157)の記憶が脳裏に反射的によみがえっている。

以上の七つのジェイクの特徴的な振舞いとその原因と思われるものとを要約して列記すると、つぎのようになる。

（1）イタリア戦線で全身を負傷し、その時に男根も損傷して今もセックスができない。

（2）負傷してからは、半年間ほど電灯の光のもとでないと、夜は眠れなかった。現在でも普段は、夜に眠りにスムーズに入ることができない。

（3）1925年のパリでの新聞社の特派員の生活に退屈している。

（4）急に疲れて惨めな気分になっているように、感情の起伏が激しい。

（5）カトリック教徒としての純粋な信仰心を失っている。

（6）大量の酒を毎日飲みつづけている。

（7）人生の意義については心を悩ませることなく、生きる術（すべ）にだけ関心を払って、虚無的に生きている。

（8）戦場の記憶に今も捕らわれている。

これら八つのジェイクの特徴を、序章のPTSDの診断基準を参考にして考えると、それらの特徴は診断項目のつぎの六つの点に該当しているだろう。

1．ジェイクが前線で全身を負傷したことをしめす（1）からは、診断基準のAの1と2と3と4とに該当する経験をしたことは確かだ。

2．ジェイクの特徴の（2）は、診断基準のEの6に該当する。

3．ジェイクの特徴の（3）と（4）は、診断基準のDの2と5から生まれた感覚や気分だと思われる。

4. ジェイクの特徴の（6）は、診断基準のBの1の侵入兆候を避けるためやそれを緩和するため、酔うことで意識を鈍麻させようとして生じた結果だと思われる。また、Eの2に該当する振舞いとも思われる。

5. ジェイクの特徴の（7）は、診断基準のDの2と4と5と6と7とから生まれ気分や感情から生じた結果だと思われる。

6. ジェイクの特徴の（8）は、診断基準のBの5に該当する。

これらの六つの点からだけでも、ジェイクはイタリアの戦線に参加して負傷したことで、戦争PTSDに罹ったのだろうと推測できる。

また、ジェイクの特徴の（5）の純粋な信仰心を失ったことは、先の短編「兵士の家」で検討したように、ヘミングウェイの作品では、戦争PTSDの症状をしめす大きな特徴となっている。

これらのことを考慮すると、ジェイクは、戦後6年以上が過ぎたのに、いまだに戦争PTSDに苦しんでいるといえる。ジェイクは戦争の後遺症に苦しんでいる犠牲者なのだ。（とすれば余談になるが、ジェイクが性交できないのは、ジェイク自身が（プライドから？）示唆しているような、男根が傷ついたからではなくて、戦争PTSDによる心因性の勃起不全の可能性も否定はできないだろう。証拠もない憶測にすぎないが。）

戦争で傷ついた女、ブレッド

スコットランド人のブレッドは、イタリアの戦場にまで追いかけてきた最愛の恋人を、戦場での病気で失った。この時点ですでに、ブレッドは戦争の犠牲者である。

さらに、ブレッドは恋人を戦闘ではなく病死で失った。それは落胆と悲しみをもたらした。その落胆と悲しみをまぎらわし、心の空白を埋めようとして、おそらくブレッドはアシュリー卿と（ジェイクが言うところの）「愛情のない結婚」（46）をしたと思われる。というのは、戦時中に二人は急いで結婚しているからだ。参考までにいえば、次作長編『武器よさらば』（1929年）では、婚約者を追ってイタリア戦線に看護師として来ていたイギリス人のキャサリンは、婚約者を前線で失った後にフレデリックと深い仲になったときには、「ほとんど気が狂っていた」（270）と回想している。

そのアシュリー卿との結婚は、先に述べたように、アシュリー卿が狂気に傾斜してゆくなかで破綻した。もしも恋人が戦場で病死していなかったら、ほどなく気が狂うアシュリー卿には、その兆候もあったはずだから、冷静に観察できていたら、熟慮もせずに結婚することもなかっただろう。その意味でも、ブレッドは戦争の犠牲者である。

さらにつけ加えるならば、ブレッドがイタリア戦線で看護師をしていたことも、彼女の心に傷を与えた可能性がある。ブレッドは看護師として、前線で負傷した兵士を治療しなければならなかった。負傷兵のなかには、眼をそむけたくなるような傷に苦しむ重傷者がいたはずだ。

とすると、ＰＴＳＤの診断基準のＡの４の「トラウマとなる出来事の眼をそむけたくなるような細部に、繰りかえし又は甚だしくさらされる経験をしている」に該当する経験をしたと考えられる。もちろんこの場合も、ブレッドが戦争による犠牲者であることの証明になる。

ブレッドの婚約者マイク

ブレッドがこれから結婚しようと思ってつき合っている男は、第一次世界大戦からの帰還兵士であるマイク・キャンベルだ。

そのマイクは、イギリス人のハリスが第一次世界大戦を戦った兵士だったと聞かされたとき、「(ハリスは)なんて幸運な奴だ」(139)と、まず反応する。そして「(戦場では)俺たち、たいした時間を過ごしたもんだ。あんな貴重な日々が戻ってくればほんとに良いのにな。」(139)と語っている。

もちろん、ブラック・ユーモアだ。戦場は惨めでひどい所だった。二度と御免だ、ということを、皮肉をこめて言っている。マイクの心が戦争でひどく傷ついているのが分かる。

実際、マイクは、ビルとジェイクと3人で飲んだあとで、部屋に戻ってから、「ビールを半ダースとフンダドール(=ブランデーの一種)一本」(208)を、寝酒に注文している。レイノルズが言うように、マイクは「心因性多飲症(compulsive drinking)[80]」に苦しんでいたのは確かだ。そして私たちは、戦争PTSDに苦しんでいる帰還兵士がアルコール依存症になるケースが多いのを知っている。マイクの過度の飲酒からは、マイクが戦争の後遺症に苦しんでいたと推測できる。

また、マイクは「(眠れないことは)恐ろしく神経をたかぶらせる。」(207)とも語っている。夜には神経がたかぶって、眠られないことがあるのだ。これも、マイクが戦争ＰＴＳＤに苦しんでいると考えると、納得できる。

同じように、裕福だったマイクが、戦後に「偽りの友人たち」(141)に騙されて事業に失敗して、「免責されていない破産者」(85)になったのも理解できる。その頃のマイクは、マイクが自嘲しているような「ちょっと酔払っていた」(141)というよりも、ブレッドが言うように「正常な意識のない状態(blind)」(141)だったのだ。その冷静で健全な判断ができていなかった状態は、戦争ＰＴＳＤから生まれたものだと考えれば納得できる。

一方で、マイクは破産しているけれども、「マイケルの一族はどっさりお金をもっている。」(70)のが知られているから、いろんな場所でかんたんに借金ができる。しかし破産しているから、すぐには返済できない。その結果、友人や知人を失って、世間を狭くしている。その意味でも、マイクは戦争の犠牲者だ。

まとめると、マイクは、戦争で心に傷を負ったことで、アルコール依存症気味や不眠症になっただけでなく、「偽りの友人」たちに騙されて「破産者」にもなった。そして知人や友人から借金を繰りかえして、世間を狭くしている。

だから、マイクと結婚しようとしているブレッドは、結果的に、マイクとの関係においても、戦争がもたらした後遺症の間接的な犠牲者である。

ブレッドが愛する男たち

そのブレッドは、先にも述べておいたが、イタリアの戦場で最愛の恋人を結核で失ったことなどで、心に大きな傷を負った。その心の傷を抱えたブレッドは、心に傷を抱えた男につよく反応して、魅(ひ)かれるという性向を身につけたと思われる。類は友を呼ぶ、とでも言えば良いのだろうか。

だから、ほどなく狂気におかされることになるアッシュリー卿と結婚したのだろう。また、戦争PTSDに苦しんでいるジェイクと別れられないのだろう。さらに、戦争で心に傷を負い破産者となっているマイクとも結婚しようとしているのだろう。

あるいは、ユダヤ人であることで心にふかい傷を抱えているコーンと、性格的にはあきらかに似合っていないのに、つまり、ふかく愛しているとは思えないのに、数日間一緒に二人きりで旅行をしたのだろう。たしかに性欲も否定できない。しかしコーンが心にふかい傷を抱えていたことにも大きな原因があったとも考えられる。

イタリア戦線におもむいたことで、ブレッドは心に傷を負って、心が傷ついている男に魅かれるという傾向と性質が身についた。そのことで、恵まれた家庭で育ったブレッドの人生は複雑になり、いわゆる健全ではなくなっている。この点でも、ブレッドは戦争の犠牲者だといえる。

そしてブレッド自身も、自分が戦争で傷ついた女だと自覚している。というのは、ミッピポポラス伯爵が若いときに戦場で受けた傷跡を、ブレッドとジェイクに見せたときには、ブレッドは「伯爵は私たちと同類だ」(67)と、ジェイクに言っているからだ。

タガが外れたブレッド

マイクは戦争で心が傷ついていて、「免責されていない破産者」となり、アルコール依存症気味となっている。そんなマイクのことを、ブレッドは「マイクはわたしと同じたぐいだわ。」(247)(傍点筆者)と、ジェイクに告白している。

この時のブレッドは、自分が戦争で傷ついた女だと自覚していることを語っているだけではない。二人とも大酒飲みであるとか、「二人はどこでも時間を守ったことがない。」(101)とか、「ブレッドとマイクは昼前に起きることは絶対になかった。」(154)というような生活態度でも同類だとほのめかしている。

たしかに、ブレッドの振舞いにも、破産者でありながら浪費を続けるマイクの振舞いと同様に、タガが外れたところがある。たとえばブレッドは、ミッピポポラス伯爵にさえも、「きみはいつでも飲んでいる」(65)と言われ、実際、「朝の4時半」(40)まで飲んでいる。また、灰皿を探そうともせずに、平気で「絨毯のうえにタバコの灰をはらい落とす」(64)のだ。14歳のときにはパリで教育を受けていたような、いわゆる良家の子女としては、たぶんありえない振舞いだ。

あるいは「あなたはわたしには唯一の人なの」(185)などと、ほんとうに愛しているのはジェイクだけだと言っている。それでいながら、そのジェイクにたいして、コーンと数日間もサン・セバスチャンに一緒に旅行したことは、「それは何でもなかった」(185)ことだと言いきっている。強がりな言葉なのだろう。だが、ふつうの人には言えない言葉だ。

強がりな言葉といえば、伯爵にあなたも過去のことを憶えているだろうと言われて、「まさか、」、「誰がそんなことを望むの？」（61）と答えている。これも強がりな言葉であるのは間違いない。だが、過去を忘れて、現在だけを楽しく生きようとしているのが分かる言葉でもある。

ブレッドのそうした生活態度は、「彼女は年に５００ポンド得るんだけど、そのうち３５０ポンドを利子としてユダヤ人に払っている。」（234）というマイクの発言にも見いだせる。ブレッドは、現在のために、未来に借金の付けをまわし続けてきたのだ。そのことが、収入の７割を借金の利息の支払いに当てねばならないという悲惨な事態を招いている。まさに現在の快楽ために、未来を食いつぶしている。〔＊日本は歳出の約３割を国債（借金）ために支出している。ブレッドと同類だ。〕

また、ブレッドは「手紙なんか書かないわ。」（69）とも公言している。手紙では、紙面を介しているから、書かれた時と読まれる時との間には時間差が生じる。そのうえ、手紙はいつまでも残る可能性がある。だから手紙を書かないと主張することは、時間の流れのなかではなく、現在のこの一瞬に生きるのだという彼女の意志を表しているともいえる。

それはまた、「この世に友だちはひとりもいないわ」（65）という、開き直りともとれる発言にも表れている。それは、一瞬一瞬の刹那的な繋がりのなかで生きようとする意思の表明でもあるからだ。

言うまでもないが、そういう一瞬一瞬の繋がりのなかで生きようとする態度が、「性的に積極的な[81]」行動のなかでも現れている。それをニンフォマニア（女子色情症）と呼ぶ人もいる[82]。だが、そういう狭い範囲での性格ではなく、それはブレッドの現在のこの一瞬にのみ生きるのだという、タガが外れた生き方のひとつの例にすぎない。

こうした過去を忘れ、未来を現在のために食いつぶして、この一瞬一瞬にだけ生きようとする態度は、ブレッドがイタリア戦線を経験してから初めて生まれたものだ。なぜならブレッドは、それ以前は、前線にいる恋人と少しでも近くにいるために、「救急看護奉仕隊の看護師」(46)を志願して、スコットランドからはるばるイタリアにまで行っているのだから。愛と未来と時間の流れとを信じていたからこそ可能な行動だった。

ブレッドの求めているもの

ブレッドは、戦争を身近で経験したことで、また、その身近な前線で最愛の恋人を病気で失ったことで、未来が信じられなくなり、未来に希望がもてなくなった。だから、先に述べたようなタガが外れた暮らしぶりも、一瞬一瞬に生きようとすることも、戦争による心の傷が生みだしたものである。繰りかえしになるが、ブレッドも戦争の犠牲者なのだ。

しかしその一瞬一瞬の繋がりのなかで生きようとすれば、そこには、人間である限り無理が生じる。人間は人と人とのある程度持続した関係のなかで、生きている意義と意味を確認できる。そしてそのことを確認できるから、人はかろうじて生きつづけられる。

ブレッドについても、それがいえる。ブレッドがジェイクと別れられない理由の大半は、この点にある。つまりジェイクとの関係には、一瞬一瞬の繋がりを越えた、持続した関係がある。その持続した関係のなかに、心の拠り所を見いだそうとしているのだ。

だから伯爵のおごりで豪華なカフェ・レストランで、ジェイクとダンスを踊っているときでさえ、ブレッドはこの瞬間をとつぜん楽しめなくなる。「ひどく惨めなの。」、「よく分からないけど、とっても惨めな気分なの。」(70)と、ジェイクに訴えるのだ。納得できる振舞いだ。

ブレッドは、一瞬一瞬の繋がりのなかに、自分が求めている快楽を見いだし、その一瞬の繋がりのなかで生きようとしてきた。そのことを公言もしてきた。その自分の姿を、ジェイクの腕に抱かれて踊っているときに、フッとふり返り、その虚しさに気づかざるをえなかったのだ。

もちろん、ブレッドはバカではない。判断力も残っている。自分が世間からどのように見られているかも分かっている。だから「わたしはダメな女なの」(187)と、ジェイクに3度も繰りかえし訴えるときがある。

しかし一方で、「わたしはせざるをえないの。これまで何かを止めるってことはできたことがないわ。」(187)とも語っている。自分が「したいことは何でもやってきた。」(188)ことに、すなわち良識的な社会の規範も無視し、ことの前後も考えずに、その時々の快楽に直感的に身を捧げてきたことに、誇りとプライドをもっているのも分かる。また、そこに彼女なりの幸せを見いだしてきた。

たとえば、19歳の闘牛士ロメロを手に入れたときには、「ブレッドは輝いていた。彼女は幸せだった。」(211)のである。しかしこの「幸せ」は長く続かない。

そのことが象徴するように、ブレッドがみずから求めたそうした刹那的な関係のなかでは、「幸せ」

を持続することはできない。残念ながらそれが事実だ。そのことを、作者へミングウェイも認めている。ロメロと別れたあとで、「分かっているでしょう、わたしは三十四なのよ。子どもを堕落させるあばずれ女の仲間になんか入りたくないの。」(247)と、ブレッド自身に告白させているからだ。人は時間の経過のなかで生きざるをえないつらい事実を語っているのだ。

ジェイク流の愛がもたらしたもの

この『日はまた昇る』には、戦争で傷ついた人間が多く登場する。ジェイクも、ブレッドも、マイクも、ミッピポポラス伯爵もそうである。

そのなかでも、ジェイクとブレッドとの愛のかたちが、物語の中心にある。しかし、二人の愛の間には、ジェイクの男根が傷ついていて、セックスできないという障害がある。障害があるから、愛は燃えあがるし、持続もする。ラブストーリーとして成立もする。

ジェイクは、愛は性交できなければ完結しないとかたくなに信じている。そこにこの作品の特徴がある。ジェイクは、性交できていないから、ブレッドへの愛は不完全で不充分だと考えているのだ。だから自分とブレッドとの間に、他の男が入りこんでくるのも仕方がないと諦めている。

ブレッドがミッピポポラス伯爵と遊びまわるのも、仕方がないと受けいれている。また、コーンがブレッドと一緒に旅行したのを知ったときも、「(そのことに)許しがたいほどのジェラシー感じていた」し、「コーンを間違いなく憎んでいた。」(105)。だが、何か行動を起こすわけでもない。むしろ、ブレッドをつけまわすコーンを黙認している。

ブレッドが若い闘牛士のロメロに一目で恋に落ちたときには、ブレッドの恋を成就させるために、ブレッドをロメロに紹介して、二人きりにする場面を作りだしている。それは、コーンが言うように「ゲスなピンプ（＝ポン引き）」(194)のような振舞いだった。ジェイク自身も、それが「(自分が愛している)女を別の男に紹介して、駆け落ちさせる。」(243)ことになったのが分かっていた。苦い自覚である。

しかしジェイクには、それが自分にできる愛の表現のように思えていた。自分はブレッドを性的に満足させられない。だから自分の代わりに、ロメロとひき合わすことでよって、性的に満足させてやろうという考えだ。ジェイクにしてみれば、自分ができないことを、ロメロを使って埋めあわせようとしたといえる。

それは、暗い劣等感が生みだした歪んだ考えだ。また、自分勝手で独りよがりな考えでもある。しかも、それは何も生みださない。ジェイクにとってさえも何の解決ともならない。ただ苦い後味と後悔が残るだけだった。

それだけではなくて、19歳の将来を嘱望されている闘牛士に、離婚協議中の34歳の美女を引合わすことは、世間的には非難される行為だった。なぜならそれは、若い闘牛士を堕落させるとみなされていたからだ。とりわけ「アフィシオナード（＝闘牛を熱狂的に愛する者）」(136)にとっては、それは許されないことであった。

ところで、ジェイクは「ここ数年間（for several years）」（137）〔＊severalは3以上で、通例5~6をさす〕サン・フェルミン祭に通いつめている。〔＊ヘミングウェイ自身はこの祭りに3年連続して通っている。〕そして今回も、「すぐれた闘牛士たち全員」（136）が滞在するホテル・モントーヤに滞在できている。

ジェイクは、ホテルのオーナーである生粋のアフィシオナードのモントーヤから、米国人としては唯一のアフィシオナードとして認められていた。それゆえパンプローナ滞在中のジェイクは、モントーヤから特別待遇を受け、モントーヤとの短いけれども濃密な心の交流を楽しめていた。

サン・フェルミン祭に5年ほども通いつめているのは、闘牛に魅せられているだけでなく、モントーヤとアフィシオナード同士・同志として心を通いあわす楽しみのためでもあった。

パンプローナ（1926年）のヘミングウェイ夫妻（中央）と知人たちと靴磨きたち（前景）

ところがジェイクが連れてきたブレッドは、ロメロを誘惑しただけでなく、ロメロを男女間の揉め事に巻きこみ、ロメロにケガを負わせる。アフィシオナードであるモントーヤは、その原因を作ったジェイクを軽蔑し、顔を合わせることすら避けるようになる。アフィシオナードであるジェイクには、よく分かる反応だった。ジェイクは自分の過失と罪を理解していた。

ブレッドにロメロを引合わせた時点で、ジェイクはアフィシオナードである資格からみずから降りたのだった。そのうえモントーヤにも軽蔑された。ジェイクは、来年以降のサン・フェルミン祭にアフィシオナードとして来られなくなったのである。

ジェイクは、大戦で傷ついて以降、パリにいても「退屈して」いる。そんなジェイクにとって、サン・フェルミン祭の闘牛は、おそらく唯一の血がわき立ち、生命の躍動がちょくせつ感じられるものだった。生きていることが感じられる時空間だった。だからこそ、わざわざスペインの田舎のパンプローナに、5年ほども続けてやって来ていたのだ。

ところが、それが、自分が初めて連れてきたブレッドによって、すべてご破算にされた。あれほど貴重だったサン・フェルミン祭と闘牛に、アフィシオナードとして今後加われる機会がジェイクからは失われたのだ。

一方で、ブレッドはサン・フェルミン祭が終わると、すぐにロメロと駆落ちする。ところが、祭りが終わって3日目に、サン・セバスチャンに滞在していたジェイクのもとに、ブレッドからの電報がたて続けに3通も届く。

困っているから、マドリードのホテルに来て欲しいという電報だった。ジェイクは、その日の夜行急行でマドリードに向かった。翌朝、安ホテルでブレッドと再会する。

ブレッドは、「分かっているでしょう、わたしは三十四なのよ。子どもを堕落させるあばずれ女の仲間になんか入りたくないの。」という理由から、ロメロとは別れたと説明する。

しかし実情は、ロメロに捨てられたのだ。というのは、「きのう、ロメロだけが出ていった。」(245)のだし、ロメロは「わたし(=ブレッド)の存在をしばらく恥かしく思っていた」(246)のだから。またロメロは、短髪のブレッドに髪の毛を伸ばすことを望んでいたように、ブレッドに「もっと女らしくみえること」(246)を求めていたが、ブレッドにはそんな気はなかったからだ。

もちろん、贅沢な暮らしになれているブレッドも、エレベーターが故障したままの安ホテルにしか泊まれないロメロに失望していたと思われる。それから、ここ何日間か、ロメロとのセックスを満喫して、ブレッドの激しい恋心はある意味では成就していた。だからこの時には、ブレッドにもあまり未練はなかったかもしれない。

ブレッドは、ジェイクとマドリードの安ホテルで再会したとき、開口一番、ジェイクを「ダーリン!」(245)と呼ぶ。駆落ち騒動をまるで何事でもなかったかのようにふるまう。ジェイクもそんなブレッドを受けいれる。腕をまわしてキスまでもする。ブレッドも、「わたしはマイクのところに戻るつもりなの。」(247)とも言う。二人は、駆落ち騒動などなかったかのごとく振舞うのだ。

二人の愛の行方

再会してから、二人は「スペインのラグジュアリーホテルのひとつ[83]」であるパレスホテルのバーにゆき、マティーニを3杯飲む。その後、ほろ酔い気分で「世界で最高のレストランのひとつ」(249)

であるボティンで、ワインを少なくとも4本も飲みながら昼食を楽しむ。

かつてのパリでの二人の関係に戻ったわけだ。ふたたび相思相愛の関係も確認できた。しかしそれだけだった。ブレッドがロメロを愛したという事実は残ったが、二人の関係は振出しに戻ったのだ。作品の冒頭のパリで二人が再会した場面に戻ったともいえる。というかむしろ、二人のあいだには、以前にも増して、心のわだかまりが残ったかたちで、以前の関係に戻ったと言う方が適切だろう。

また、ジェイクは、サン・フェルミン祭の闘牛をアフィシオナードとして今後は見にくる機会を奪われた。だから正確にいえば、その意味でも、振出しに戻ったわけではなかった。

アフィシオナードであるジェイクには、サン・フェルミン祭と闘牛は、未来が信じられない「退屈な」人生のなかで、生きてゆくことに刺激を与えてくれる唯一の機会だった。ジェイクにとって、サン・フェルミン祭に加わって、闘牛を観ることがどれほど貴重で重要だったかは、別の作品『午後の死』(*Death in the Afternoon*)(1932年)からも推測できる。事態はより悪化したかたちで、振出しに戻ったのだ。

そのことは、この作品最後の二人のタクシー内での会話――

「ああ、ジェイク、(一緒に暮せていたら、)すごく素晴らしい時を過ごせていたでしょうね。」

「そうだな。そう考えるもいいかもな?(Yes. Isn't it pretty to think so?)」(251)

――に象徴的に表されている。

ジェイクの否定疑問文「そう考えるもいいかもな？」には、苦い皮肉っぽいニュアンスがある。ジェイクはブレッドと一緒に暮らすことがありえなかったのが分かっている。そのうえで、一緒に暮らすことが、「すごく素晴らしい時」なったとは信じていないのも伝わってくる。一方で、ブレッドがトラブルや悩みの種になるのが分かっていながら、彼女と別れられない気持ちも伝わってくる。

この最終場面の会話を読んだ読者は、同じような会話がすでにパリのジェイクの部屋で交わされていたのを思いだすだろう。その会話とは――

「ブレッド、おれたち一緒に暮らせないかな？　ただ一緒に暮らすだけでもできないかな？」

「無理だと思うわ。」(62)

――である。先に引用した会話とほぼ同じ意味内容を伝えている。

ただし、誘う立場（＝ジェイク）と断る立場（＝ブレッド）とが入れ替わっている。そして最終場面では、過去の仮定が語られているが、このパリの場面では、未来の願望が語られている。

その違いは微妙だが、大きい。最終場面では、二人の視線は過去に向いている。未来にたいする期待は読みとれない。

ただし一方で、最終場面のタクシーのなかとパリのジェイクの部屋とで、ほぼ同様の会話が繰りかえされていることで、二人の関係には進展がないことも分かる。それだけでなく、立場を変えて繰りかえされることで、二人が一緒には暮らせないことに念が押されている。しかも、二人をとり巻く状況は進展していない。むしろ悪化している。決断できない二人が、進展のない二人の関係を繰りかえし続けることがつよく暗示されているのだ。

この作品のエピグラフに掲げられている旧約聖書の「コヘレトの言葉」が説いているように、「日は昇り、日は沈む／あえぎ戻り、また昇る。」（7）〔※／は改行をしめす。以下同じ。〕のだ。日々はむなしく繰りかえす。「なんという空しさ／何という空しさ、すべては空しい。[84]」というわけだ。

戦争で傷ついたジェイクもブレッドも、信じるに足る未来を見いだせないまま、未来への希望をもてずに、今という時を刹那的にむなしく生きてゆかざるをえない。そのことが、この作品では描かれている。だから『日はまた昇る』は、戦争で心が傷つき戦争ＰＴＳＤに罹った人間が戦後に生きつづけることの苦しみと困難を描いた作品だといえる。

〔＊『日はまた昇る』の日本語訳は文庫本では谷口陸男訳『日はまた昇る』（岩波文庫）や高見浩訳『日はまた昇る』（新潮文庫）などで読める。〕

注

（1）Knock 845.（2）Knock 845.（3）小黒 139.（4）山室 7.（5）山室 8.（6）Binneveld 85.

（7）Herman 21.（8）Bogard 1069.（9）*New York Times*, Aug. 21, 1921.（10）Dean 39.
（11）Hayden 738-49.（12）*New York Times*, Aug. 31, 1921.（13）Herman 7.（14）Bruccoli（2002）63.
（15）Fitzgerald（1989）39.（16）Roulston 207.（17）Fitzgerald（2002）6.（18）Roulston 212.
（19）Eble 56.（20）West 504-05.（21）Turnbull 101-02.（22）Turnbull 102-03.（23）Sklar 88.
（24）Tuttleton 184.（25）Roulston 213.（26）Meredith 165, 173.（27）村上 333-34.（28）Poe 1275.
（29）松井 5.（30）Pauly 233.（31）Lynn（1995）106.（32）Baker, C. 69.（33）Lynn（1995）79-85.
（34）Baker, C. 78-81.（35）Fenton 67.（36）Young（1972）5-6.（37）Young（1981）137.
（38）Ullrich 364.（39）Hemingway（2003）139.（40）Roberts 516; Ulrich 364-65; Mellow 122.
（41）Boyd 52; Monteiro 51; Lamb 23; Trout 14.（42）Jones 17.（43）Monteiro 50.（44）Trout 14.
（45）"September 10, 1919"（Web）.（46）Bruccoli（2002）96.（47）Smith 72.
（48）*New York Times*, June 27, 1920.（49）Trout 14.（50）Trout 14.（51）Trout 18.
（52）Turnbull 89.（53）Kobler 382.（54）DeFalco 140.（55）Baerdemaeker 56, 64.（56）Lamb 21.
（57）河田 23.（58）Herman 21.（59）*New York Daily News*, Oct. 3, 2016.（60）O'Neill 656-72.
（61）*New York Times*, Aug. 21, 1921.（62）Hayden 748.（63）DeFalco 144; Cohen 163; 板橋 84-85.
（64）Baerdemaeker 56, 64; Lamb 21.（65）Imamura 102-03; Ullrich 366; Eby 147-48; Hoffman 98; Baker, S. 27; Stewart 212.（66）Kobler 380.（67）Lynn（1981）29.（68）Lynn（1995）259-60.（69）Lamb 25.
（70）Griffin 81.（71）Lynn（1995）260.（72）DeFalco 143.（73）Baerdemaeker 67.（74）Ullrich 372.
（75）Lynn（1995）293-96.（76）Stoneback 145.（77）Reynolds 25.（78）Fetterley 67.（79）Willingham 52.
（80）Reynolds 22.（81）Reynolds 25.（82）Willingham 35.（83）Stoneback 290.（84）「コヘレトの言葉」1034.

引用文献

Baker, Carlos. *Ernest Hemingway: A Life Story*. Collins, 1969.

Baker, Sheridan. *Ernest Hemingway: An Introduction and Interpretation*. Holt, 1967.

Baerdemaeker, Ruben De. "Performative Patterns in Hemingway's 'Soldier's Home'." *The Hemingway Review*, vol. 27, no.1, 2007, pp. 55-73.

Binneveld, Paul. *From Shell-Shock to Combat Stress*. Trans. John O'Kane. Amsterdam UP, 1997.

Bogard, Travis. "Chronology." In O'Neill, Eugene. *Eugene O'Neill: Complete Plays 1913-1920*. Library of America, 1988, pp. 1063-84.

Boyd, John D. "Hemingway's Soldier's Home." *The Explicator*, vol. 40, no. 1, 1981, pp. 51-53.

Bruccoli, Matthew J. *Some Sort of Epic Grandeur: The Life of F. Scott Fitzgerald*. 1981. U of South Carolina P, 2002.

Cohen, Milton A. "Vagueness and Ambiguity in Hemingway's 'Soldier's Home': Two Puzzling Passages." *The Hemingway Review*, vol. 30, no. 1, 2010, pp.158-64.

Dean Jr, Eric T. *Shook over Hell: Post-Traumatic Stress, Vietnam, and the Civil War*. Harvard UP, 1999.

DeFalco, Joseph. *The Hero in Hemingway's Short Stories*. U of Pittsburgh P, 1963.

Eble, Kenneth. *F. Scott Fitzgerald*. Twayne, 1963.

Eby, Carl. *Hemingway's Fetishism: Psychoanalysis and the Mirror of Manhood*. U of New York P, 1999.

Fenton, Charles A. *The Apprenticeship of Ernest Hemingway*. Viking, 1958.

Fetterley, Judith. *The Resisting Reader: A Feminist Approach to American Fiction*. Indiana UP, 1978.

Fitzgerald, F. Scott. "Bernice Bobs her Hair." *The Short Stories of F. Scott Fitzgerald*. Ed. Matthew Bruccoli. Scribner, 1989, pp. 25-47.

——. *The Great Gatsby*. 1925. Ed. Matthew J. Bruccoli. Cambridge UP, 1991.

——. "May Day." *The Short Stories of F. Scott Fitzgerald*. Ed. Matthew Bruccoli. Scribner, 1989, pp. 97-141.

——. *Tales of the Jazz Age*. 1922. Ed. James L. West III. Cambridge UP, 2002.

Griffin, Peter. *Less Than a Treason: Hemingway in Paris*. Oxford UP, 1990.

Hayden, Herbert B. "Shell-Shocked – And After." *The Atlantic Monthly*, December 1921, pp. 738-49.

Hemingway, Ernest. *A Farewell to Arms*. 1929. Scribner, 1997.

——. *Ernest Hemingway: Selected Letters 1917-1961*. Ed. Carlos Baker. 1981. Scribner, 2003.

——. "Now I Lay Me." *The Complete Short Stories of Ernest Hemingway*. The Finca Vigia Edition. 1987. Scribner, 2003, pp. 276-82.

——. "Soldier's Home." *The Complete Short Stories of Ernest Hemingway*. The Finca Vigia Edition. 1987. Scribner, 2003, pp. 110-16.

——. *The Sun Also Rises*. 1926. Scribner, 2006.

——. "A Way You'll Never Be." *The Complete Short Stories of Ernest Hemingway*. The Finca Vigia Edition. 1987. Scribner, 2003, pp. 306-15.

Herman, Judith. *Trauma and Recovery*. 1992. Basic Books, 1997.

Hoffman, Frederick. *The Twenties: American Writing in the Postwar Decade*. 1955. Free Press, 1965.

Imanura, Tateo. "'Soldier's Home': Another Story of a Broken Heart." *The Hemingway Review*, vol. 16. no. 1, 1996, pp. 102-07.

Jones, Horace P. "Hemingway's Soldier's Home." *The Explicator*, vol. 37, no. 4, 1979, p.17.

Knock, Thomas J. "World War I." *The Oxford Companion to United States History*. Ed. Paul S. Boyer. Oxford UP, 2001, pp. 842-45.

Kobler, J.F. "'Soldier's Home' Revisited: A Hemingway *Mea Culpa*." *Studies in Short Fiction*, vol, 20, 1983, pp. 377-85.

Lamb, Robert Paul. "The Love Song of Harold Krebs: Form, Argument, and Meaning in Hemingway's 'Soldier's Home'." *The Hemingway Review*, vol. 14, no. 2, 1995, pp. 18-36.

Lynn, Kenneth S. "Hemingway's Private War." *Commentary*, July 1981, pp. 24-33.

——. *Hemingway*. 1987. Harvard UP, 1995.

Mellow, James R. *Hemingway: A Life without Consequences*. 1992. Perseus Books, 1993.

Meredith, James, H. "Fitzgerald and War." *A Historical Guide to F. Scott Fitzgerald*. Ed. Kirk Curnutt. Oxford UP, 2004, pp. 163-213.

Monteiro, George. "Hemingway's Soldier's Home." *Explicator*, vol. 40, no.1, 1981, pp. 50-51.

New York Daily News. "Trump Suggests Vets with PTSD Aren't 'Strong'." October 3, 2016.

The New York Times. "Shell-Shocked Major Tries Suicide in Hotel." August 31, 1921.

——. "Vogue of Bobbed Hair." June 27, 1920.

——. "'War' Nerve Cases Difficult to Treat." August 21, 1921.

O'Neil, Eugene. "Shell Shock." *Eugene O'Neil: Complete Plays 1913-1920*. Library of America, 1988, pp. 656-72.

Pauly, Thomas H. "Gatsby as Gangster." *Studies in American Fiction*, vol. 21, no. 2, 1993, pp. 225-36.

Poe, Edgar Allan. *Edgar Allan Poe: Poetry, Tales, and Selected Essays*. Library of America, 1984.

Reynolds, Michael S. The Sun Also Rises*: A Novel of the Twenties*. (Twayne's Masterwork Studies) Twayne, 1995.

Roberts, John J. "In Defense of Krebs." *Studies in Short Fiction*, vol. 13, 1976, pp. 515-18.

"September 10, 1919: New York City Parade Honors World War I Veterans." *WWW. History Com*. Web. https://www.history.com/this-day-in-history/new-york-city-parade-honors-world-war-i-veterans.

Accessed 30 March 2019.

Roulston, Robert. "Fitzgerald's 'May Day': The Uses of Irresponsibility." *Modern Fiction Studies*, vol. 34, no. 2, 1988, pp. 207-15.

Sklar, Robert. *F. Scott Fitzgerald: The Last Laocoon*. Oxford UP, 1967.

Smith, Paul. *A Reader's Guide to the Short Stories of Ernest Hemingway*. G.K. Hall, 1989.

Stewart, Matthew C. "Ernest Hemingway and World War I: Combatting Recent Psychobiographical Reassessments, Restoring the War." *Papers on Language and Literature*, Spring 2000, pp. 198-217.

Stoneback, H. R. *Reading Hemingway's* The Sun Also Rises: *Glossary and Commentary*. Kent State UP, 2007.

Trout, Steven. "'Where Do We Go from Here?': Ernest Hemingway's 'Soldier's Home' and American Veterans of World War I." *The Hemingway Review*, vol. 20, no. 1, 2000, pp. 5-21.

Turnbull, Andrew. *Scott Fitzgerald*. 1962. Vintage, 2004.

Tuttleton, W. James. "Seeing Slightly Red: Fitzgerald's 'May Day'." *The Short Stories of F. Scott Fitzgerald: New Approaches in Criticism*. Ed. Jack R. Bryer. U of Wisconsin P, 1982, pp. 181-97.

Ullrich, David W. "'What's in a Name?' – Krebs, Crabs, Kraut: The Multivalence of 'Krebs' in Hemingway's 'Soldier's Home'." *Studies in Short Fiction*, vol. 29, no. 3, 1992, pp. 369-75.

Young, Philip. *Ernest Hemingway: A Reconsideration*. 1966. Pennsylvania U P, 1981.

——. "Preface." In Ernest Hemingway. *The Nick Adams Stories*. Ed. Philip Young. Scribner, 1972, pp. 5-7.

West III, James L. "Explanatory Note." In F. Scott Fitzgerald. *Tales of the Jazz Age*. Ed. James L. West III. Cambridge UP, 2002, pp. 499-528.

Willingham, Kathy G. "The Sun Hasn't Set Yet: Brett Ashley and the Code Hero Debate." *Hemingway and Women: Female Critics and the Female Voice*. Eds. Lawrence R. Broer and Gloria Holland. U of

Alabama P, 2002, pp. 33-53.

板橋好枝「『兵士の故郷』――無力化された言語」『ヘミングウェイの時代　短編小説を読む』日下洋右編、彩流社、１９９９年、７７～１０６頁。

小黒昌文「６　戦争を書く」『第一次世界大戦３　精神の変容』山室信一他編、岩波書店、２０１４年、１３９～６９頁。

河田英介「胡乱なクレブスの母への執心、二重化される帰還不可能性――アーネスト・ヘミングウェイ "Soldier's Home" 論」*Strata*, vol. 25, 2011, pp. 23-43.

「コヘレトの言葉」『旧約聖書』新共同訳、日本聖書協会、１９９４年、１０３４～４８頁。

松井孝典『松井教授の東大駒場講義録』集英社新書、２００５年。

村上春樹「翻訳者として、小説家として――訳者あとがき」『グレート・ギャツビー』村上春樹訳、中央公論新社、２００６年、２３７～３２５頁。

山室信一「世界戦争への道、そして『現代』の胎動」『第一次世界大戦１　世界戦争』山室信一他編、岩波書店、２０１４年、１～２８頁。

第三部　第二次世界大戦

第二次世界大戦と米国

米国は、第一次世界大戦では戦場にならなかった。また、戦勝国に属していた。だから復興期の1920年代は、世界の工場として経済的に繁栄した。資本主義世界の中心に位置を占めるようになったのだ。しかしこうした長く続いた経済の拡大局面は、1929年10月24日の株価の大暴落によって、一変した。

ローズヴェルト大統領（写真中央）

この米国発の大恐慌が1930年代の世界を席巻した。米国は、1933年には、ニューディールを掲げた民主党のフランクリン・ローズヴェルト（1882～1945）を大統領（1933～45）に選んで、大不況に対処しようとした。また、南北アメリカの経済のブロック化をも進めた。一方では、1935年には中立法を制定したように、国際的に孤立化への動きを強めた。

ヨーロッパの国々も、経済のブロック化を進めた。そんななかで、イタリアやドイツは軍備を増強して、外国への侵略を始めた。ドイツは、1938年にはオーストリアを併合し、翌39年3月にはチェコを分割した。同39年4月には、イタリアがアルバニアを併合した。この地域の情勢は急速に不安定化したのだ。

そんななか1939年9月1日に、ドイツはポーランドに侵攻した。それで翌々日の3日には、英国とフランスはドイツに宣戦布告した。第二次世界大戦が始まったのである。

この時期の米国国内では、依然としてヨーロッパの戦争には参戦しないという中立主義が支持をえていた。しかし1940年に3選を果たしたローズヴェルトは、英仏への支援を明確にして、1941年9月には、米軍のドイツの潜水艦への攻撃を容認した。また、イタリアとドイツと三国同盟を結んで中国に侵出していた日本にたいしては、対日資産の凍結や石油の禁輸などの手段で圧力を強めた。

"All the News That's Fit to Print."

The New York Times.

LATE CITY EDITION

JAPAN WARS ON U. S. AND BRITAIN; MAKES SUDDEN ATTACK ON HAWAII; HEAVY FIGHTING AT SEA REPORTED

CONGRESS DECIDED

Roosevelt Will Address It Today and Find It Ready to Vote War

CONFERENCE IS HELD

Legislative Leaders and Cabinet in Sober White House Talk

TOKYO ACTS FIRST

Declaration Follows Air and Sea Attacks on U. S. and Britain

TOGO CALLS ENVOYS

After Fighting Is On, Grew Gets Japan's Reply to Hull Note of Nov. 26

PACIFIC OCEAN: THEATRE OF WAR INVOLVING UNITED STATES AND ITS ALLIES

GUAM BOMBED; ARMY SHIP IS SUNK

U. S. Fliers Head North From Manila— Battleship Oklahoma Set Afire by Torpedo Planes at Honolulu

104 SOLDIERS KILLED AT FIELD IN HAWAII

President Fears 'Very Heavy Losses' on Oahu— Churchill Notifies Japan That a State of War Exists

JAPANESE FORCE LANDS IN MALAYA

Tokyo Bombers Strike Hard At Our Main Bases on Oahu

HULL DENOUNCES TOKYO 'INFAMY'

真珠湾攻撃を報じる新聞

米国のこうした圧力を前にして、日本はもはや交渉の余地はないとして、1941年12月8日に真珠湾を奇襲攻撃した。これを契機にして、米国内でも参戦の気運が一気にたかまり、太平洋戦争が始まった。ヨーロッパでも、米国はイタリアやドイツなどの枢軸国側と戦うことになった。

全世界を巻きこんだこの戦争は、イタリアが1943年9月に、ドイツが1945年5月に、日本が1945年8月に降伏するまで続いた。この第二次世界大戦による死者は、軍人と民間人をあわせて世界で5千万人以上といわれている[1]。米軍の死者は40万7千316人だった[2]。

このような多大の犠牲を払ったが、米国は、この戦争によって、ソ連とともに、世界の超大国となった。たとえば、1946年の米国の鉱工業生産高は資本主義世界全体の62％にまで達した[3]。アメリカの世紀が始まったのだ。

J・D・サリンジャー

サリンジャーと第二次世界大戦

この第二次世界大戦に兵士として参戦した米国の作家は多い。そのなかのひとりに、ジェローム・ディヴィッド・サリンジャー（1919～2010）がいる。サリンジャーは、ユダヤ人の父とアイオワ州生まれのドイツ系の母との間に[4]、ニューヨークで生まれた。〔＊従来、母親はアイルランド系と言われてきた。〕

父親は食肉業で成功して、1928年にはセントラルパーク近くの82丁目西215番地のアパートメントに引越した。そのアパートメント（日本風にいえば、高級マンション）には、住み込みの英国人のメイドが雇われていた[5]。

さらにサリンジャーが13歳の1932年には、セントラルパークに隣接する、より豪華な91丁目

サリンジャーの研究書

パーク街のアパートメントに移った。〔＊この高級アパートメントには、28歳まで住んでいて、いくつかの作品でモデルとして使っている。〕サリンジャーはお金持ちのお坊ちゃんとして育ったのだ。

学校も、この転居とともに、お金持ちの子弟らしく公立校から、私立のマクバーニー校に転校した。しかし成績不良で、1934年には退学になった。それで今度は、寄宿学校のヴァレーフォージ軍学校に転校した。規則のきびしい軍学校での2年間の寄宿生活は、お坊ちゃんのサリンジャーにとっては貴重なものであっただけでなく、それなりに充実したものだった。また、この軍学校での経験は、従軍時には役立ったとも思われる。

軍学校卒業後の1936年秋に、ニューヨーク大学に入学登録したが、2学期には退学した。1937年4月には、父親の仕事を学ぶためにヨーロッパに旅立った。約1年間をオーストリアやポーランドで過ごし、1938年3月に帰国した[6]。米国に戻ったサリンジャーは、大学にも登録して、作家になるための修業を始め、1940年ごろからは、短編が雑誌に掲載されはじめた。

一方で、1941年に志願して徴兵検査を受けたが、不合格になった。しかし1942年4月には、徴兵で陸軍に入隊した。1943年、ドイツ語能力を認められて防諜部隊CICに転属となった。1944年1月には、ヨーロッパ侵攻作戦のために英国に派遣され、デヴォン州で2等軍曹として訓練をうけた。

第4歩兵師団12連隊の一員として、6月6日のノルマンディー上陸作戦に加わり、フランスに上陸した。その後の約11カ月間に、ヒュルトゲンの森やバルジの戦いなど、おもな激戦をすべて経験した。

しかも彼の連隊は、強制収容所を解放する任務を与えられ、ユダヤ人のサリンジャーは、まさに悪夢といえる収容所のユダヤ人の惨状を目の当たりにした。サリンジャーは、米軍でも最も運の悪い兵士のひとりだった。

入隊後も短編を書きつづけていたサリンジャーは、戦場でも書きつづけ雑誌に投稿をつづけていた。スラウェンスキーは、サリンジャーが砲撃を受けている最中にも、テーブルの下でタイプライターをたたいている姿を伝えている[7]。

"All the News That's Fit to Print"

The New York Times.

6 A.M. EXTRA

NEW YORK, TUESDAY, JUNE 6, 1944.

ALLIED ARMIES LAND IN FRANCE IN THE HAVRE-CHERBOURG AREA; GREAT INVASION IS UNDER WAY

ROOSEVELT SPEAKS

Says Rome's Fall Marks 'One Up and Two to Go' Among Axis Capitals

WARNS WAY IS HARD

Asks World to Give the Italians a Chance for Recovery

Conferees Accept Cabaret Tax Cut

PURSUIT ON IN ITALY

Allies Pass Rome, Cross Tiber as Foe Quits Bank Below City

PLANES JOIN IN CHASE

1,200 Vehicles Wrecked —Eighth Army Battles Into More Towns

FEDERAL LAW HELD RULING INSURANCE

Supreme Court, 6-3, Decides Business Is Interstate and Subject to Trust Act

FIRST ALLIED LANDING MADE ON SHORES OF WESTERN EUROPE

EISENHOWER ACTS

U.S., British, Canadian Troops Backed by Sea, Air Forces

MONTGOMERY LEADS

Nazis Say Their Shock Units Are Battling Our Parachutists

Communique No. 1 On Allied Invasion

POPE GIVES THANKS

Italy's Monarch Yields Rule

PARADE OF PLANES

ノルマンディー上陸作戦を報じる新聞

サリンジャーは戦場をどうにか生きのびた。しかし代償も払わなければならなかった。5月の休戦後の7月には、戦争のストレスから精神を病んで、ニュルンベルクの病院に入院しなければならなかったのだ。窓には鉄格子がはめられている病室もあるその病院に2週間入院していた[8]。

同年の11月22日には軍隊を名誉除隊した。だが、それまでと同じ諜報部員としての任務を、国防省と民間人契約を結び、1946年4月30日までその任務についた[9]。

その間に、サリンジャーはドイツ人のシルヴィアと出会い、1945年10月18日に、フランス人だと偽装して結婚した[10]。

それは、占領地のドイツ人女性と米軍兵士との結婚は当時禁止されていたためだった。

二人は、1946年5月10日に米国に移って、両親のアパートメントに同居した。しかし6月上旬には、シルヴィアはひとりでドイツに早々に帰国した[11]。結婚は破綻したのだった。

シルヴィアとの結婚中は創作を中断していたが、別居してから、ふたたび創作を始めた。1947年には、短編の傑作「バナナフィッシュに最適の日」(“A Perfect Day for Bananafish”)を書き、翌年の1月には高級週刊誌『ニューヨーカー』に掲載された。

1951年7月には、世界的なベストセラーで現在も世界各国で読まれている『ライ麦畑でつかまえて』(*The Catcher in the Rye*)を発表した。一躍、有名人となった。

これまで有名な作家になることを目ざしていたが、しかし現実に名声をえたら、それはサリンジャーにとっては、必ずしも居心地の良いものではなかった。

1953年2月には、ニューヨークから約380キロ離れたニューハンプシャー州の田舎の村コーニッシュに90エーカー(=約11万坪、東京ドーム約8個弱分)の土地を購入して移り住んだ。それでも、自分のプライバシーをさらに守るために、家屋の周囲を塀で囲んだ[12]。

46歳の1965年6月に、中編「ハプワース16、1924」(“Hapworth 16, 1924”)を発表した。この作品は不評だった。むべなるかな、とわたしにも思える。

これ以降も、プライバシーをかたくなに守りながら、作品を書きつづけていた。だが、それらの作品は自分だけのために書かれたものだった。どれも公表されることはなかった。73歳のときには、33

歳のコリーン・オニールと3度目の結婚をした。そして2010年1月27日、91歳で亡くなった。

サリンジャーは、30歳代からコーニッシュの広大な敷地のなかで、プライバシーを守りながら、隠棲したかのように、ほぼ孤立状態で過ごしていた。サリンジャーの孤立したその姿は、1980年代後半にわたしが見聞きしたワシントン州の森のなかに孤立状態で過ごしていたベトナム戦争から帰還した何人かの元兵士たちを思いおこさせる。サリンジャーが社会との交わりを極力断って、プライバシーを徹底して守っている姿には、名声がもたらした苦痛を避けようとする意志だけでなく、戦争PTSDの影響もみられるのではないかとわたしは考えている。

短編「バナナフィッシュに最適の日」

「バナナフィッシュに最適の日」は、先にも述べたように、戦後の1948年1月に『ニューヨーカー』誌に発表された。好評だったこともあり、これを機に、サリンジャーは、同誌と年間3万ドルで「第一査読契約」をむすんで[13]、ゆるい関係の専属作家となった。プロの作家として独立できたのだった。その意味でも、記念すべき作品となった。

サリンジャーは、後年みずからが選りすぐった九つの短編を『ナイン・ストーリーズ』(*Nine*

Stories）（1953年）のタイトルのもとに出版している。それらの短編のなかでも「バナナフィッシュに最適の日」は，最もよく知られている作品だ。

前半の語りと後半の語り

この作品では，フロリダのホテルに2日前から泊まっているミュリエルとシーモアのグラス夫妻の数時間の振舞いが、前半と後半に分けて描かれている。

前半では、ホテルにひとりでいる妻のミュリエルの様子が語られる。午後2時半だというのに、昨晩バーで遅くまで飲んでいたミュリエルは、起きて間もない化粧着だけの姿で、ニューヨークにいる実家の母と電話をしている。

その電話のなかで、母と娘の性格だけでなく、娘婿のシーモアのことも、シーモアにたいするミュリエルの両親の考え方も明らかになる。

後半では、夫のシーモアのことが語られる。シーモアはひとり海岸で日光浴をしている。そこに、シビルという女の子が遊びにやってくる。二人はシャロンという女の子や『リトル・サンボ』（*Little Black Sambo*）について話をする。

それから二人は海に入る。シーモアは、浮き輪上で腹ばいになったシビルを押してやりながら、バナナフィッシュの話をはなし聞かす。

バナナフィッシュは、海中のバナナ穴に住んでいる。バナナ穴にあるバナナを食べて大きくなりす

The Story of
Little Black Sambo.

ONCE upon a time there was a little black boy, and his name was Little Black Sambo.

『リトル・ブラック・サンボ』

ぎて、バナナ穴から出られなくなり、最後はバナナ熱に罹って死ぬのだ。

もちろんバナナフィッシュは、山椒魚とは違って、シーモアが創造した架空の生き物だ。しかし波が来て、シビルの顔が海水に浸かったとき、シビルはバナナフィッシュが1匹見えたと言う。そこでシーモアが、バナナを咥(くわ)えていたかを訊ねたら、シーモアは「6本」(16)咥えていたと答える。

その答えを聞いて、シーモアはシビルの足の土踏まずにキスをして、シビルがもっと遊びたがっているにもかかわらず、シビルとの遊びをやめる。するとシビルは母がいるホテルの方に走りさる。

シーモアもローブをきちんと着てホテルに戻る。ホテルのエレベーターでは、たまたま乗りあわせた女性に、「ぼくの足を見ていますね、分かってますよ。」(17)と言って、その女性を怒らせる。そのあと5階の自室に戻る。部屋では、ミュリエルがツインベッドの片方でまた眠りこんでいる。

その寝姿に眼を向けてから、シーモアはトランクから拳銃を取りだし弾倉を点検し、空いているベッドの方に歩いてゆく。それから「(もう一度)その若い女(the girl)を見て、拳銃の狙いを定めて、そして自分の右のこめかみを弾丸で撃ちぬいた」(18)のだった。ここで、この短編は終わっている。

この自殺は、別の作品『フラニーとゾーイー』（*Franny and Zooey*）（1961年）によれば、「1951年3月」（56）から「3年前」（62）の1948年3月のことだった。

特異な語り手と三つの解釈

この作品の語り手は、外部からの観察者に徹している。登場人物の内面を語ることも、内面を忖度（そんたく）することもない。先の自殺の場面でも、シーモアの振舞いだけを語っている。謎だから、海岸から戻ってきた直後のシーモアの拳銃自殺は、読者には唐突でよく分からない。謎なのだ。しかもこのシーモアの自殺は、この作品の中心に位置する謎である[14]。その結果、この謎に直面した読者は、その謎についていろいろと思いめぐらすことになる。

とうぜん、この作品では、シーモアの死の謎が中心に論じられてきた。その解釈を大別すれば、つぎの三つになる。

（1）シーモアは「戦争によって感情面に損傷を受けたので、ふつうの社会でうまく生きてゆけなくなった[15]」にみられるように、戦争神経症（＝PTSD）によって自殺したという解釈。

（2）精神世界を重んじ繊細な神経をした自意識過剰気味なシーモアが、虚飾にみちた物質的なまわりの世界に絶望して自殺したという解釈。たとえば、ヴィーガントはシーモアの豊かすぎる感情が社会での不適応をもたらし、自殺にいたったと考える[16]。また、利沢は、シーモアが心にいだいている理想のミュリエル像と現実のミュリエルとの「落差」に、自殺のひとつの原因があったとみなしている[17]。

（3）ひとつ目と二つ目を混ぜあわせたもの。たとえば、軍の病院で戦争神経症の治療をうけていたシーモアは、鋭い感受性をもっていたので、病院を退院してからも、物質的で粗雑な世の中で、鈍感な妻との生活を続けられなくなったという解釈[18]。

これら三つの解釈は、ほぼすべての解釈の可能性を網羅している。この作品を社会や時代から孤立した1個の芸術作品として読めば、そのそれぞれの解釈は、それぞれそれなりに妥当性をもっている。そのどれをも完全には否定できない。

しかしこの作品の書かれた背景を考慮すれば、おのずと解釈の幅は狭まる。戦時中に軍曹であったサリンジャーは、休戦から数週間後に戦場のストレスから精神を病んで2週間入院し、その後にふたたび原隊に復帰している。

一方で、別の短編「エズメに――愛と汚れをこめて」（"For Esmé - with Love and Squalor"）（1950年）では、休戦から「数週間後」（103）に、戦争によって精神を病み「2週間」（104）の入院から原隊に戻ってきたX軍曹の深刻な症状を描いている。つまり戦争PTSDの症状を具体的にくわしく描いているのだ。

このX軍曹とサリンジャーとは、休戦から「数週間後」に精神を病んで「2週間」入院していて、共に「軍曹」であるという3点で共通している。この共通点を考えれば、作家サリンジャーがいわゆる戦争PTSDの症状につよい関心をもっていたのが分かる。だから、戦争PTSDにたいするこのつよい関心が、「バナナフィッシュに最適の日」にも反映されていると考えるのだ。

シーモアと戦争PTSD

作中のシーモアは、戦争のストレスから精神を病んで軍の病院に入院していた。復員した今も、運転している車を樹にぶつけたり、土産物の絵を破いたり、窓を毀したり、祖母に残酷なことを言ったりしている。

シーモアのそうした異常な振舞いに、ミュリエルの両親は娘の身に危険すら感じ、心配している。さらに母親は、懇意にしている医師の意見を、ミュリエルに電話で伝えている。その医師は「軍がシーモアを病院から退院させたのは完全な**犯罪**である」（6）〔＊「犯罪」は原文ではイタリック体で強調されている〕と考えているだけでなく、「シーモアは自分のコントロールをかんぜんに失うかもしれない」（6）ことをも恐れているのだ。

作家サリンジャーは、シーモアが戦争PTSDからまだ完全には回復していないことを伝えようとしている。

戦争PTSDに苦しむ兵士は、往々にして、実際には完全に治っていないのに、病院を退院したのだから「正常に」戻った者として、原隊に戻され、世の中にだされる。人びとも「正常に」戻った者として、その（元）兵士に対応する。

そこには齟齬（そご）が生じる。その齟齬に、一番苦しむのは患者だった（元）兵士だ。しかも、その

（元）兵士の苦しみを一般の人びとは理解しようとしない。そのことが、ますますその（元）兵士を苦しめる。

そんな無理解な世間のなかでのシーモアの苦しみを、読者は、ミュリエルと母との会話から間接的に知ることができる。

シーモアが戦争ＰＴＳＤから回復できていないのであれば、シーモアの拳銃による唐突な自殺も納得できる。先に引用した「シェルショックの少佐、ホテルで自殺を試みる」の新聞記事（本書88頁）からも明らかなように、戦争ＰＴＳＤに苦しむ人間は、唐突に謎めいた自殺をはかることがあるからだ。１９２１年に起きたヤング少佐のこの事件は、サリンジャーのこの短編の創作にインスピレーションを与えたのではないかと思えるほどに、その構図は似ている。

「バナナフィッシュに最適の日」が伝えていること

以上をまとめると、第一に、短編「バナナフィッシュに最適の日」は、戦争ＰＴＳＤに苦しむ元兵士は、戦場から生還していても、唐突に自殺を試みることがあるのを伝えている。多くの読者が関心を向けている、シーモアの自殺の謎を伝えようとしているのではない。

つぎに、戦争が終わって数年がたち平和な世の中になっても、戦争に由来するそういう悲劇が厳然として存在することをも伝えている。

三つ目に、世間は、戦争ＰＴＳＤに苦しむ元兵士を、ミュリエルの両親のように、排除しようとするか、せいぜいのところミュリエルのように、共感的に理解しようとせず、無関心で、ただ排除はしていないだけなのを明らかにしている。

最後に、戦争ＰＴＳＤに苦しんでいた元兵士の死を、世間はたんに謎めいた死としてのみ受けいれがちなことをも間接的に語りかけている。

この短編は、シーモアの唐突な謎めいた拳銃自殺を描くことで、戦争ＰＴＳＤが元兵士やその家族にもたらす悲劇を描いている。そのうえで、戦争がもたらす後遺症を、それにたいする世間の態度への批判をふくめて、幅広い視点から語っている作品でもある。

短編「エズメに――愛と汚れをこめて」

サリンジャーの短編「エズメに――愛と汚れをこめて」は、『ニューヨーカー』誌の１９５０年４月８日号に発表された。〔＊これ以降、タイトルは短縮形で「エズメに」と表記する。〕この作品は、「（第二次世界大戦が生んだ）最高傑作のひとつ、というのが定説[19]」だと主張する人もいる。

「エズメに」は、収録されている短編集『ナイン・ストーリーズ』のなかで27頁を占めている。あまり長くない作品だ。しかしその構成はすこし複雑である。

『ナイン・ストーリーズ』の表紙

まず冒頭では、ニューヨークに住んでいる１９５０年の「私」が、この短編の成り立ちを説明している。その後で、１９４４年4月30日の「私」が、英国でのエズメとの出会いを語っている。次いで、１９５０年の「私」がこれから語る１９４５年の物語の説明をしている。最後に、１９４５年の2等軍曹Ｘのドイツでの個人的な経験が三人称で語られている。

この要約からも分かるように、この短編では、場面の時間が１９５０年、１９４４年、１９５０年、１９４５年と変化している。時間のこの様な変化は、短編集『ナイン・ストーリーズ』に収められている他の八つの短編にはない。また場面も、米国、英国、米国、ドイツと変化している。さらに、主人公が一人称から、最後の１９４５年の場面では三人称に変化している。これらからも、この短編がよく練りあげられた技巧的な作品であることが分かる。

前半の英国での物語と後半のドイツでの物語

この「エズメに」は、先に述べたように、三つの時期と三つの場面とからなっている。だが、大部分は１９４４年の英国での話と、１９４５年のドイツでの話とからなっている。そこで、まず、その二つの話を考えてみよう。

前半の1944年4月30日の英国デヴォン州での物語では、これからヨーロッパの戦場に初めて投入される直前の「私」と、貴族ではあるが孤児の13歳くらいの少女エズメとその弟との出会いが、「私」の視点から語られている。

もうすぐ戦場に初めて投入される「私」は、覚悟がすべてだと理解していても、もちろん戦死の不安に苦しめられている。

その不安と孤独のなかでうち震えていた「私」の心は、天使の歌声と、繊細で共感する心をもつ、知的で魅力的な少女と、自分に真正直な弟と言葉を交わすことで、ひとときの安らぎをえる。「私」が、人間が生きてゆくうえで重要な、いつまでも残る美しい思い出をえたことが語られているのだ。

後半の物語では、1945年5月8日の休戦から数週間後のドイツの都市ガウフルトでの、軍曹Xを中心にした場面が語られている。

10名からなる小隊の長であるX軍曹は、軍の病院に「神経症」(109)で2週間入院していた。退院したあとすぐに、部下たちと駐留している接収した民家に戻ってきた。そしてその民家の2階に確保している自分の個室で、一息ついている。

病院を退院して自室に戻ったけれども、X軍曹は、小説の一文の意味をも読みとれない。舌で押しただけで歯茎から出血する。全身の浮遊感覚に苦しんでいる。身体が不潔なのが気にならなくなっている。自分宛てに届いている郵便物に関心を無くしている。人生は地獄であるという言葉につよく共感し感銘を受けている。薄暗い室内を好んでいる。指が震えている。だから書いた字が判読できない。顔面が痙攣している。激情がとつぜん爆発する。激しく動悸している。とつぜん嘔吐もする。そうとう重篤な戦争PTSDの症状をしめしているのだ。

こうしたX軍曹の症状は、軍曹だったサリンジャーも、休戦数週間後の7月に神経症で2週間入院していたこともあって[20]、サリンジャー自身の体験を反映していると主張する批評家もいる[21]。たしかに、X軍曹の症状は、サリンジャーの見聞も含めた経験を反映しているのは間違いないだろう。

さて、退院してきたX軍曹は、現代人の眼からみれば、まだ病人の状態だ。それにもかかわらず部下のクレイ伍長は、Xの気分や症状におかまいなく、Xの個室に闖入してくる。そして、その粗雑な神経と粗野な振舞いでXを苦しめる。

その結果、Xはとつぜん嘔吐する羽目に追いこまれる。軍曹の嘔吐を眼にしても、それでもクレイはぐずぐずしていて、Xが命令するまで部屋を出てゆかない。（ここにも、軍隊組織にたいする作者サリンジャーの嫌悪が、X軍曹とクレイ伍長との関係を通して表現されている。）

やっと独りになったXは、机の上に積みあがっていた郵便物のなかにあった、緑色の小包にたまたま眼をとめる。開封すると、小包はエズメからのものだった。

手紙とエズメの父の形見の品である腕時計（クロノグラフ）とが入っていた。手紙には、エズメの心からの心配と無事を祈る文言が、そしてエズメの弟のチャールズからの伝言も書かれていた。形見の時計は、軍曹がもっている方がより役立つだろうと、エズメが贈ってくれたものだった。

手紙を読みおえたXは、久しぶりに初めて眠気を感じ、回復の予感をもったと語られている。ここで、この短編は終わっている。

これまでの解釈

以上の要約からも分かるように、この短編では、前半の物語では1944年のエズメとその弟との出会いによって、「私」がつかの間の安らぎを得たことと、そしてその出会いが美しい、いつまでも残る思い出となったことが語られている。

それから約1年後の後半の物語では、主人公のXは、2週間も入院しなければならなかったほどに戦争によるPTSDに苦しんでいた。しかしエズメとチャールズの真心からの心配と心遣いによって、病気からの回復を予感する前向きな気持ちになれた。そのことが、眠気を感じたことでほのめかされている。

だからこれまで、この短編は、「イギリスの田舎町で出会った少女からの手紙と贈り物によって、戦争で傷ついた魂が救われる。[22]」物語と、解説本にも書かれている。心を病んだ兵士が少女によって救われる作品とみなされてきたのだ。この解釈は、同じ時期に書かれたサリンジャーの代表作『ライ麦畑でつかまえて』において、主人公ホールデンが妹の無償の愛によって救われる物語の展開と同じ方向性をもっている。だから納得しやすいものだ。

同じ方向で、もう少し詳しく考察した代表的な理解には、この作品では「一人の兵士の痛々しい姿を通して戦争を告発する一方、悲惨な戦争体験から心身ともに憔悴し、人間にたいする絶望感、不信感から、人を愛することができない地獄に苦悩する主人公が、一人の少女によって救済される様子が描かれている[23]」という高橋美穂子の理解がある。この理解は、1944年の物語と1945年の物語にかんする限り、的を射た適確な理解といえる。

しかしこの高橋の理解からは、1950年の「私」にたいする考察が抜けている。たとえば、1950年の「私」が作品の冒頭でこの作品が生まれた経緯を語った部分がじゅうぶんに検討されていない。また、この作品の中程にある、1945年の物語の前に置かれた1950年の「私」による前書きへの検討も抜けている。

語り手による冒頭の説明

そこでまず、1950年の「私」が、この短編「エズメに」が生まれた経緯を説明している作品の冒頭部分を検討してみよう。その冒頭部分は二つの段落からなっている。その最初の段落の全文を引用すると以下のようになる。(なお、二つ目の段落は、最初の段落の約半分の長さで、結婚式に出席する代わりにこの短編を書いたことと、花嫁の6年前のエピソードを語ることと、花婿と花嫁がこの短編から教訓を読みとって欲しいことを述べている。)

つい最近、私はエアメールで、4月18日に英国でおこなわれる結婚式の招待状を受けとった。

たまたま、ぜがひでも列席を可能にしたい挙式だったので、招待状が届いたときには最初、旅費なんかどうにかなるから、飛行機で海外にゆくのはまぁ可能だろうと考えていた。しかしそれから、そのことをかなり徹底的に妻と、この妻が思わず息をのむほど判断の公正な若い女（girl）なのだが、話しあって、そして行かないことに合意した。ひとつには、義母が4月後半の2週間を私たち夫婦といっしょに過ごすのを、私が完璧に忘れていたからである。実際、私は義母のグレンチャーとこれからそうたびたび会わないだろうし、彼女がこれからさき若くなることもないのだ。義母は58歳なのである（そのことを彼女は誰よりもまっ先に認めるだろうけどね）。（87）

この引用した文章では、1950年の語り手の「私」が、英国でおこなわれるエズメの結婚式に招待されたとき、最初は「ぜがひでも」列席したいと思ったが、妻と話しあった結果、行かないことに決めたことが語られている。夫婦が話しあうなかで、夫が最初に望んでいたことが実現されないこと自体は、夫婦の話し合いではよく生じることだ。珍しいことではない。

しかしここで語られている「私」が断念した理由はふつうではない。妻の母が4月の後半の2週間を私たち夫婦と一緒に過ごすのを楽しみにしているという理由が、「ぜがひでも列席を可能にしたい挙式」への出席を断念した理由としてはじゅうぶんに納得できないのだ。

結婚式への出席を断念した理由と「私」

英国でのエズメの結婚式は1950年4月18日。「私」は作家で、時間が自由になる職業だ。そのうえニューヨークのマンハッタンに妻と住んでいる。子どもはいないようだ。また、米国では1940年代後半に長距離国際線が確立していたから、航空機を利用すれば、マンハッタンに住んでいる「私」は、5日間もあれば、英国での結婚式に出席して戻ってこられる。〔＊サリンジャーの最初の妻シルヴィアは、1949年6月に航空機でドイツに戻っている。〕

それらの外的な状況のみを考えれば、「私」自身も最初、「まぁ可能だろう」と考えているように、「私」がエズメの結婚式に出席すること自体は、比較的容易だったと思われる。

一方で、義母がやって来る「4月後半の2週間」は、単純に計算すれば、4月17日から30日までだ。結婚式は4月18日だから、「私」が挙式に出席のために抜けるのは、英国往復に5日間が必要だったとしても、14日間の内の最大でも最初の4日間に過ぎない。少なくとも10日間は義母と一緒に居られるのだ。困った存在として、ジョークの種にされることが多い義母とは、つまり義母にたいする世間の常識に照らしても、一緒に居るにはじゅうぶんすぎる長さだ。14日間が10日間になったからといって、「ぜがひでも列席を可能にしたい」計画を断念する理由とはならないだろう。

つけ加えるならば、義母の方の事情はなにも書かれていないから分からないが、義母は、かつて英国に駐留していた「私」にカシミアの毛糸を買って送ってくれるように頼んでいる。また1950年が時代背景だ。だから専業主婦だった可能性はたかい。義母が日程を4～5日ほどずらすことも可能だったのではないかとも思われる。

もちろんアッパーミドルクラスに属すると思われるこの家族にとって、本人自身も言っているように、「旅費なんかどうにかなる」のだ。

さらに、義母にこの4月に会うべき理由として、二つの事情が挙げられているが、その二つの事情もともに説得力に欠けている。

ひとつ目は、義母に今後も「そうたびたび会わないだろう」という事情。二つ目は、義母は「若くなることもない」という事情だ。要するに、義母の老い先は短いのだから、この4月の会う機会を逃してはならないという事情だ。

この事情は、もし仮に結婚式に出席したなら、義母にはこの4月にはまったく会えなくなることを前提にしている。しかし先にも指摘しておいたように、たとえエズメの結婚式に出席しても約10日間は一緒に過ごせるのだ。だから、語り手があげている出席を断念した理由は説得力がない。言いがかりのような不合理な理由にすぎない。

そのうえ、義母はまだ58歳なのだ。58歳はまだじゅうぶん若い。老い先を考えるべき年齢ではない。「私」は本心では、そう考えている。だからこそ、引用文の最後で「私」は、「義母は58歳なのである（そのことを彼女は誰よりもまっ先に認めるだろうけどね）。」という文言を、あえて最後につけ加えているのだ。

もちろん、「私」がつけ加えている「（そのことを彼女は誰よりもまっ先に認めるだろうけどね）」という言葉は、反語的な表現だ。皮肉のこもったユーモアだ。

義母はまだ58歳で、義母本人も58歳を認めたがらないほど、気持ち的にも若いと、「私」は本心では考えている。このことからも、義母の老い先は短いのだから、この4月の会う機会を逃してはならないという理由を、「私」自身は、本心では認めていないことは明らかだ。

そのことは、挙式への出席を断念した二つの事情を説明している「私」の語り口からも分かる。「私」は、「実際、私は義母のグレンチャーとこれからそうたびたび会わないだろうし、彼女がこれからさき若くなることもないのだ。」と語っている。

この語り方からは、とりわけ「実際」という語り方からは、挙式への出席を断念した事情を説明したこの部分は、もともと妻の言い分だったことが分かる。妻の言い分を、「私」が繰りかえして語っているに過ぎないのだ。

さらに、この二つの事情を語る前に、「(義母が来ることを)私が完璧に忘れていたからである」という「私」の語り方からは、とくに「完璧に」からは、妻から「あなたは、私の母のことを完璧に忘れていたでしょう」などと言われている姿が想像できる。

そして妻の言い分をほぼ同じ言い方で繰りかえしている「私」の姿に、妻の詰問口調に、たじたじとなって、妻の言い分を受けいれている(受けいれざるをえない)「私」の姿を、読者は想像できる。

この部分に、夫婦間の会話の「不毛性[24]」を見いだすのは極端だとは思われる。だが、妻の言い分をもっともだと納得したから、「私」が挙式への出席を取りやめたのではないことを、言外の意味で、読者は理解できる。自分の心の底では納得していないからこそ、そのことを暗示するために、妻の言い分をほぼそのままオウム返しに繰りかえしているのだ。

たしかに「私」も、ここで語っている出席しなかった理由は、「かなり徹底的に」話しあったなかの「ひとつ」に過ぎないと念を押している。その他にも理由はあったのだ。そのなかの理由のひとつには、アンティーコも言っているように[25]、6年も前に偶然に30分間ほど出会った少女の結婚式に、なぜわざわざ英国まで行くのか、という指摘もあっただろう。

しかし、この誰もが思いつくような論点にたいして、「私」は沈黙している。この論点は、この作品がエズメの結婚を祝うものだったからダイレクトに書けないものだったのも確かだ。しかしそれでも、ほのめかすことは可能だっただろう。だが、ただ納得しがたい論点、義理の母が2週間やって来る、のみを述べている。語り手の「私」は、なぜ「ぜがひでも」列席したいと考えていた結婚式への出席を断念したかを、読者にじゅうぶんに説明し説得しようとは考えていないと思われる。

この点に限れば、「私」はこの短編の語り手としては、バランスを欠いた語り手だといえる。

バランスを欠いた語り手

また、語り手の「私」は、同じ冒頭の文のなかで、妻のことを「思わず息をのむほど判断の公正な若い女（a breathtakingly levelheaded girl）」であると、わざわざ説明している。妻にたいするこの表現は、つぎの3点で少し異常な感じがする。

(1) 妻にたいして「おもわず息をのむほど」に「levelheaded(分別ある、穏健な)」だと言っているからだ。たしかにlevelheadedが単独で使われていたら、誉め言葉として解することも可能かもしれない。しかし「息をのむほど」と共に使われたら、さらに、内心では納得していないが、結果的に妻の意見を受けいれざるをえなかった夫が、妻を形容するときに使ったなら、levelheadedは誉め言葉にはならない。相手の性格上の欠点、つまりこの場合なら、自分の方が「穏健で分別ある」と信じていて、妥協せずあくまでも言いはる妻の性格を皮肉る意味をもつ。

(2) 結婚して少なくとも6年以上たつ妻にたいして、「若い女=ガール(girl)」という単語を使っているからだ。日本語の「ギャルママ」ほどではないとしても、米国でも既婚女性に「ガール(girl)」を使うときには、特別のニュアンスがある。

たとえば、サリンジャーの他の短編「バナナフィッシュに最適の日」や「愛らしき口元目は緑」("Pretty Mouth and Green My Eyes")では、そこで既婚女性にたいして使われているガール(girl)には、精神的に成熟した大人とは言えないような既婚女性、という明白なニュアンスがある。

だから妻のことを「思わず息をのむほど判断の公正なガール」だと、わざわざ説明する「私」に、妻にたいする深い愛よりも、妻への批判的な眼というか、軽い悪意さえ感じられる。

(3) ここで語られている妻との話し合いは、夫が妻の言い分を一方的に受けいれている姿が暗示されている。夫婦の間でじゅうぶんなコミュニケーションがとれていない例となっている。ここに夫婦間の「冷ややかで絶望的な溝[26]」を見いだす人もいるほどだ。相互のコミュニケーションがとれていない夫婦の姿は、もちろん祝福すべきめでたいものではない。

以上の三つの点、つまり妻の性格上の欠点の指摘、長年連れそった妻に「ガール」という語の使用、夫婦間のじゅうぶんなコミュニケーションの欠如の暗示は、この短編の性格を考えたとき、違和感が残る。

なぜなら、この短編は、結婚式に出席する代わりに、結婚をお祝いするために書かれた作品だからだ。この作品は、ハッサンも指摘しているように、結婚を祝福するための、一種の「祝婚歌[27]」なのである。だとすれは、19歳の若い花嫁に読ませる言葉としては、妻のことを「思わず息をのむほど判断の公正なガール」と呼ぶことは妥当性を欠いている。同時に、夫婦間にじゅうぶんな相互理解が存在していないことを、花嫁に暗示することも適切ではない。

このときの語り手の「私」は、この物語が結婚を言祝(ことほ)ぐ物語だと言っておきながら、物語のその主旨が理解できていない。祝婚歌の語り手という自分の立場が理解できていないのだ。作品冒頭から明らかになる1950年の「私」は、祝婚歌の語り手としては精神のバランスを欠いているといえる。

作品の中程の「私」の説明

つぎに、1945年のドイツでの物語の前に置かれた「私」による前書きについて考えてみよう。

1950年の「私」は、1945年の物語を語りはじめる直前に、これがこの物語の汚辱的なあるいは感動的な部分であるが、場面は変わる。登場人物も変わる。私はまだ登場しているが、これからは、私には明らかにする自由がない理由によって、私はとても巧妙に変装しているから、たとえどんなに賢明な読者でも、私を見分けることに失敗するだろう。(103)

という謎めいた解説をする。この短い解説のあと、すぐに後半の１９４５年のドイツでの物語を始める。

この短い解説がなぜ謎めいているかといえば、１９４５年の物語の主人公Ｘ軍曹は、誰が読んでも、この前の１９４４年の「私」と同一人物であるのが明々白々なのだ。たとえば、エズメからの「私」宛の小包が、Ｘ軍曹の元に届いている。そしてその手紙と贈り物に、Ｘ軍曹が心をつよく動かされているのだ。

では、なぜ１９５０年の語り手の「私」は、「たとえどんなに賢明な読者でも、私を見分けることができないだろう」という、明白な反事実の解説をわざわざ語ったのだろうか。

しかもこの反事実は、１９４５年の物語の展開にはどんな寄与もしていない。むしろ物語のスムーズな展開の邪魔になっている。だとすれば、なぜこんな余計な反事実をわざわざ語る必要があったのだろうか。ますます謎が深まる。

この解説の不可解さに、批評家のミラーも気づいている。そして「その体験があまりにも切実で耐えがたいものだったので、語り手はその体験を匿名性のなかに包みこみ、三人称で語ることで、その体験から自分自身を切りはなさなければならなかった。[28]」と解説している。妥当性のある解説だ。

たしかにミラーのこの解説は、「私」が仮名のX軍曹に変更されたことの説明にはなっている。しかし、X軍曹が「私」だとは誰も見分けられないという反事実が、なぜ語り手の「私」によって語られているかについての説明にはなっていない。

なぜ反事実が語られているのか?

では、なぜこの反事実が語られているのか。語り手の「私」は、X軍曹が「私」だとは誰にも分からないだろうという、明白な反事実を語っている。だから、まず考えられるのは、反事実を語ることで、軍隊におけるナンセンスな官僚主義や秘密主義を皮肉りパロディー化しようとしていた場合である。

たしかに軍隊には笑うべきバカらしいことが存在する。1945年の物語のなかにも、休戦後であるにもかかわらず、新たに支給されるアイゼンハワージャケット(=バトルジャケット=戦闘服)を受けとるために、早朝5時に起きてガウフルトからハンブルグにまでゆかねばならないという命令が語られている。そして5時起きの理由として、戦闘服にかんする必要書類に、明日の昼前までに記入し提出しなければならないことが語られている。しかも、その書類は今日すでに届いているのに、命令によってまだ手渡されていないだけなのだ。

まず、休戦になってから、新たな戦闘服が支給されることが間が抜けている。もちろん、火急の用事ではないから、朝5時に起きる必要もない。戦闘服だけを受けとるのだから、わざわざハンブルグにまで、兵士が一人ひとり出向く必要もない。誰かが、まとめて受けとれば済む。用紙は今日すでに届いているのだから、今日記入すればそれで済む。あえて明日の昼前に記入する必要もない。

しかし軍隊の官僚主義と一体となっている秘密主義のせいで、それらはできない。軍隊組織では、兵士は、官僚主義と秘密主義とが生みだした、いかにバカらしい命令であっても、その命令に従わねばならない。そのことが、戦闘服配給のエピソードを通してこの短編でもわざわざ語られている。

さて「私」は、「私」とX軍曹とが同一人物であるにもかかわらず、どんな賢明な読者でも、そのことが分からないだろうと語っている。だから「私」がそう主張することで、「私」が軍隊の愚かしい秘密主義や官僚主義を皮肉りパロディー化しようとしているという考えは一概には否定できない。

とくに、「明らかにする自由がない理由によって」という部分が、言わずもがなな説明で、秘密主義を当てこすっているような印象を与えるからだ。つぎに、「明らかにする自由がない（I'm not at liberty to disclose）」の部分が、あまりにも格式ばった言い方で、滑稽な感じがするほどだからだ。ふつうの英語ならI cannot disclose（明かせない）で済む。つまり「私」は、この部分でも、軍隊における文言の仰々しい文体（＝官僚主義）のパロディーを意図していた可能性があるからだ。

あるいはまた、「たとえどんなに賢明な読者でも、私を見分けることに失敗するだろう（even the

cleverest reader will fail to recognize me)」という語りでは、最上級（=cleverest）を用いた表現や、格式ばった表現（=will fail to = 失敗するだろう）がもちいられている。そこには無理な誇張が見いだせる。誇張によって、官僚主義に対するパロディーの効果をたかめ、読者の笑いを誘おうとしているのかもしれない。

しかし、まず、先にも述べたように、「私はとても巧妙に変装しているから、たとえどんなに賢明な読者でも、私を見分けることに失敗するだろう」という語りそのものが、あきらかに事実に反している。

X軍曹はまったく無防備に登場しているのだ。「とても巧妙に変装して」はいない。読者にとっては鑑賞不能の明白なウソであって、パロディーとはなっていない。だから、この無理に誇張した言い方にも、読者は白けるばかりだ。パロディーを意図していたにしろ、笑うことはできない。ここではパロディー化の意図は成功していないのだ。

だから先の引用文を全体として眺めた場合、仮名のXが使われていることもあって、軍隊の秘密主義や官僚主義をパロディー化しようとする「私」の意図を読みとるのは可能かもしれない。しかし、そのパロディー化の意図は成功していない。

そのパロディー化が成功していない大きな要因は、この前書きの部分があまりにも短いからだ。唐突で説明不足なのだ。

もし仮に1950年の「私」が、この部分で軍隊の秘密主義や官僚主義のパロディー化を意図しているなら、その意図を実現するために読者にたいする配慮ができていない。それは、1950年のこでの「私」が、語り手としての精神のバランスを欠いていたことをしめしている。

パロディーでない場合

つぎに考えられるのは、1950年の語り手の「私」が、自分が語っていることが事実に反しているとは気づいていない場合だ。自分の語っていることの明白な反事実に気づかないほどに、正常な精神状態を「私」が喪失していた場合である。

実際のところ、この部分では、あまりにも短い段落で反事実が唐突に述べられているので、多くの読者は当惑して、語り手のパロディー化の意図を読みとるよりも、語り手が変なことを語っている、と感じるのではないか。読者がこの前書きの部分を読んだとき、語り手はちょっと変なのではないか、と感じるのが、多くの場合、ふつうの反応だと思われる。

言いかえれば、読者は、そのあきらかな反事実に直面して、なぜそんな事実に反することを言うのだ？なぜだ？と、立ちどまることが求められている。そして、それを手がかりに、もう一度この作品を読みかえすことになる。

するとこの作品の冒頭の部分からも、1950年の「私」が語り手としての精神のバランスを時に欠くことがあるのを発見するのだ。サリンジャーは技巧的な作家である。

まとめると、つぎのようになる。作品の中程のこの前書きの部分で、1950年の「私」は、軍隊の秘密主義や官僚主義のパロディーを意図していたのかもしれない。あるいは自分が語っていることの明白な反事実に気づかずに語っていたのかもしれない。どちらにしても、この部分は、「私」が語り手として精神の正常なバランスを欠いていた状態にあったことを示唆していると考えられる。

ドイツでの物語の冒頭の場面

さらにつけ加えておくと、「私」が語り手として精神のバランスを欠いていたと考えざるをえない個所が、この前書きの直後の１９４５年のドイツのガウフルトでの冒頭の場面にもある。ガウフルトの場面の冒頭では、X軍曹の部下の伍長は、Z伍長と仮名で登場している。ところが３ページ後には、なんの前触れもなく突然、「クレイ」(107)という名前で、X軍曹に呼びかけられる。しかもこれ以降は、Z伍長と呼ばれることはない。常に「クレイ」と呼びつづけられる。この突然の断絶ぶりが、常識的にはよく分からない。

語り手の「私」はそれまで、なぜ4度も仮名の「Z伍長」と呼びつづけてきたのかが不可解なのだ。最初からクレイ伍長と呼んでいても、物語の展開にはなんの支障もない。それでも最初の３ページでは、クレイのことをZ伍長と呼んでいる。

ふつうの感覚では理解できない態度だ。しかしこのときの語り手の「私」が、語り手としての正常な精神のバランスを欠いていたと考えれば、納得できる。

たしかに、この場合でも、ドイツでの物語の冒頭で本名のクレイではなくZ伍長と語ることは、

「私」のことをX軍曹と語っているのと同じく、軍隊の秘密主義のパロディーだと解することは可能かもしれない。しかしこのZ伍長という呼び方を中途で突然止めている。その中途半端さゆえに、読者にとっては、Z伍長という4度の呼び方は、パロディーとしてまったく機能していない。

ここでも、もし仮に「私」がこの中途半端なZ伍長という呼び方で、軍隊の秘密主義のパロディーを意図していたなら、その意図は果たされていない。だから、もしそのことを意図していたとしたら、このときの語り手の「私」は、語り手としての正常な精神状態ではなかったといえる。

要するに、ドイツでの物語で、Z伍長が唐突にクレイ伍長と呼ばれるようになるのも、語り手の「私」が語り手としての精神のバランスを欠いていた証しとなる。

前々節の「語り手による冒頭の説明」からここまで、1950年の語り手の「私」について考えてきた。

その結果、この作品の冒頭の1950年の解説の部分と、1945年の物語の前書きの1950年の部分と、1945年の物語の冒頭部分とから、1950年の「私」は、語り手としての正常な精神のバランスを時として欠くことがあったと推測できる。

1950年の「私」は、戦争によるPTSDに苦しんでいた1945年の時だけでなく、1950年の時点でも、精神の正常なバランスを時として欠くことがあったと考えられるのだ。

結婚式への出席を取りやめた理由

三つ前の節「語り手による冒頭の説明」で、「私」が妻の言い分に納得していないことを証明した。では、妻の言い分を納得していないのに、「私」が結婚式への出席を取りやめた理由は何なのか。

その謎を解く鍵のヒントは、先に引用した作品冒頭にある「ぜがひでも列席を可能にしたい挙式だったので…（中略）…海外にゆくのはまぁ可能だろうと考えていた」（傍線筆者）という一文の語り方にある。

まず、前半の「ぜがひでも列席を可能にしたい挙式」の部分で、ふつうなら「ぜがひでも列席したい挙式」と語るところを、あえて「可能に（be able to）」を挿入して、「可能」を強調している。それに続く後半の部分でも、「海外にゆくのはまぁ可能（possible）だろう」と、ふたたび可能性について語っている。

「私」は、海外に出てゆくことが可能かどうかを、一文の内で2度も気にしている。この時の語り手の「私」は、結婚式に出席できるかどうかが、すなわち、海外にゆくことが可能かどうかが、非常に気になっていたのだ。

しかしこの場面で、その可能性について、一文のなかで2度も考えることはふつうではない。なぜなら、客観的な外的な状況では、先にも述べたように、航空運賃は問題にならなし、「私」は作家という自由業だから5日間ほど自宅を離れても問題ないからだ。そのうえ、この時には義母来訪の件は完璧に忘れていたからだ。ふつうなら、結婚式にゆくことが可能かどうかを、思い悩む必要はなかったはずだ。

それにもかかわらず、語り手の「私」は、招待状を受けとってすぐに、ゆくことが可能かどうかを、2度も不安視している。とすれば、「私」の不安の原因は、「私」の外的要因にあるのではなく、内的な要因にあったのではないか、と考えざるをえない。では、その内的な要因とは何なのか。

その内的な要因は、これまで証明したように、1950年の「私」が語り手として、いまだに精神のバランスを欠くことがあったことから説明できる。この精神のバランスを欠く状態は、日常生活の別の局面でも時として現れ、「私」もそれに困惑する経験をしていた。つまり、自分が精神のバランスを欠くことがあるのを認識していたと考えられるからだ。「私」自身が、かつてドイツで苦しんだ戦争PTSDの後遺症がいまだに残っているのを自覚していたと考えるのである。

たしかに、休戦から5年がたち、「私」は退役して、故郷のニューヨークに戻って、妻と一緒に暮らしている。日常生活にとくべつ波風が立っているようには描かれていない。だから1950年の「私」が、時として精神のバランスを欠くことがあったと考えるのは、強引すぎる解釈だと思う人がいるかもしれない。しかし戦争によるPTSDのむずかしさは、まさにこの点にある。

たとえばウエンディ・ホールデンは、戦争による神経症を扱った本のなかで、英国人女性の興味ぶかいコメントを紹介している。第二次世界大戦中に10代であったその女性は、戦争による神経症の患者が入院していた病院が主催するダンスパーティーに友達と一緒に何度か参加した。その時の患者の印象を「私たちはそこの男たちを病気とかとは思っていなかった。…（中略）…幾人かはちょっとばかり変だったけれども、私たちが対応したほとんどは正常な（normal）人たちでした。[29]」と語っている。そして「わたしの友人のうちの一人か二人は、その男たちの幾人かにすっかりこころ惹かれていた[30]」とも語っている。

このように、戦争神経症のために戦時中に病院に入院中の患者ですらも、たいていは「正常」にみえて、思慕の対象になれるほどなのだ。まして退院している場合は、戦争による神経症の症状がいつも明白にでているわけではない。時たまでるのだ。

戦争による神経症によるこうした特徴を考慮すれば、戦争による神経症に戦地で苦しんだ経験をもつ「私」が、ニューヨークで妻とともに暮らせていても、時として精神のバランスを崩すことがあったとしても不思議ではない。

たとえば、先に検討した2年前の作品「バナナフィッシュに最適の日」では、主人公のシーモアは、X軍曹と同じく、ヨーロッパ戦線で心が傷つき病院で治療をうけたあと、帰国して妻と一緒に暮らしている。だが、ときどき変な行動をしていて、最後には保養に来ていたマイアミのホテルで謎めいた拳銃自殺をする。休戦からおよそ3年後のことだった。

こうしたことを考慮すると、義母が4月下旬に2週間滞在することが、先に証明したように、「私」が結婚式への出席を断念した本当の理由ではないのなら、本当の理由は、「私」が時として精神のバランスを欠くことにあった可能性がある。「私」が語らなかった本当の理由は、「私」自身が現在も精神のバランスを時には欠くことがあるという自覚にあったと思われる。

妻と「かなり徹底的に」話しあうなかで、そのことを妻に指摘されたからだったと考えられる。妻に、あなたの現在の精神状態では、あなたが英国での結婚式にひとりで行くことには不安がある。あきらめた方が良い。そういう主旨のことをおそらく言われたのだ。そして「私」自身も、その妻の言葉に確信をもって反論できなかったのだろう。そのとき、当時13歳のエズメとは6年も前に英国で30分ほどしか出会っていないことも、妻からも指摘されていただろう。それらのことを考慮して、「私」はエズメの結婚式への出席を断念したと考えるのだ。

しかし一方で「私」は、これから結婚式をあげる花嫁に、自分が精神のバランスを崩すことが現在でも時としてあるから出席できないと、あからさまには語りたくなかったのだ。

それは、おめでたい結婚式における若い花嫁にたいする配慮、つまり祝婚歌としての作品を完成させるためだったかもしれない。また、1945年の物語で、エズメからの手紙と贈り物によって、戦争神経症からの回復を予感したという「私」の物語上での主張を完結させるためだったかもしれない。神経症がまだ続いているとは語りたくなかったからかもしれない。あるいは、自分自身にたいするプライドから、自分が現在も苦しんでいる戦争による神経症（＝ＰＴＳＤ）のことは語りたくなかったからかもしれない。

どのような理由からだったにせよ、「私」は、エズメの結婚式に出席できない理由を、表面的には、義母が2週間泊まりにやって来るという、説得力に欠ける理由をあげて、エズメに説明している。

しかし作者サリンジャーは、エズメの結婚式への出席を断念した理由が、義母が2週間来るということではないことが、注意ぶかい読者には分かるように「私」に語らせている。事実は、戦争による

PTSDに今も苦しんでいることが本当の理由だと推測できるように語らせているのだ。

1950年の「私」の苦難

この作品は、初めに指摘しておいたように、1944年、1945年、1950年という三つの時間と、米国、英国、ドイツという三つの国を場面にしている。ただし、この作品の大部分を占めるのは、1944年の英国での話と1945年のドイツでの話だ。

その英国とドイツとの話を読む限りにおいて、批評家たちがこれまで指摘してきたように、この作品は少女の真心と愛に満ちた手紙と贈り物によって、戦争で心が傷ついた兵士が救われる物語と解することができる。

しかし、復員して現在米国に住んでいる1950年の語り手自身のことも語られている。たしかにその部分は、2カ所で、合計しても原文でわずか29行である。

わずか29行だから、1950年の語り手の「私」に、これまで関心が向かなかったのは仕方がないともいえる。しかし1950年の「私」の語りからは、これまで分析して指摘してきたように、1950年の「私」が、戦争PTSDの影響によって、いまだに正常な精神状態を欠くときがあるのが示唆されている。

その点に注目するならば、この短編は、休戦から5年にもなり、妻と一見平和にみえる暮らしを続けていながらも、戦争PTSDからまだ完全には回復できていない帰還兵士の苦しみを描いている作品といえる。先の「バナナフィッシュに最適の日」と類似の作品なのだ。

たしかに、この帰還兵士の苦しみというテーマは、共感する心をもつ繊細で魅力的な少女によって精神的に傷ついている人間が救われるという、この作品の目立つテーマの影に隠れがちである。それは認めざるをえない。

しかし作者サリンジャーが、この作品が短編であるにもかかわらず、時間や場所を様々に変化させ、語り手に明白な反事実を語らせている。それは１９５０年の語り手の「私」が、現在でも戦争によるＰＴＳＤの後遺症に苦しんでいるという事実を伝えるためだった。

休戦から5年もたって、戦争による神経症に苦しむ帰還兵士がいまだにいることが、この作品が発表された１９５０年ごろには、世間では、次第に忘れさられようとしていた。そんな時に、サリンジャーは、結婚式に参列しない理由として説得力のない不合理な理由をあげる「私」や、明白な反事実を語る「私」を登場させている。そのことで、１９５０年の「私」が今も戦争ＰＴＳＤの後遺症に苦しんでいることをさりげなく伝えようとしている。

戦後5年がたって、ふつうの日常生活をたいていは送れていても、戦場で受けた心の傷のために、目立たない形で今も苦しんでいる元兵士がいる。そのことを、作品を注意ぶかく読む読者に訴えようとしているのだ。

１９５０年の「私」は、戦後5年がたち、ニューヨークのセントラルパークの近くの高級住宅地で不自由のない生活を送っているようにみえる。義母が2週間も「私」の家に滞在するのを望んでいることからも推測できるように、戦場から生きて帰ってきて以来、それなりに安定した平和な生活を送っているようにみえる。

しかし「私」は、「ぜがひでも」列席したいと考えていたエズメの結婚式への出席を断念せざるをえない。エズメは、戦場に投入される直前の「私」に、美しいいつまでも残る思い出を残してくれた。それだけではなく、戦争によって心がふかく傷つき、絶望のただ中にいた「私」に、井出も言うように[31]、ふたたび生きようとする気力を誘発させてくれたのだ。

言わば、現在の「私」の命の恩人である。そんなエズメの結婚式に「ぜがひでも」列席したいと考えるのも当然だ。しかし「私」は断念せざるをえなかった。その決断が苦しいものであったのは間違いない。「私」のその苦しみが、間接的ではあるが、1950年の「私」の語りから、私たち読者は読みとれる。

まとめ

短編「エズメに」では、一見すれば、平和で順調な家庭生活を営んでいるようにみえていても、その内実では、戦後5年もたつのに、その平和な世界をかんぜんには享受できない帰還兵士がいることが描かれている。そして同時に、世間は、戦後わずか5年しかたっていないのに、もうすでに戦争の後遺症に苦しんでいる元兵士がいることを忘れていることが間接的にしめされている。

実際、1998年に出版された本のなかで、米国と英国とで少なくとも約20万人の第二次世界大戦

『忘れられた皇軍兵士たち』

の元兵士が、現在でも、つまり戦後約50年たっても、精神的な治療を受けている事実が紹介されている[32]。多くの人がその数字に驚かざるをえないだろう。戦後50年たっても英米で約20万もの元兵士が戦争による精神的な後遺症に苦しんでいる事実に、わたしを含めて多くの人は無知だったのだ。

実はあたりまえだが、日本でも帰還兵士の苦しみは続いていた。1971年の段階で二つの国立療養所だけでも167人の精神を病んだ元兵士が入院していた[33]。さらに敗戦から69年たった2014年でさえも、第二次世界大戦を戦った元兵士238人が戦争で今なお療養していて、その内の13人が精神疾患で治療を受けていたのだ[34]。

さらに忘れてはいけないのは、病院で療養している患者は、戦争PTSDに苦しんでいた人の一部だという点だ。多くの元兵士は、この作品の語り手の「私」やシーモア・グラスのように、入院もせずに家庭内などで、社会から注目もされずに孤立して苦しんでいたのだ。

私たちは、無意識的であるにしろ意識的であるにしろ、自分たちが知りたくない事実には眼を向けようとしない。それだけではなく、忘れようとするのだ。私たちはそういう利己的な生き物なのだ。この作品は、こうした忘れっぽい世間と人間の存在をあらためて読者にしめしている作品でもある。だからこの作品に、そういう忘れっぽい世間と人間とにたいする、作者サリンジャーのダイレクトではないが、静かな抗議の意図を読みとることも可能だと思われる。

長編『ライ麦畑でつかまえて』

サリンジャーの代表作『ライ麦畑でつかまえて』（1951年）は、2017年の映画『ライ麦畑の反逆児』（*Rebel in the Rye*）のなかで、累計で6千5百万部以上、毎年25万部も売れていて、30の言語に翻訳されていると語られている。世界的なベストセラーであるのは間違いない。

この作品は、一般的には、繊細な心をもった16歳の思春期の少年が、自分のまわりの世界とうまく適応できずに、傷つきさまよっている姿を描いた作品とみなされている[35]。いわゆる青春小説だとみなされてきたのだ。

『ライ麦畑の反逆児』のDVD

たしかに、井上謙治のように「戦後の彼の主要作品は戦争小説としてみることができるであろう[36]」と主張する研究者はいる。しかし井上は少数派だし、『ライ麦畑でつかまえて』については、そのことの指摘にとどめていて、くわしく分析していな

『ライ麦畑でつかまえて』の表紙

い[37]。また、麻生亨志などを除けば[38]、その視点から、この作品を具体的かつ綿密に検証した研究はあまりない。

そこで『ライ麦畑でつかまえて』についても、先の短編「バナナフィッシュに最適の日」や「エズメに」と同様に、戦争作家サリンジャーという視点から検討してみたい。

ここでは、『ライ麦畑でつかまえて』のなかの一段落を精読することで、主人公のホールデン・コールフィールドが戦争にたいしてどのような態度をとっているかを検討する。あわせて作家サリンジャーの戦争にたいする姿勢についても考える。だから『ライ麦畑でつかまえて』について検討したここでは、戦争PTSDにかんすることをちょくせつ考察していない。しかし、先の二つの短編の分析で明らかにした戦争PTSDへの関心が生まれた源である、戦争にたいする作家サリンジャーの姿勢を明らかにしようとしている。

『ライ麦畑でつかまえて』で描かれている戦争

『ライ麦畑でつかまえて』は、心身を病んで入院中の17歳のホールデンが、約半年前の16歳のときに経験したことを、コメントや意見をまじえながら語っている物語。その物語のなかに、つぎのような場面がある。

その映画が終わったあと、オレはウィカーバーに向かって歩きだしたんだ、そのバーでカール・ルースの奴と会うことになっていたんでね、そして歩きながら戦争のことなんかを考えたりとかしていたんだ。あの手の映画では、いつでもオレはそうなるんだ。もし万一戦争にいかなきゃならなくなったら、耐えられないだろうな。ホントの話、無理だな。もし奴らがキミをすぐに選びだして撃ち殺すとかしても、そう悪くはないだろうな、そうじゃなきゃ、キミはクソほど長いこと軍隊にいなきゃならないんだよ。それがまったく困ったところなんだ。兄貴のD・B・は軍隊に4年もクソほどいたんだ。戦場にもいたんだ——ノルマンディー上陸作戦なんかにも加わっていたんだよ——でも、兄貴は戦場よりも軍隊の方を憎んでいたと、オレは本気で思っているんだ。

After the movie was over, I started walking down to the Wicker Bar, where I was supposed to meet old Carl Luce, and while I walked I sort of thought about war and all. Those war movies always do that to me. I don't think I could stand it if I had to go to war. I really couldn't. It wouldn't be too bad if they'd just take you out and shoot you or something, but you have to stay in the *Army* so goddam long. That's the whole trouble. My brother D.B. was in the Army for four goddam years. He was in the war, too - he landed on D-Day and all —

but I really think he hated the Army worse than the war.（140）

ここでの「オレ」は、ホールデンをさす。ホールデンは、登場人物でもあり語り手でもあるわけだ。ここで語られているホールデンは、ニューヨークのロックフェラーセンター近くのラジオシティでステージショウと戦争映画とを観たあと、ニューヨークの街中をセトンホテル内にあるウィカーバーに向かって歩いている。バーで先輩のカール・ルースに会うためだ。時はたぶん1949年12月18日の日曜日の夕方[39]。ホールデンは16歳だった。

この引用部分は全体として、たいていの場合、ラジオシティで映画を観たあと、ニューヨークの街を歩いているときの16歳のホールデンと、その時に考えていたこととが描かれていると解されてきた。

ラジオシティ

しかし注意して読むと、原文の英語では、現在時制と過去時制とがきちんと使いわけられていることが分かる。

過去時制の文と現在時制の文

過去時制で書かれている部分は、引用した部分では、最初の一文と最後から二つ目の文と最後の文の前半部分とだ。（ただし、最後の文の後半部分――

「兄貴は戦場よりも軍隊の方を憎んでいたと、オレは本気で思っているんだ」――は、挿入されている「本気で思っているんだ」の部分が現在形だから、現在時制とみなしている。）

引用文の最初の過去形の一文は、語り手のホールデンが病院で、約半年前のクリスマス前の日曜日の夜における自分の振舞いを述べた文だ。だから過去形だ。ここでは、登場人物としてのホールデンが語られている。最後から二つ目の文と最後の文の前半部分は、兄の過去の事実を述べた文だから過去形である。

一方、それら過去形の文にはさまれている、現在時制の五つの文と最後の文の後半部分とでは、その映画を見た日から約半年後の、病院に入院している17歳のホールデンの意見が語られている。現在時制の文では、語り手としてのホールデンが描かれているのだ。

さて、引用した過去形で書かれた最初の部分では、ホールデンは、戦争が生んだ影響を描いた映画を観たあと、ニューヨークの街を歩きながら、戦争についていろいろ考えたと語っている。しかし実は、その時にホールデンが考えていた、戦争についての意見の具体的な内容については、何も直接的には語っていない。

ただし、ホールデンがその時に考えていた戦争にたいする意見を、読者は推測できる。その時の意見は、その時から約半年後に、語り手としてのホールデンが、現在時制で語っている考えの内容と大差なかっただろうと、読者は想像できるからだ。

実際、引用した現在時制の部分――「もし万一戦争にいかなきゃならなくなったら、耐えられないだろうな。ホントの話、無理だな。もし奴らがキミをすぐに選びだして撃ち殺すとかしても、そう悪くはないだろうな、そうじゃなきゃ、キミはクソほど長いこと軍隊にいなきゃならないんだよ。それがまったく困ったところなんだ。」――を、日本語で読むとき、その部分は、ニューヨークの街中で歩きながら考えていた意見ではない。それから約半年後の入院していた病院で考えていた意見なのだ。そう明確に意識して、日本語訳の読者が、過去時制の文と区別して読むことは多くないと思われる。

なぜなら日本語の小説では、作中の連続した場面の描写が過去時制と現在時制とが混じるかたちで描かれることは珍しくないからだ。これは、原則として過去時制で書かれる英語の小説と比べたときの、日本語の小説の大きな特徴だ。だからこの部分が、他の部分は過去時制なのに、現在時制で語られていると、特別に意識する日本語訳の読者はまれだと思われる。

ところが、英語の原文を読む読者は、小説の描写は原則過去時制だから、この部分の現在時制を、つよく意識する。つまりこの部分は、映画を観てから半年後の語り手の感想なのだと理解する。

英語では現在時制で書かれたこの部分は、ホールデンが約半年前に歩きながら考えていたことを、読者に推測してもらうために、その半年後に語り手のホールデンが自分の意見として語っている部分なのだ。

では、なぜそんな回りくどいことをしたのだろうか。

結論を先にいえば、それは、第一に、戦争にかかわる映画を観た直後の「いつでもオレはそうなる」ような感傷的な気分に浸りながら考えた、一時的な気まぐれな考えではないことを伝えたかったからだ。

第二に、ホールデンは、土曜日の夜に同室のストラッドレーターに殴りたおされたあと、ペンシー校をとびだして以来、さんざんな目に遭い、ほとんど眠らずに日曜日のこの夜をむかえていた。ニューヨークの街を歩いていたこのときも、ホールデンはある種の狂騒状態ともいえるような状態だった。だから、それから約半年後の病院で考えた意見としたのは、そんな異常な状態で考えた意見でないことを強調したかったからだ。

なぜなら、語り手としてのホールデンは、すでに約半年間病院で心の治療をも受けているからだ。半年間入院したことで、ホールデンは、「たぶん来月あたり」(1)には、病院を退院できるはずだと予測している。ホールデン自身も、この時点では、心身ともに調子を崩していた自分が、いわば正常な状態にもどっていると考えている。

まとめると、語り手のホールデンが、このような回りくどい語り方をしたのは、戦争についての意見が、興奮状態での一時的な意見ではなく、平静で正常な心理状態での意見であることを、彼の確信であることを読者に伝えたかったからだ。

ホールデンの意見の分かりにくさ

その正常にもどっていたホールデンの意見を検討してみよう。現在時制の文の最初の二つの文の意味は明瞭だ。前者は、戦争の映画はいつも戦争について考えさせるという、ホールデンのコメント。

後者では、徴兵されて戦場にゆくのは耐えられないだろうという、ホールデンの戦争を嫌悪する気持ちが語られている。

しかし、三つ目の文――「もし奴らがキミをすぐに選びだして撃ち殺すとかしても、そう悪くはないだろうな、そうじゃなきゃ、キミはクソほど長いこと軍隊にいなきゃならないんだよ。」――の意味がとりにくい。

とくに前半の「もし奴らがキミをすぐに選びだして撃ち殺すとかしても、そう悪くはないだろうな」の部分の意味がとりにくい。

意味が分かりにくい理由としては、つぎのような五つが考えられる。

（1）文が仮定法である。
（2）「奴ら（they）」が、唐突にでてきて、何を指しているのかが分からない。
（3）どこから、どこに「選びだす」のかが不明である。
（4）何のために「撃ち殺す」のか、その理由が分からない。
（5）「キミ（you）」は、ホールデンが語りかけている読者をさすが、どういう状況の読者を想定しているのかが曖昧である。

要するに、書かれていることが、具体的ではなく、かつ説明不足なのだ。だから分かりにくい。文の構造が複雑であるからとか、文法的に破綻しているから、分かりにくいのではない。

参考までに、この部分のおもな既訳を参照してみよう。野崎訳では、「戦地に引っぱり出されてうち殺されるとかなんとかするだけならそう悪くもないんだけど」（217）と訳されている。村上訳では、「もし連中が君をただ表にひっぱり出してずどんと撃ち殺しちまうとかそういうことだったら、まだ我慢できるんだ」（231）と訳されている。

翻訳には定評がある両者の訳にも、かなりの違いがある。原文のこの部分の意味がとりにくいことを表している。

両者の訳のおもな違いは、原文の「take out（選びだす、連れだす）」を、野崎訳では、「戦地に引っぱり出され」と、原文には書かれていない「戦地に」をつけ加えて、受身形で説明的に訳している。一方、村上訳では「ただ表にひっぱり出し」と、「表に」をつけ加えて訳している。そこが、両者のおもな大きな違いだ。

分かりにくい理由

先に引用した部分が分かりにくいのは、先の（1）から（5）までの理由からあきらかなように、語り手のホールデンが、具体的かつ説明的に語ろうとしていないからだ。ここでのホールデンは、自分が語っている内容を、読者にたいして分かりやすく十全に伝える意志がない。

先の部分は、たしかに、誰にとっても、曖昧で意味のよくわからない発言だ。しかし一方で、ホールデンの発言のこの部分は、戦争や徴兵についての彼の意見を知るうえで重要なものであると推測できる。読者にとっては、ぜひともその真意を知りたい意見だ。

では、読者には、ホールデンが抱いていた戦争や徴兵にたいする意見を理解する手立てはないのだろうか。もちろん、作者サリンジャーは、そのような肝心なことを曖昧なままにはしていない。この真意がとりにくい省略の多い文章の意味を理解するカギが、同じ段落内ながら、この発言から原文で約1ページ後の部分にある。

そこでは、ホールデンは、「もしも今度また戦争があるなら、奴らはオレをすぐに選びだして、銃殺隊の前にすえ置く方がよいと断言するよ。オレは拒まないつもりだ。(I swear if there's ever another war, they better just take me out and stick me in front of a firing squad. I wouldn't object.)」(141)と語っているからだ。

この文でも、先に引用した分かりにくい引用部分と同じ「奴ら」や「選びだす」や銃殺関連の語が使われている。そのこともあって、この文は、以前の分かりにくい部分と同じようなことを、別のかたちで言いかえたのだろうと想像がつく。

もちろん、両者には、違っている部分もある。まず、先の引用文では、目的語は「キミを」であったものが、この引用文では「オレを」に変えられている。

先の文では、「キミを」は読者をさしてはいたが、その際に想定されている読者の状況が曖昧だった。ところが、この引用では、具体的に「オレを」となり、ホールデン自身を指している。それだけでなく、「もし今度また戦争があったなら」という限定された具体的な状況が、同じ一文内で説明されている。もし今度また戦争があって、徴兵されるような状況になったら、とちょくせつ説明されている。全体として具体的で分かりやすくなった。

つぎに、先の引用文では語られていなかった、「選びだす（take out=連れだす）」場所が明示されている。それは、村上氏が曖昧にしめした「表」でもなく、野崎氏が説明的に解釈した「戦場」でもなかった。「オレ」を「連れだし」て、「据え置く（stick=縛りつける）」場所は、「銃殺隊（firing squad）」の前だったのだ。

銃殺隊（第一次世界大戦時）

念のためにつけ加えておけば、英語のfiring squadは、直訳すれば、野崎訳のような「射撃部隊」(218)となる。しかし多くの場合、そういう包括的な意味よりも、もっと限定的な意味で使われる。村上訳のような「銃殺隊」(232)という特殊な意味をもっている。犯罪人を銃殺刑に処するときの銃殺隊を意味するのだ。

もちろん、このコンテキストで使われたら、銃殺隊は、一般的には、戦時中の戦線からの逃亡者、上官や戦友の殺害者、スパイなどを処刑する銃殺隊を意味している。たとえば英国では、前線から離脱した「臆病者」にたいする死刑が廃止されたのは、１９３０年のことだ[40]。世界の国々で、過去においては、兵役拒否者だけでなく戦争反対者などまでも、国家は処刑してきた歴史がある。だから「銃殺隊」は、そういう兵役拒否者や戦争反対者を処刑する当局者たちというイメージをも担(にな)ってもいる。

これで、先の引用文では、意味が曖昧だった「奴ら」の意味もはっきりする。「奴ら」は官憲を意味していて、憲兵隊や警官のような人びとを指している。

以上のことを考慮して、先に引用した謎めいた文の意味を、分かりやすく解釈すれば、「今度また戦争があるなら、キミは官憲にすぐに逮捕されて、すぐ銃殺される方がマシなんだ」の意味をもつことになる。

この文は、軍隊と戦争にたいする嫌悪というよりも、激しい拒否を語っている。

この軍隊や戦争を拒絶するホールデンの姿は、実は、この段落の最後のホールデンの言葉からも確認できる。その言葉とは、「オレは奴らが原爆を発明したのをある意味で喜んでいるんだ。もしも今度また戦争があるなら、原爆のド頭に座ってやるつもりだ。それに志願するつもりだ、神に誓って、そうするつもりだよ。」(141)である。

もしも今度また戦争があったら、原子爆弾の上に進んでまたがって、原爆の落下とともに死んでやる。跡形もなく地上から消えてやる。この決意も、そうとう激しいものだ。

ホールデンの軍隊と戦争への嫌悪がダイレクトにでている。言うまでもなく、この意見も、原文は現在時制だから、映画を観てから約半年後に病院で考えた冷静な意見だ。

もちろん、この原爆にまたがってやろうの部分は、『サリンジャー　イエローページ』が解説するような、ホールデンが「のんきなことを言っている[41]」部分ではない。しかし楢崎のように、「原子

水爆にまたがるコング少佐

爆弾の上に座り込み、その後の反戦運動でいうところの、シット・インをすると宣言[42]」しているとまでは解すべきではないだろう。

ごくふつうに、戦場で戦わなければならないのなら、原爆にまたがって敵地に落下して、一気に死んだ方がマシだ、という考えをあらわしていると解すべきだ。官憲に逮捕されて銃殺隊の前にすえ置かれる場合と同じく、入隊して軍隊に長くとどまっていることや戦場で戦うことへの激しい拒絶をあらわしている。

原爆にまたがってやろうの部分は、言い方は「のんき」に見えるかもしれない。だが、「のんき」な気分をあらわしているわけではない。

キューブリック監督の映画『博士の異常な愛情』（*Dr. Strangelove*）（1964年）で、コング少佐が水爆にまたがって陽気に落下している姿が描かれ、かつ、その水爆には「ヤァー、こんにちわ！（HI THERE!)」という陽気なことばが書かれていたのと同じだ。見かけは陽気かもしれないが、内実は深刻で絶望的なのである。

ホールデンの真意と作家サリンジャー

ここでちょっと余談になるが、ある日本人を紹介しておきたい。1907年生まれの山田多賀市は、1945年6月に逃亡による徴兵拒否を実際に実行して、日本の8月の敗戦による戦争終結まで逃亡を続けた。

その山田氏は、戦後の聞き書きのなかで、徴兵拒否の逃亡を決意したのは、「……もし私の計画が露見するか、失敗すれば、私は徴兵忌避の罪に問われ、憲兵の手で銃殺されることは免れないであろう。しかしその時はそれまでだ。いさぎよく殺されてやろう。戦争に引っぱられて死ぬより、自分で選んだ途で死ぬ方がましだ。[43]」と考えたからだと証言している。

山田氏は、逃亡による兵役拒否者は、発見されたら、銃殺刑に処せられるだろうが、それでも徴兵されて兵隊として戦場で死ぬよりマシだと主張している。この主張は、ホールデンの先の主張――徴兵されて戦場で戦うぐらいなら、銃殺された方がマシ――と、ほぼ同じ内容である。

1945年の戦時中の日本人によって考えられていた内容と、1950年の米国でホールデンが考えていた内容がほぼ同じだ。このことから、ホールデンの主張は、あきらかに兵役拒否の考え方を表しているが分かる。

そのことを勘案すれば、ホールデンは、まず、「もし奴らがキミをすぐに選びだして撃ち殺すとかとしても、そう悪くはないだろうな、そうじゃなきゃ、キミはクソほど長いこと軍隊にいなきゃならないんだよ。」と、言葉足らずで意味が曖昧な言い方をしたのも理解できる。この発言の真意は、徴兵されて戦場に駆りだされるぐらいなら、憲兵に逮捕されて銃殺される方がマシだと、つまり、兵役拒否の極端な意見を表明しているからだ。

しかも、ここでは、「キミ」という単語を使って、読者に話しかける態度をとっている。言外の意味で、読者に同意を求めている。兵役拒否の意見への同意を、読者に間接的に求めているのだ。だから、簡単には意味がとれない言い方になっている。

一方で、その約1ページ後で、「もしも今度また戦争があるなら、奴らはオレをすぐに選びだして、銃殺隊の前にすえ置く方がよいと断言するよ。オレは拒まないつもりだ。」と、比較的意味のとりやすい表現で、同じような兵役拒否の考えを述べている。それは、この部分がすべて「オレに」かんする「オレ」の考えだという限定での、自分の考えの表明だったからだ。

心と身体を病んで入院中のホールデンが、自分にかんする私的な意見として述べているにすぎない。読者に話しかけ読者の同意を求めるような表現ではない。社会的な影響力が低い言葉なのだ。だから、内容的には過激だが、比較的分かりやすい語り口になっている。

ただし、ここでの配慮のゆき届いた慎重な語りの工夫は、語り手ホールデンの意図というよりも、作家サリンジャーの世間への配慮を反映したものと考えるべきだろう。

また、ここで忘れてはいけないのは、読者に同意を求めている一見すれば意味が不明瞭な文章においても、注意ぶかく読む読者には、その反戦反軍の意味がはっきりと伝わるような工夫が、同じ段落内でされている点だ。その結果、作者サリンジャーが、ホールデンを通して反戦反軍の考えを伝えようとするつよい意志も伝わってくる。

時代背景

この作品が書かれた時代背景についても考えておこう。この作品は、アレクサンダーによれば[44]、1940年代に構想され、部分的に書きつづけられていたが、1950年の「大半」を使って書き、同年の「秋」に完成した。そして、この作品の時代背景は1949年12月から1950年の夏頃までである[45]。ほぼ同時代を描いた作品といえる。

この作品にも、とうぜんながら、作者がこの作品を書いていた時代の雰囲気が色こく反映されている。

1945年に第二次世界大戦が終結してから、東ヨーロッパはソビエト連邦の影響下で共産主義化した。やがて共産主義の国々と資本主義の国々との対立が激化した。冷戦が始まったのだ。それだけでなく、たとえば、中国では、第二次大戦後の国共内戦のあと、1949年10月1日には、毛沢東を指導者とする共産党の中華人民共和国が成立した。いわゆる共産主義の脅威が現実となったのだ。

さらに、1950年6月には、現在の北朝鮮と韓国との間に戦争が始まった。米国は、国連軍の中心となって北朝鮮の勢力と1953年7月まで戦った。

徴兵は、米国内では、第二次大戦の終結により1947年にいったん停止されていた。しかし冷戦の深刻化とともに、1948年には選抜徴兵法が成立して、徴兵が再開された。18歳から26歳までの男子に徴兵登録と、19歳から26歳の男子に21カ月間の兵役とが義務づけられたのだ。

こうした国内外の緊迫した情勢を背景にして、アメリカ国内では1950年2月ころから1954年12月にかけて、ジョセフ・マッカーシーを中心とする、いわゆるアカ狩りと呼ばれるマッカーシーイズムの狂気の嵐が吹き荒れた。この偏狭で盲目的なある種の愛国主義（?）の旋風は、言論や思想の自由の抑圧をもたらした。

こうした狂気の旋風のただ中にあった作家サリンジャーも、この作品中で、ホールデンの級友ジェイムズ・キャッスルが、「自分の言ったことを撤回するより、窓から飛び降りた」(170) 姿を語っている。そしてキャッスルのその姿に、ふかい同情と哀惜の念を感じているホールデンを描いている。

そのことで、たとえば、マッカーシーイズムの犠牲になったリベラルな知識人活動家F・O・マシーセンを暗示して、その狂気の旋風を批判している。マシーセンは、最後まで「クリスチャンで社会主義者」であること表明しつづけ、私生活まで暴かれるような攻撃のなかで、1950年4月1日に窓から投身自殺した[46]。もちろん自殺したのは著名なマシーセンだけではなかった。陸井三郎はマカーシーイズムの犠牲になって自殺した12名の人間の名をあげている[47]。

一方で、ホールデンは、1950年夏に入院していた病院で、「オレは当時16歳で、そして今は17歳」(9) と語っている。1948年の選抜徴兵法によれば、あと1年もすれば徴兵登録をして、2年もたてば21カ月間の兵役につかねばならない状態だった。それだけでなく、この時には朝鮮戦争がすでに始まっていたか、あるいは始まる直前だった。

以上のことを考えれば、ホールデンが、朝鮮半島という異国の戦場に送られることを身近な現実のを拒絶する気持ちを鮮明にしている。

可能性として感じていたのは間違いない。そういう切実な雰囲気のなかで、ホールデンは戦争や軍隊を拒絶する気持ちを鮮明にしている。

兵役拒否者への対応

ところで、戦争や軍隊反対のもっとも典型的なかたちは、先にも述べたように、兵役（徴兵）拒否である。米国の兵役拒否者は良心的兵役拒否者と呼ばれることが多い。そうした戦争に反対する兵役拒否者は、米国でも長い間迫害されてきた。

たとえばステファン・コーンによれば[48]、米国では、第一次大戦中、1918年4月に出された軍令によって、軍法会議で450人の戦争反対者が有罪となった。後に減刑されたが、その内17人には死刑が、142人に終身刑が、73人に20年の懲役が宣告された。3年以下の懲役はわずか15人にすぎなかった。まさに見せしめ的な苛烈な評決だ。

戦争反対者は、刑務所内でも最悪の扱いを受けた。服役中に、少なくとも17人の受刑者が拷問やひどい扱いのために死亡している[49]。

兵役拒否をつらぬくことは、第一次世界大戦中では、文字どおり命がけだったのだ。ただし、入獄していた兵役拒否者も、1918年11月11日の休戦条約が締結されてから2年以内には刑務所から解放された[50]。しかしそれでも、市民権は1933年のクリスマスまでは回復されなかったのである[51]。

サリンジャーが兵役についていた第二次世界大戦でも、良心的兵役拒否者はいた。統計上では、7

万2千354人の良心的兵役拒否者がいた[52]。（コーエンも約7万2千人としている[53]。）その内の大多数は非戦闘の兵役に就くか民間の作業所で働いた。しかし、裁判によって1940年の選抜訓練徴兵法に違反しているとして刑務所に入れられた者が、6千86人もいた[54]。懲役期間は、最長で5年で、平均で35カ月間だった[55]。

もちろん第二次世界大戦中でも、戦争反対者は、社会から嘲笑されたし、国家の安全にとって危険な存在とみなされていた[56]。とうぜん刑務所での待遇も劣悪だった。たとえば、水を浴びせられて1晩中放置されたり、男色者と同じ獄舎に入れられたりした[57]。

このような歴史的な経緯を考えれば、当時のサリンジャーが、戦争反対の意見を公的な場で明快に主張することは、政治的にだけでなく、身体的にすらかなり危険なことだと感じていたとしても不思議ではない。

それだけでなく、兵役に就くぐらいなら、銃殺された方がマシだという意見に、読者の同意を求めることは、当時のアメリカの状況を考えれば、そうとう過激で危険な行為だった。たとえば、1949年になってさえ、ラリー・ガラという兵役拒否者が、ひとりの若者に、徴兵登録拒否を教唆したとして、逮捕投獄されている[58]。逆にいえば、入隊して戦場で戦うのなら、銃殺された方がマシという、兵役拒否につながる主張は、当時の多くの読者のおおっぴらな共感と同意をえるのはむずかし過激な意見だったのだ。

その当時のサリンジャーは、まだ30歳になったばかりの新進の作家だった。できるだけ多くの読者の支持と共感を獲得したいと願っていたことは十分にありえる。だから、戦場にかり出されるぐらいなら、戦争忌避者として銃殺された方がマシという過激な反戦反軍の意見への同意を読者に公然と求めることは、躊躇(ちゅうちょ)せざるをえなかったのだ。この極端な意見は、多くの読者に公然と共感されて受けいれられるのは、むずかしいと推測されたからだ。そこでサリンジャーは、すでに指摘しておいたように、ホールデンの語り口に工夫をくわえた。

まとめると、つぎのようになる。ホールデンは、戦争や軍隊にたいする自分の意見を、最初は分かりにくい真意の取りにくい文で語っている。しかしそれから同じ段落内の約1ページあとでは、「オレに」かんする「オレ」の意見として、最初の文と似た構文を使って、分かりやすく語りなおしている。結果として、注意ぶかい読者には、「キミ」に語りかけた最初の謎めいた文の真意が伝わってくる。

そこからは、まず、ホールデンは、兵役拒否につらなる反戦反軍の考えをもっていたことが、そしてその考えを、それが分かる人には伝えようとしていたことが明らかになった。つぎに、作家サリンジャーが、そういう兵役拒否の考え方を明快に主張し、読者の共感を公然と求めるのは得策ではないと判断していたのが分かった。最後に、サリンジャーのその判断は、おそらく、この作品が書かれたときの米国社会や世界情勢につよく影響を受けていたと考えられるのも分かった。

同じ段落内のもう一つの部分

先に引用した部分の最後の文「……兄貴は戦場よりも軍隊の方を憎んでいたと、オレは本気で思っているんだ。」につづけて、同じ段落内で、ホールデンはつぎのように独白をつづける。

ところが、兄貴のD・B・がよく分からないのは、戦争をあんなに憎んでいたのに、それでいて去年の夏にあの『武器よさらば』という本をオレに読ませようとしたことなんだ。あの本はスゴくいいと言ったんだ。それがオレには理解できないんだ。その小説には、ナイスガイなんかのように思われているヘンリー中尉という名の男がでてくるんだ。D・B・は軍隊や戦争とかをあんなに憎んでいたのに、あんなフォニーなものを好きになれたというのが分からないんだよ。オレが言いたいのはね、たとえば、あんなフォニーな本を好きになれるのに、一方でリング・ラードナーの本とか、兄貴自身もメチャ好きな『グレート・ギャツビー』なんかも、どうして好きになれたのか分からないんだよ。オレがそう言ったときには、D・B・は気分を害して、この小説が分かるにはオレが若すぎるんだとかと言ったんだけど、オレはそうは思ってない。兄貴には、オレはリング・ラードナーと『グレート・ギャツビー』なんかが好きだと言っておいた。じっさい、その通りだったんだ。オレは『グレート・ギャツビー』がメチャ好きだった。あのギャツビーのやつは、オールド・スポートと言うんだよ。そこにマイッていたんだ。(141)

この引用部分で、ホールデンは、ヘミングウェイの『武器よさらば』(1929年)とその主人公フレデリック・ヘンリーをフォニー(=インチキ)だと断定している。この時期のホールデンにとって、フォニーは価値判断の基準となっている原理的ともいえる概念だった。フォニーなものはホールデンにとっては否定されるべきものだったのだ。（なお、ここでも現在時制の文は病院での意見である。）

ホールデンの『武器よさらば』の全否定

ホールデンは、先の引用文にみられるように、『武器よさらば』を全否定している。一方、このころの世論は『武器よさらば』をたかく評価していた。思春期のホールデンは、世の中の権威や制度など多くのものをフォニーだと断定して反発していた。だから思春期のホールデンが、その思春期の特徴から、評価の定まった大作家の作品を、フォニーだと否定的にみなすことはありえる。

しかしホールデンは、フィッツジェラルドの『グレート・ギャツビー』（1925年）に、「マイッて」いて、「メチャ好き」だと告白している。

ホールデンは、アメリカ文学史上で、1920年代を代表する傑作だと評価が定まっている二つの作品を両方否定しているわけではない。思春期の特徴から、世間一般の評価をたんじゅんに拒否しているわけではないのだ。

では、ホールデンは、なぜ『グレート・ギャツビー』を絶賛していながら、『武器よさらば』を全

『武器よさらば』の DVD

否定しているのだろうか。

ホールデンが『武器よさらば』のことを考える切っ掛けは、最初の引用文からも分かるように、その日の午後にラジオシティで戦争に関係する映画を観たことにあった。ここで語られている意見は、その時に観た戦争映画によって触発されたホールデンの考えを、約半年後に語りなおしたものである。『武器よさらば』の否定と、『グレート・ギャツビー』の絶賛とは、戦争にたいするホールデンの考え方を表明するための手段なのだ。

ホールデンは、すでに検討したように、個人的な見解だと断ったうえで、反戦や反軍の意志をはっきり語っている。ホールデンの立場は明快だ。

そんなホールデンに、兄のD・B・が『武器よさらば』を読むことをすすめたのだ。しかもその兄は、4年間も従軍し戦場も経験していて、軍隊も戦場も憎んでいた。だからホールデンが、先の引用のように、「D・B・がよく分からない」と苛(いら)だつのも、ホールデンが17歳の少年であることを考慮すると、理解できる反応だ。

なぜなら『武器よさらば』は、第一次世界大戦におけるイタリアの戦場をおもな舞台としているからだ。そのうえ、主人公の米国人のヘンリー中尉は、傷病兵運送要員ではあるが、はるばるイタリアまで志願して戦場にやってきているからだ。

とすれば、徴兵されて戦場で戦わされるぐらいなら兵役拒否で銃殺刑になった方がマシだと主張しているホールデンが、ヘンリー中尉と『武器よさらば』とをフォニーだと主張し、全否定するのも納得できる。

そして一方で、『グレート・ギャツビー』に夢中になっているのも理解できる。なぜならこの作品は、表層の物語を大まかに要約すれば、1922年のニューヨークを舞台にした恋愛小説だからだ。たしかに、この作品には軍隊も戦場もちょくせつ描かれてはいない。だからホールデンが、拒否反応を抱かずにこの作品を読めたのは理解できる。

しかもホールデンが語るところによれば、ギャツビーが作中で使う「オールド・スポート（Old Sport）」という言葉に、ホールデンが「マイッて」いたことが、この作品にホールデンが夢中になっていた理由である。〔＊Old Sport は、「ねぇ、きみ」程度の呼びかけ語だが、当時のオックスフォード大学の学生が使っていたジャーゴン。〕

ギャツビーが口癖のように使う呼びかけ語の「オールド・スポート」がカッコイイから、『グレート・ギャツビー』にマイッていたことになる。なんとも単純で表面的な理由である。作品のふかい理解から生まれた絶賛ではない。

また、そのことを語った部分は、「あのギャツビーのやつは、オールド・スポートと言うんだよ。そこにマイッていたんだ。」と拙訳したが、原文では、「Old Gatsby. Old Sport. That killed me.」である。ここに典型的に表れている、簡潔すぎて舌足らずの点もふくめて、17歳の少年らしいナイーブな反応だ。（ただし、この部分を過去形で語っていることにも注意すべきだ。約半年前の考えであって、現在は違うかもしれないという含みをも残している。）

まとめると、つぎのようにいえる。ホールデンは『武器よさらば』をフォニーだとして否定している。しかしそれは、いわゆる世間一般の評価（＝権威）を拒否しているホールデンの思春期の心理のたんじゅんな反映ではない。またもちろん、フレンチが主張しているような[59]、結婚せずに性交渉する男女をホールデンが拒絶しているからでもないだろう、たぶん。

ホールデンの反軍や反戦の立場のストレートな反映なのだ。言いかえれば、現在17歳の高校中退者が直面している、徴兵されることへの不安の反映なのである。

新しく改訂された１９４８年の選抜徴兵法によって、18歳になれば徴兵登録をしなければならなかった。そして19歳から26歳までの男は、21カ月の兵役が義務づけられていた。しかも冷戦の最中だった。そのうえ、１９５０年の夏まで病院にいたホールデンは、病院で同年の6月25日の朝鮮戦争開戦の報を聞いていた可能性がある。仮に病院で開戦の報を聞いていなくても、開戦に向かって緊張が刻々とたかまっているのを肌で感じていたはずだ。

高校中退者である17歳のホールデンは、徴兵が免除されることがある大学生ではなかった。まもなく戦場にかり出される恐怖は身近なリアルなものだった。だからホールデンは、戦争と軍隊にたいしてつよい拒否感をもっていた。

その拒否感が、『武器よさらば』はフォニーだという断言のかたちで、ダイレクトに現れているのだ。もちろん、このとき17歳だったホールデンの文学鑑賞能力の浅さと言葉足らずとが、その拒絶の理由を単純なものにしている。

兄のD・B・による『武器よさらば』の評価

一方で、引用した文に見られるように、兄のD・B・は、『武器よさらば』を「スゴくいい（so terrific）」と最大限に評価している。そしてホールデンに読むことを勧めている。16歳の弟に勧めたのだから、『武器よさらば』によほど感激したのだ。

作者のサリンジャーは、なぜD・B・に『武器よさらば』を絶賛させたのだろうか。

そのことを考えるためには、まずD・B・について考える必要がある。D・B・は、結論を先にいえば、実は、作者のサリンジャーに近い人物として描かれている。両者のおもな類似点を、つぎに挙げておく。〔＊斜線の前の「　」で括った部分がD・B・にかんする作品中の記述で、斜線以降の後半の部分がサリンジャーの経歴などである。〕

（1）「兄貴は家にいたころは、まっとうな作家だった。」（1）／サリンジャーは1947年までは両親と同居していて、雑誌の『コリヤーズ』や『ニューヨーカー』などのために短編小説を書いていた。

（2）「兄貴の短編集のなかで最高のものは「秘密の金魚」（"The Secret Goldfish"）だった。」（1）／当時のサリンジャーの最高傑作は短編「バナナフィッシュ（Bananafish）に最適の日」だった。1945年9月には短編集の出版も提案されている60。

（3）「兄貴のD・B・は、今ハリウッドに行っていて、身を売っているのだ。」（2）／サリンジャーは、短編「コネティカットのひょこひょこおじさん」（"Uncle Wiggily in Connecticut"）を映画化した『おろかなり我が心』(*My Foolish Heart*)(1949年)の出来に激怒して、それ以降自作品の映画化をかたくなに拒否している[61]。サリンジャーは映画界に嫌悪感を抱いていたのだ。

(4)「オレの一番好きな作家はD・B・なんだ」(18)〔*ホールデンの言葉。〕/サリンジャーは、自分自身のことをメルヴィル以降のアメリカで唯一の本当に優れた作家だと自認していた[62]。

(5)「兄貴のD・B・は軍隊に4年もクソほどいたんだ。戦場にもでていたんだ——ノルマンディー上陸作戦なんかにも加わっていたんだよ——兄貴は戦争よりも軍隊の方を憎んでいたと、オレは本気で思っているんだ。」(140)/サリンジャーは、1942年春から1945年秋までの約3年半軍隊にいた。その後も、民間人の分遣隊の一員として1946年4月まで連合軍のために働いた[63]。ノルマンディー上陸作戦でユタビーチに上陸もしている。また、自伝的な色彩が濃いとみなされている短編「エズメに」では、先に分析したように、軍隊組織のやりきれなさが活写されている。さらに、1946年7月26日のヘミングウェイ宛の手紙では、戦争神経症で入院していた病院で、医者などが、軍隊は好きかと親しげに聞いてくるので、「いつだって軍隊が好きだよ。[64]」と答えておいたと、つよい皮肉をこめて書いている。

(6)「その後、兄貴は海外にゆき戦場なんかにもでたときも、負傷なんかすることはなかったし、誰かを撃ち殺す必要もなかった。」(140)/サリンジャーは、一般の兵士ではなく、防諜部隊のドイツ語を専門とする尋問や情報収集の専門家だった。また、戦場で心が傷ついて入院までしているが、身体的な負傷はしていないようだ。

(7)「お兄ちゃんはハリウッドにいてアナポリスに関する映画を書いてなければならないのかもしれないわ。」(164)〔＊妹のフィービーの言葉。〕／ アナポリスは海軍兵学校をさす。映画『おろかなり我が心』の出来に憤慨していたサリンジャーは、映画会社MGMのサミュエル・ゴールドウィンに、ハリウッドに来て、アナポリスの若者の恋愛物語を書くように要請されたときも、即刻に拒否している[65]。

以上の七つの点からだけでも、D・B・は、作者サリンジャーと近い人物として描かれているのが分かる。ホールデンよりも、兄のD・B・こそが、作者サリンジャーの等身大の姿に近い人物なのだ。さらに言えば、兄が仮名のD・B・と表記されていることも、そのことの間接的な証明になる。軍隊に4年間いてすっかり変わってしまった兄は、家族の姓であるコールフィールドと無関係なD・B・と、ホールデンに呼ばれている。そしてD・B・は、Dead Body(死体)の略字と解することもできる。入隊する以前の姿をすっかり失った現在の兄の姿をみて、ホールデンが、かつての兄はいったん死んだとみなしていた、つまり現在の兄の姿は、以前の兄の亡骸(なきがら)＝死体＝D・B・だと感じていた可能性は否定できない。

一方で、サリンジャー自身も、4年間にわたる軍隊での生活で、自分がすっかり変わってしまって、かつての自分を無くしてしまったと感じていたのは間違いない。だとすれば、D・B・と呼ばれる兄は、この点でもサリンジャーと近い関係にあるといえる。

以上から、『武器よさらば』にかんしていえば、ホールデンの意見よりも、D・B・の意見の方が、作者サリンジャーの意見をより濃く反映している可能性がたかい。少なくとも、D・B・の意見を無視して、ホールデンの意見は、作家サリンジャーが述べようとした意見だと、ダイレクトに見なすのは早計であるのはあきらかだ。

たとえば、渥美昭夫のように、「サリンジャーがヘミングウェイを嫌い、フィッツジェラルドをたかく買っていることは、『ライ麦畑』の読者なら周知のこと[66]」とみなすのは性急すぎるといえる。また、スラウェンスキーように、ホールデンの酷評がサリンジャー自身の評価を表していると[67]、直線的に考えるのも慎重であるべきだろう。

サリンジャーとフィッツジェラルド

フィッツジェラルドの『グレート・ギャツビー』にかんしては、先にも指摘したように、ホールデンの意見もD・B・の意見も絶賛で一致している。まず、それが意味することから考えてみよう。

サリンジャー自身は、早くからフィッツジェラルドに敬意をもち憧れていた。たとえば、アーサイナス・カレッジに在学中の19歳から20歳のころにすでに、シャーウッド・アンダースンとリング・ラードナーとフィッツジェラルドの3人に憧れていて、第一級の作家だと見なしていることを学内の雑誌に書いている[68]。

25歳になっても、ロシアの作家トルストイとフィッツジェラルドとが、サリンジャーにとっての文学上のヒーローだった[69]。またサリンジャーが38歳のときに発表した中編「ゾーイー」("Zooey")

のなかで、サリンジャー自身の姿が反映されているとみなされることが多いバディ・グラスは、『グレート・ギャッツビー』を引用して自分の意見を述べている。それだけでなく、『グレート・ギャッツビー』を、自分にとっての『トム・ソーヤーの冒険』（*The Adventures of Tom Sawyer*）だったと述べている[70]。

これらのことから、サリンジャーは19歳のころから少なくとも38歳ころまでは、フィッツジェラルドを優れた作家だと、そして『グレート・ギャッツビー』を優れた作品だと一貫してみなしていたことが分かる。

32歳のときに出版した『ライ麦畑でつかまえて』なかで、ホールデンと兄のD・B・に『グレート・ギャッツビー』を無条件で絶賛させるのも理にかなっている。

実際のところ、サリンジャーの初期の代表作「バナナフィッシュに最適の日」には、第二部で検討した、フィッツジェラルドの初期の中編「メイ・デー」との共通点が見いだされる。おもな共通点としては、つぎの3点をあげられる。まず、主人公がともに戦争PTSDに苦しんでいる帰還兵である。つぎに、ちょっと耐えられないような女と結婚して（結婚するはめになって）いる。最後に、宿泊先のホテルで、こめかみを撃ちぬいて謎めいた拳銃自殺をする。

この3点は、それぞれの作品の骨格をなしている特徴だ。サリンジャーが「メイ・デー」を読んでいたという証拠は見いだせない。だが、絶賛している作家の優れた中編だから、読んでいた可能性はそうとう高いと思われる。サリンジャーは、自作にフィッツジェラルドの作品の骨格を取りこむほどの影響をうけているとも考えられる。

さらに、フィッツジェラルドは1934年に『夜はやさし』(*Tender is the Night*)を出版して以降、作家としての才能も人気も急激に低下した。そして1940年には44歳で若死にした。だからフィッツジェラルドは、サリンジャーにとって、現在の自分の前に立ちはだかっている現役の偉大な作家ではなかった。いわば安心して全面的に絶賛できる過去の作家だった。このことも、作家サリンジャーが、つまりホールデンとD・B・とが一致して、『グレート・ギャツビー』を絶賛する理由のひとつだっただろう。

サリンジャーとヘミングウェイ

一方、ヘミングウェイにたいする作家サリンジャーの態度には微妙なところがある。これから名声を得ようとしている若い野心的な作家サリンジャーにとって、ヘミングウェイは20歳年長の名声の確立した現役バリバリの大作家だった。

たとえばヘミングウェイは、傑作『老人と海』(*The Old Man and the Sea*)を1951年に執筆し、1952年に出版している。そんな現役の大作家ヘミングウェイは、1951年に出版された『ライ麦畑でつかまえて』を執筆中のサリンジャーにとっては、目標でもあり、乗りこえたい大きな壁でもあった。とうぜんヘミングウェイにたいする態度は微妙になる。

それだけでなく、サリンジャーのヘミングウェイにたいする評価は若いころから辛い。たとえば、アーサイナス・カレッジに在学中（1938年秋～1939年春）のサリンジャーは、ヘミングウェイが『日はまた昇る』と「殺人者たち」（"The Killers"）と『武器よさらば』とを書いた以降は、「ちゃんとした仕事をせず、うぬぼれたたわいない話をしている[71]」と、辛らつに批判している。（ただし、この時にも『武器よさらば』は評価している。）

しかしパリ解放直後の1944年の8月の下旬に、サリンジャーは部隊の同僚ジョン・キーナンと一緒に、パリのリッツホテルに滞在していたヘミングウェイに会いにわざわざ出かけて、ヘミングウェイに親しく声をかけてもらって感激している[72]。当時のヘミングウェイは、すでに「世界の巨人のひとり[73]」であったから、ありえる話だ。

リッツホテル

カーロス・ベーカーも[74]、ヘミングウェイの伝記のなかで、サリンジャーがヘミングウェイの作品から感じていた「（ヘミングウェイは）ハードでタフ」だろうという印象が、実際に出会って、「『ソフト』」だという印象に変わったと書いている。

また、サリンジャー自身も、1946年7月27日のヘミングウェイ宛の手紙のなかで、その時のヘミングウェイとの出会いが、ヨーロッパにおけるすべての経験のなかで「唯一の希望に満ちたひととき[75]」だったと述べている。

しかし一方で、戦場から帰還後の1946年ころには、サリンジャーは「尊大な態度でドライサーからヘミングウェイまでの有名な作家を貶していた」と、A・E・ホッチナーが証言している[76]。ところが同時に、先に引用した1946年7月27日のヘミングウェイ宛の手紙では、「パパさんへ（Dear Poppa）」と、20歳年長の大作家に甘える口調で書きだし、手紙の途中では「（私は）あなたの数多のファンクラブの会長[77]」だと自称している。若い作家が現役の大作家に気に入ってもらいたがっているのが、よく分かる手紙なのである。

サリンジャーのこの「畏敬に近い[78]」気持ちを表した手紙は、サリンジャーの本心をちょくせつ表したものなのだろうか。ヘミングウェイにたいするサリンジャーの本心はどの辺にあったのだろうか。

ひとつのエピソード

そのことを考える切っ掛けのひとつにされてきたエピソードがある。そのエピソードは、最初に『タイム』誌の1961年9月15日号に掲載された。

それは、フランスにいたヘミングウェイがサリンジャーの眼の前で「自分のルガーを取りだして鶏の頭を撃ちぬいた[79]」というものだ。その『タイム』の記事は続けて、この出来事をサリンジャーは短編「エズメに」で使ったとも指摘した[80]。

このエピソードとその指摘とは、その後のサリンジャー研究に影響をあたえた。たとえば、その2年後に出版された研究書でフレンチは、「ヘミングウェイがドイツ製の拳銃の優秀さを誇示するために鶏の頭を撃ちとばしたとき、サリンジャーはうんざりした（became disgusted)。[81]」と説明している〔＊disgustには吐き気をもよおさせるの意味もある〕。

この解釈はそれなりに納得がゆくものだ。なぜなら、『タイム』の先の記事も指摘しているように、サリンジャーは1950年4月に発表した短編「エズメに」のなかで、ジープのボンネットに跳びのった猫を理由もなく撃ち殺す戦友の行為に、吐き気をもよおすほどの強烈な嫌悪を感じている主人公を描いているからだ。

この方向の解釈は、1999年なるとさらに進展して、「鶏の頭を撃ちとばすことは、サリンジャーが理解できない行為だっただろうし、まして許すことなどできない行為だっただろう。サリンジャーは恐怖を感じていた。[82]」となる。

要するに、ヘミングウェイがサリンジャーの眼前で鶏の頭を撃ちぬいたというこのエピソードは、サリンジャーのヘミングウェイにたいする不信感や敬意の欠如の原因を示すひとつの根拠として利用されてきたのだ。分かりやすくいえば、ホールデンが『武器よさらば』をフォニーだと断定する原因のひとつの根拠として引用されてきた。

それは、ホールデンのヘミングウェイへの攻撃が「説明できないように思える[83]」からだった。それにひとつの解答をあたえるために利用されてきたエピソードなのだ。

しかし実は、『タイム』誌が掲載したこの約15年前のエピソードは、ありそうな興味ぶかいエピソードだが、事実をもとにした記述かどうかも分からないのだ。この記事でも、この時の二人（仮に出会っていたら、1944年か1945年と思われる）が、フランスのどこでいつ会ったのかは書かれていない。たしかに『タイム』という雑誌は時として記事を面白くするために創作することもあったようだ[84]。

だから、この約16年も前のことを語ったエピソードが、『タイム』の創作だと考える研究者もいる。たとえば、マクダフィも、「（そのエピソードに該当する出来事は）けっして生じなかったと思われる[85]」と否定的に考えている。また、ブラウンは、「（リッツホテルでの会見の後）二人は二度と会うことがなかった[86]」と断言している。〔＊リッツホテルでは鶏の頭は撃てない。〕ただしクリーマンは、フランスではないが、ドイツでのヒュルトゲンの森の戦い（1944年9月〜1945年2月）のとき、ツヴァイファルでサリンジャーと一緒にヘミングウェイに会いに出かけ、三人でシャンペンを飲んだと証言している[87]。このクリーマンの証言を信じるならば、先のブラウンの断言は否定される。

そのうえ、その記事がでて以降、サリンジャー自身も『タイム』誌も、このエピソードについてコメントしていない。要するに、鶏の頭を撃ちぬいたエピソードの真偽を確定する証言や証拠はないのだ。

しかし、たとえこのエピソードが創作だったとしても、ハミルトンが言うように、「サリンジャーが、ヘミングウェイのマッチョ気取りに我慢できかねていた[88]」のはたぶん事実だろうと、多くのサリンジャーの読者は考えていると思われる。というのは、サリンジャーはマッチョ気取りとは相いれない性格をしているのは明らかだからだ。〔＊ヘミングウェイのマッチョ気取りの数々は、真偽のほどは確認できないが、『歴史の証人——ホテルリッツ』（*The Hotel on Place Vendôme*）（2014年）なかでも典型的に描かれている[89]。」

その意味では、ホールデンが『武器よさらば』をフォニーだと断定するのも、ヘミングウェイの実生活でのマッチョ気取りへのサリンジャーの反発から生まれた面があるのも否定はできないとも思われる。

『武器よさらば』を選んだ理由

たしかにホールデンは、『武器よさらば』をフォニーだと断言している。しかし私たちが忘れてはいけないのは、『ライ麦畑でつかまえて』なかで言及されているヘミングウェイの作品が『武器よさらば』だけである点だ。

『武器よさらば』は1929年に出版された。一方、『ライ麦畑でつかまえて』の舞台背景は1949年の12月から翌年の夏までで[90]、出版は1951年7月だ。

だからサリンジャーは、戦争を扱ったヘミングウェイの作品として、1940年に出版されていた『誰がために鐘は鳴る』(*For Whom the Bell Tolls*)を選ぶこともできた。というよりも、世間の人びとの認知度からいえば、『誰がために鐘は鳴る』を選ぶ方が理にかなっている。

なぜなら、『武器よさらば』は約20年前に出版された作品で、一方、『誰がために鐘は鳴る』は約10年前の1940年に出版され、「一般読者が熱狂的に迎え入れた[91]」作品だったからだ。しかも前著はおもに1917年から1918年までのイタリアとスイスを背景にしているが、後著は1935年

5月のスペイン内戦を背景にしているからだ。

スペイン内戦は、言うまでもなく、当時の米国人には記憶も新しい第二次世界大戦の前哨戦だった。内容的にも、『誰がために鐘は鳴る』の方が、一般読者には身近な作品だった。

それにもかかわらず、作家サリンジャーは、戦争を扱ったヘミングウェイの作品として、D・B・に『誰がために鐘は鳴る』ではなく、『武器よさらば』を選ばせている。

では、D・B・にとって、『武器よさらば』と『誰がために鐘は鳴る』との違いはどこにあったのだろうか。

両作品とも、ヨーロッパの戦場を舞台背景にしているのは同じだ。また、主人公が両者とも自分の意志で志願して外国の戦場にやってきた米国人の青年であるのも同じだ。しかし主人公のキャラクターが違う。

たとえば、『武器よさらば』の主人公ヘンリー中尉は、志願してイタリアの戦場までやって来た、ある意味で純粋で無垢な青年だった。そして傷病兵輸送要員だったこともあり、敵を攻撃することは任務ではなかった。さらにヘンリーは戦場を経験するなかで、戦争や軍隊に幻滅し、戦場にいること に意義と意味を見いだせなくなってゆく。

それでゴリツィアでの敗北を機に、みずからの意思で前線から離脱する。敗走のさなかでさえも、前線からの離脱は、物語のなかでも描かれているように、即銃殺される軍紀違反だった。実際、ヘンリー自身も、逃亡をくわだてた部下を射殺している。だから戦線から離脱したヘンリーは、味方の憲兵の追跡を恐れて、身分を隠して国外にまで逃亡を続けなければならなかった。（ここにも軍隊組織のもつ非人間性が印象ぶかく描かれている。）

さらに、ヘンリーが軍隊組織からの逃亡を決意したのは、愛する女性のためでもあった。ヘンリーは、キャサリンとの愛を貫くことに、戦場に留まることよりも大きな意味や価値を見いだしている。愛のために、みずからの意志で兵士であることを止め、戦場を去ったのだ。そんな主人公を描いている作品が、『武器よさらば』なのである。そしてヘンリーとキャサリンの逃亡生活が、作品の全ページの4分の1以上にわたって描かれている。

主人公のヘンリーは、キャサリンとの愛を完遂しようとして、志願した軍隊から、みずからの意思で逃亡して、スイスにまで愛の逃避行を続けている。このヘンリーの振舞いは、見方を変えれば、反戦反軍の考えを実践したものだともいえる。『武器よさらば』は、戦争と戦場を描いてはいるが、結果として、反軍反戦の考えを間接的に描いているのだ。

しかし一方、『誰がために鐘は鳴る』の主人公ロバート・ジョーダンは、共和政府軍のゲリラ戦のリーダーとして、スペインの山中に入っている。とうぜん敵の兵士を射殺もする。戦闘に消極的な味方の人間を排除し、メンバーを戦闘的なゲリラ隊につくり変える。味方のゲリラ組織に信頼を寄せ、組織のメンバーと協力して橋の爆破という任務を全身全霊で勇敢に遂行する。最後には、負傷したジョーダンは、仲間のゲリラ隊を守るために、自分の身を投げだして死んでゆく。

ジョーダンには、戦闘にたいする疑問も、ゲリラ隊（＝戦闘組織）にたいする疑問もない。戦いの意義を信じ、戦闘組織に信頼と愛とを寄せ、勇敢に戦う男の姿が描かれている。この作品は勇敢な戦士を賞賛した作品となっている。

このように、二つの作品を比較してみると、主人公の戦争や戦闘組織との関わり方が正反対なほど違う。

ところで、『ライ麦畑でつかまえて』のD・B・は、戦場を経験したあと、戦争と軍隊とを憎むようになっている。『武器よさらば』のなかの、戦場を経験したあとのヘンリーの心の軌跡とほぼ同じだ。

だからこそD・B・は、勇敢な戦士を描いた評判の最近作『誰がために鐘は鳴る』ではなく、『武器よさらば』に感激しているのだ。『武器よさらば』は、戦争と軍隊からみずからの意思で離脱し、キャサリンとの愛に価値を見いだして、それを守るために奮闘し、最後には敗北する主人公を描いているからだ。

そんな主人公に感激したからこそ、D・B・は、この作品には性愛のシーンもあるのに、16歳の弟のホールデンに読むようにあえて勧めたのだろう。

しかしホールデンは、作品を兄のようにふかく読むことができなかった。

ホールデンは、おそらく、外国の戦場に志願してゆくというヘンリーの行動にのみ注目して、この作品を好戦的な若者を主人公にした戦争小説だと、シンプルに誤解していたのだろう。だから反戦反軍の意思が固まっていたホールデンは、『武器よさらば』をフォニーな作品だと貶(けな)したのだ。

ここでもう一度繰りかえせば、D・B・は作家サリンジャーと近い人物として描かれている。だからD・B・による『武器よさらば』は「スゴくいい」という高い評価は、作者サリンジャーのこの作品への評価に近いと考えられる。サリンジャーは、作品鑑賞能力がまだじゅうぶんでない17歳のホールデンとは違って、『武器よさらば』をたかく評価しているのだ。そのことから、また、サリンジャーが、D・B・と同様に、戦争と軍隊を憎んでいたことも分かる。

当のヘミングウェイ自身も、自著の『武器よさらば』をサリンジャーがたかく評価しているのが分かっていたと思われる。だからこそ、ヘミングウェイはフィンカビヒアの自分の書斎に『ライ麦畑でつかまえて』と『ナイン・ストーリーズ』をもっていた[92]のだろう。また、1959年に秘書として雇った女性に、『ライ麦畑でつかまえて』を買いあたえた[93]のだろう。さらに、同じころに知人に、同時代のアメリカの作家でもっとも賞賛するのは、「サリンジャーとマッカラーズとカポーティである[94]」と語ったのだと思われる。

ところで、サリンジャーは『ライ麦畑でつかまえて』で、『武器よさらば』だけを取りあげて誉めている。そのことから、逆にいえば、評判になった最近作の『誰がために鐘は鳴る』には、低い評価しか与えていないともいえる。

作家サリンジャーは、フィッツジェラルドにたいするケースと違って、ヘミングウェイにたいしては一貫した態度がとれていないのだ。ヘミングウェイの作品にかんしては、たかく評価するする作品もあるし、たかく評価できない作品もあるのだ。このゆれ動く評価を、作家サリンジャーは、『武器よさらば』にたいする、ホールデンの否定と兄D・B・のたかい評価という正反対の態度で、複雑なかたちで間接的に表しているとも考えられる。

まとめ

『ライ麦畑でつかまえて』のひとつの段落のなかの二つの部分を精読した。

最初の部分で、まず、主人公で語り手のホールデンが、徴兵されるぐらいなら、兵役拒否で銃殺される方がマシだ、という過激な反戦反軍の考えを主張していることを検証した。

ただし新進の作家サリンジャーは、朝鮮戦争やマッカーシーイズムが1950年には始まる時代背景のなかで、ホールデンのそうした反戦反軍の考えをダイレクトに表明することが得策ではないことが分かっていた。それで、ホールデンの語りに工夫を凝らしていることも明らかにした。

つぎに二つ目の部分を読むなかで、ホールデンが『武器よさらば』をフォニーだと主張するのは、ホールデンの反戦反軍の考えを単純にストレートに反映した態度であることを指摘した。それから、そのフォニーだとの主張は、ホールデンが17歳の少年で、文学鑑賞能力がじゅうぶんではなく、人生経験が浅いことにもよっていることをも指摘した。また、ホールデンによる『武器よさらば』の否定には、ヘミングウェイの実生活でのマッチョ気取りへの、サリンジャーの反発が反映されている可能性についても述べた。

一方で、作者サリンジャーは、サリンジャー本人と近い人物として造形している従軍経験がありプロの作家である兄のD・B・に、『武器よさらば』を「スゴくいい」本だと言わせている。そのことで、サリンジャー自身は『武器よさらば』をたかく評価していたと考えられることを明らかにした。『武器よさらば』の主人公のヘンリー中尉は、外国から志願して入隊していながら、軍隊と戦場を初めてちょくせつ経験するなかで幻滅し、みずからの意志で命を賭して、前線から離脱している。そしてキャサリンとの愛の生活を選びとり、そこに人生の価値を見いだしている。

このヘンリーを、D・B・はたかく評価している。D・B・の『武器よさらば』のこの高評価を通して、サリンジャーが、反戦反軍の考えを間接的に支持しているのも指摘した。

『ライ麦畑でつかまえて』のなかのひとつの段落内の二つの部分を精読した。そのことによって、ホールデンや兄のD・B・が反戦反軍の考えをもっていることと、そんなホールデンやD・B・を通して、作家サリンジャーが反戦反軍の姿勢をもっていることとを明らかにした。

サリンジャーの最高傑作『ライ麦畑でつかまえて』は、たしかに思春期の少年の心の彷徨の軌跡を描いている。しかしそれだけでなく、作者サリンジャーの反戦反軍の姿勢をも明らかにしている作品でもある。

〔＊短編「バナナフィッシュに最適の日」と「エズメに」の日本語訳は、野崎孝訳『ナイン・ストーリーズ』（新潮文庫）や柴田元幸訳『ナイン・ストーリーズ』（ヴィレッジブックス）などで読める。長編『ライ麦畑でつかまえて』の日本語訳は、野崎孝訳『ライ麦畑でつかまえて』（白水Uブックス）や村上春樹訳『キャッチャー・イン・ザ・ライ』（白水社）などで読める。〕

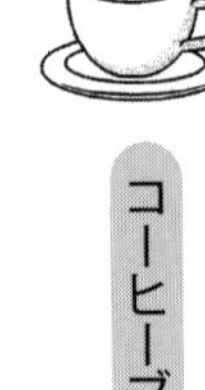

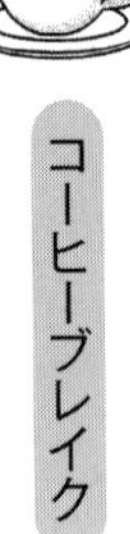

大岡昇平の『野火』

第二次世界大戦は、もちろん日本でも文学作品で描かれている。作家としては、大岡昇平や野間宏や大西巨人や古山高麗雄や火野葦平などの多くの名をあげることができる。とくに大岡昇平（1909~88）の『野火』（1952年）は、第二次世界大戦を描いた名作のひとつであるだけでなく、戦争PTSDの観点からみても、注目すべき作品だ。

第二次世界大戦は、日本では、太平洋戦争とか大東亜戦争と呼ばれることがある。おもな戦場が、それまでの中国大陸から太平洋の島々やビルマやインドネシアにまで拡大したからだ。

この太平洋戦争は、ハワイの真珠湾への、日本軍による1941年12月8日の奇襲攻撃によって始まった。この奇襲攻撃は、米国が第二次世界大戦に参戦する契機ともなった。一方、日本軍は、戦線の拡大にともなって、兵員も不足し、補給のもともと脆弱なロジスティックスも崩壊した。

大岡昇平

そんな負け戦の形勢のなかで、大岡昇平は、1944年7月に35歳で、予備役の兵士（暗号手）としてフィリピンのミンドロ島に出征した。そして米軍の攻撃のなか、マラリアを発病したために、部隊から見捨てられて、ミンドロ島の山中に置き去りにされた[95]。しかし熱帯のジャングルをひとりでさ迷っているとき、米軍に発見され、1945年1月に捕虜となった。同年3月には近くのレイテ島の捕虜収容所に収容され[96]、敗戦から約4カ月後の1945年12月には、日本に帰国できた。

大岡昇平は、1929年に京都帝国大学に進学してフランス文学を専攻し、卒業後も会社勤めのかたわら、フランス文学関係の翻訳を精力的にやりながら、フランス文学の研究を続けていた。真の意味での知識人（＝インテリ）だった。

大岡昇平

ところが戦場から帰国してからは、大岡は、自分の戦場での体験をもとにした小説を書きはじめる。1948年から1951年の間に13の短編を発表した。文学研究者から小説家へと転身したのだ。この短編群はまとめられて、1952年に『俘虜記』のタイトルのもとに出版された。同時期に書きつがれていた『野火』も、同じ1952年に出版された。

ミンドロ島とレイテ島

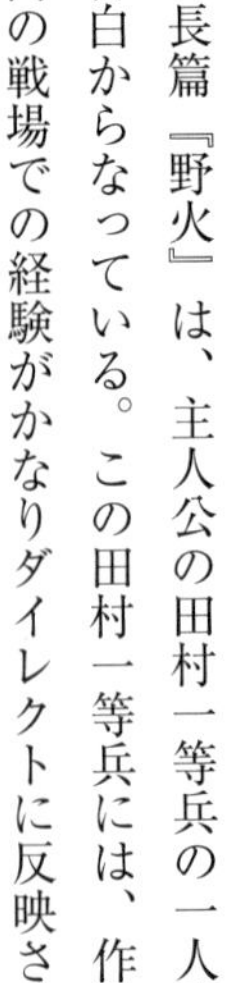

『野火』の田村一等兵

長篇『野火』は、主人公の田村一等兵の一人称の告白からなっている。この田村一等兵には、作者大岡の戦場での経験がかなりダイレクトに反映されている。

田村も、大岡と同じく、初めてフィリピンの戦場に派遣された30歳代の「インテリ」(172)の「補充兵」(10)だ。それだけでなく、田村は、大岡と同じく、病気のために、戦争に役立たない人間として、軍隊から見捨てられ、島内のジャングルにひとり棄てておかれた。そして米軍の捕虜になっている。

ただし、大岡は先の苛酷な経験をミンドロ島でしたが、田村一等兵の場合は、ミンドロ島近くのレイテ島がその舞台となっている。また、大岡はマラリアの罹患によって部隊から見捨てられたが、田村は肺病がその理由だ。さらに、1945年12月に帰国した大岡は、復員後まもなく作家としての活動を始めている。だが一方、1946年3月に帰国した田村は、復員後にも振舞いがふたたび常軌を逸するようになり、帰国して5年後には精神病院に入院している。このように、両者には違いもある。

つけ加えておくならば、作者の大岡が舞台をミンドロ島からレイテ島に移したおもな理由は、つぎの二つが考えられる。レイテ島の戦いが、約8万4千人の兵力が投入され、生還者が約2千500人という典型的な負け戦だったこと[97]。それと、大岡がレイテ島の捕虜収容所でレイテ島の戦いで捕虜となった兵士たちに出会ったこと[98]とである。

この作品は、田村が復員後に、入所していた精神病院で、医者に勧められて書いた手記という体裁をとっている。これは、この直前に検討した『ライ麦畑でつかまえて』において、精神的にも病んでいたホールデンが、退院を約1カ月後にひかえた入院中の病院で、架空の聞き手に語りかけているのと似た体裁だ。ただしホールデンは、近いうちに退院するのを楽しみにしているが、田村は自分の意思で病院に今後も残るつもりでいる。その点が違っている。

『野火』の特異な七つの点

この作品は、戦争に加わった兵士を主人公にしている点で、これまで検討してきた米国の作品と共通している。ただしもちろん、この作品ならではの独自の特徴がある。そのうちの主なものをあげると、以下の七つになる。
(1) これまで検討してきた米国の小説では、兵士に戦争PTSDをもたらしたおもなストレスは、敵の攻撃による負傷とか、負傷・戦死するかもしれないという恐怖とかが生みだしたものだった。ところが、この『野火』の主人公の田村の戦場でのストレスの根源には、敵の攻撃で死ぬかもしれないという恐怖よりも、空腹のはてに餓死するだろうという恐怖があった。

（2）田村は、戦場での餓死の恐怖から、つまり飢餓がもたらす食欲に耐えられずに、それは生存本能の発露なのかもしれないが、人肉を口にして生きのびる。主人公が、このようなカニバリズムの経験を語っている作品は、これまで検討した米国の作品にはなかった。

（3）書斎から初めて戦場に駆りだされた田村は、負け戦のなかで退却している友軍にも見捨てられた。それでレイテ島のジャングルを敵の攻撃を受けながら、ひたすら逃げまどっている。敵兵とまともに交戦した経験がないだけでなく、敵兵に銃を向けて発砲した経験すらもない。ここにも、これまで検討した米国の作品とは違った、この作品の独自性がある。

（4）田村が30歳代の「インテリ」の補充兵である点にも、その独自性がある。書斎人であった30代の中年の田村は、ほんらい前線で戦うにはふさわしくない人間だった。これまで検討してきた米国の若い青年の現役兵の兵士には見られなかったタイプの主人公である。

だから、この作品では、西洋の教養を身につけた知識人ならではの観察や思考が随所に描かれている。

たとえば、敗走の途中においても、哲学者のベルグソンを援用しながら、眼にした風景の観察から、既知感や「贋(にせ)の追想」（75）や近代人の自尊心について思索を巡らせている。あるいは、山鳩の鳴く声を聞いて、ベートーヴェンのシンフォニーのテーマの「二小節」（97）を思いおこしている。

また、飢餓状態での敗走のなかでも、まわりの風景にたいして、「川は気紛れに岸に当って淵を作り、また白い瀬となって拡がった。日暮れに暗い淵の蔭で河鹿が鳴き、夜明には岸の高みで山鳩が鳴いた。」（51）という、自然の魅力や美にたいする鋭い感受性とそれを言語化する能力とを示している。

感性豊かな知識人ならではの語りが、この作品ではみられるのだ。これらは、これまで検討した米国の作品にはみられなかったものだ。

（5）田村は、敵兵に向かって銃を撃ったことがない敗残兵とはいえ、戦場となっているレイテ島で銃をもって徘徊していた。その間に、田村が記憶しているだけでも、2度銃を使っている。

1度目は、無人の司祭館で、現地の若い女とたまたま出くわして、彼女が叫び声をあげたという理由で射殺したとき。

2度目は、「僚友」（181）の永松が、食料を確保するために、戦友であった仲間の安田を射殺し解体しはじめたのを目撃したとき。この時には、田村は、嘔吐したあと「自然を超えた力に導かれて」（179）、いわば反射的に永松を射殺したのだ。このような銃の使用の描写は、これまで検討してきた米国の作品にはない。この作品独自のものだ。〔＊ただし、つぎの第四部の『失踪』では、似たような状況が描かれている。〕

この2度の本来の目的でない銃の使用は、田村にとって大きなストレスになった。とくに、司祭館で「無辜の人」(146)である若い女を、はずみで殺してしまったという事実は、これ以降の自分は「神ばかりではない、人とも交わることが出来ない」(93)という認識をもたらしている。また「人間の世界に帰ることは、どんな幸運によっても不可能」(136)だという認識をも、一時的にしろもたらしている。それ程のつよいストレスとなっている。

その結果、戦場で武器を棄てることは死刑に値する重罪であったにもかかわらず、女を殺した菊花の紋章のついた銃を谷川に捨てている。皇軍の兵士であることを拒否しているのだ。それだけでなく、ジャングルのなかで身を守り食料を狩って、生きてゆくための大切な道具でもあったものを捨てたのだ。この行為は、積極的に生きつづけようとする前向きの意欲が、田村から失われていたことをもしめしている。

民間人をなりゆきで銃殺したことで、兵士であることを止め、人と交わる資格さえないと考え、生きつづける意欲をなくしている。戦場のそんな兵士の姿は、これまで検討した米国の作品では描かれていなかった。

(6)田村は、友軍から見捨てられたときから、自分のことを「近く死ぬ私」(16)と認識している。ジャングルでの死の彷徨を、「私の生涯最後の時」(15)と見定めているのだ。そして「生涯最後の幾日かを、軍人の思うままではなく、私自身の思うままに使うことが出来る」(13)と考え、それが「無意味な自由」(50)だと理解していながらも、死ぬまでの日々を過ごそうと決意している。戦場でここまで自分の生を徹底して諦めた田村の姿は、これまで検討してきた米国の兵士では描かれなかった姿だ。（ただし最後は、生存本能にみちびかれるかたちで生きのこる。）

（7）田村は、超越者である神を、戦場でも、復員後も求めつづけている。これは、これまで検討した米国の作品にはみられなかった特徴だ。

米国の作品では、たとえば、第二部の短編「兵士の家」では、戦場を体験することで信仰心を失ってしまった帰還兵士の姿が描かれている。たしかに、同じ第二部の長編『日はまた昇る』では、教会堂に入りこんで、「信仰心を抱くことができたらほんとうに良かったのに」という感慨をもつ元兵士のジェイクが描かれている。しかしジェイクのこの感慨はたんなる感想であって、ジェイクが神を希求している態度を表しているわけではない。

一方、田村は日本人だが、少年期にはキリスト教に「心酔」（65）していた。それだけでなく、成人してからは西洋的な教養を育んできた。だから、キリスト教にも通暁していて、身近なものだった。

そんな田村は、ジャングルのなかを敗残兵として逃げまどっているなかで、耐えがたい状況に直面して、神を真剣に求めている。

たとえば、田村は、逃亡中に、偶然に、芋の植えられた畑と無人の小屋とを見つけた。ひと時の満腹と安らぎとをえたのだった。しかしその小屋から、海岸の方向に「十字架」（64）を見つけると、教会での儀式を夢にまでみるようになる。その十字架の立つ教会に近づくことは、「敵の中へ行くこと、死ぬことを意味する」(67)のが、また、いま享受している満腹と平安を棄てることになるのが分かっていた。それでいながら、その十字架に向かって山から降りてゆく。

そして「降りるに従い、歓喜に似た感情が、胸のなかでふくれて来る」(72)のを、田村は感じたのだ。また、「私は行かねばならなかった」(72)とも感じている。

田村自身は、自分は「極東の無神論者」(59)だと、シニックに自嘲している。だが実は、戦場では、そして心の奥底では、神をつよく求めている。

たしかに、この時は、海辺の教会に着いてみると、神と出会えなかった。むしろ逆に、飢えた野犬たちが散乱している死体を喰らい人を襲うという、地獄絵に出会うことになった。さらに司祭館では、偶然遭遇した「無辜の」フィリピンの女性を射殺して、ふかい罪の意識に苦しんでいる。

しかしそれでも、その後も神を求めつづけている。というのは、その若い現地の女性を射殺した直後には、先にも引用したように、「神ばかりではない、人とも交わることが出来ない」と感じているからだ。神を求めているからこそ、神と「交わることが出来ない」と苦しんでいるのだ。

また、その後のジャングルの戦場で、田村は「私は祈ろうとしたが、祈りは口を突いて出なかった。」(151)と語っているからだ。たしかに、祈ることを、田村の身体は拒否している。しかしここでは、彼の心は祈ることを望んでいる。

田村の心は、はるばる訪ねた地元の教会で、地獄さながらの光景に出会ったあとでも、さらに意図せざる殺人を犯したあとでも、つまり神の恩寵を実感できなかったけれども、神を求めつづけているのだ。

さらに田村は、復員して6年後も、神を求めている。たとえば、田村が語ったこの作品のエピグラフには、「たとひわれ死のかげの谷を歩むとも」（6）という、聖書の「詩編」からの言葉が引用されているからだ。この詩句には、「私は災いを恐れない。あなたは私と共におられ……」という言葉が続く。苦難のときも、神がともにいることを示唆しているのだ。また、章題には「デ・プロフンディス」、「野の百合」、「空の鳥」、「死者の書」という、聖書と関係する言葉が使われているからでもある。

ただし田村は、いわば生き地獄をちょくせつ体験したので、神を信じきれていない。しかしそれでも神を求めつづけている人物として、描かれている。その点が、これまで検討してきた米国の作品とは違っている。

以上の七つの点において、『野火』は、これまで検討してきた戦争ＰＴＳＤを描いた米国の小説とは違っている。

カニバリズムと心の傷

こうした七つの相違のなかでも、この作品が、先の項目の（2）の生きるために人肉を食った兵士を主人公にしている点が、この作品を理解するうえではとくに重要だ。

友軍に見捨てられて敗走している田村は、飢えに耐えられなくなって、すでに棄損された死体や腐敗した死体ではなく、死んで間もない死体を捜しはじめた。（カニバリズムだけでなく、死体のこの選択にも、極限状態での田村の生存本能が働いている。）そして丘の頂上の木の根元に、死に瀕している日本人の将校を見つけた。それで将校を見守って死ぬのを待っていた。

なにかを感じとっていたその将校は、死ぬ間際に、上腕をしめして、「俺が死んだら、ここを食べてもいいよ。」（144）と言った。それもあり、田村は、彼が死んだときには、人目につかいない窪地に運びこんで、彼の腕の肉を削ぎとろうとした。

ところがその時、「剣を持った右の手首」（147）を、左の手が握って放そうとしなかったのだ。〔＊「右の手首」は「右手の手首」の誤記か？あるいは田村の狂気の現れか？〕この時が、田村の行動にあきらかな異常が現れた最初だった。

人肉を食うことが、田村にとって、いかにつよい心理的なストレスになっていたか分かる。この時には、とうぜん人肉を食べることはできなかった。

しかし田村は、その後、餓死寸前の状況にあったとはいえ、また、「黒い煎餅のような」（157）形で、永松から手渡されたとはいえ、干した肉を食べた。しかも、それを「うまかった」（157）と味わった。

それまで食べるための人肉を捜していた田村には、その干した肉が、永松が言うような「猿の肉」(157)などではなく、人肉であるのは分かっていた。田村は人肉をおいしく食べて生きのびたのだ。生きのびるために人肉を食べたその経験が、その後の田村をますます狂わせてゆく。それだけでなく、戦場で飢えから生きのびるために人肉を食べたという、その記憶が、戦場や捕虜の期間だけでなく、田村の復員後の生活と振舞いをも狂わせる。復員から5年後には精神病院に入院することになる。

さらにつけ加えるならば、人肉を食べたことが、心に与えた傷の大きさは、つぎの例からも分かる。田村は、先にも述べたように、フィリピンの現地の女性と永松とを射殺している。しかし田村は、戦後の自身の(狂気の生んだ?)幻想のなかでは、その射殺した二人は、安田とともに「笑っていた」(195)と語っている。その理由を、「殺しはしたけれども、食べなかった。」(196)からだと、田村は説明している。

『野火』の英訳本

あるいは、また、食べるための死体を捜していたときに、田村は「誰かに見られている」(傍点原文)(140)と思ったが(この幻覚も狂気のひとつの兆候)、その誰かは、「比島の女ではあり得なかった。」(140)と断言している。その根拠は、「私は彼女を殺しただけで、食べはしなかった。」(140)からだと、説明している。

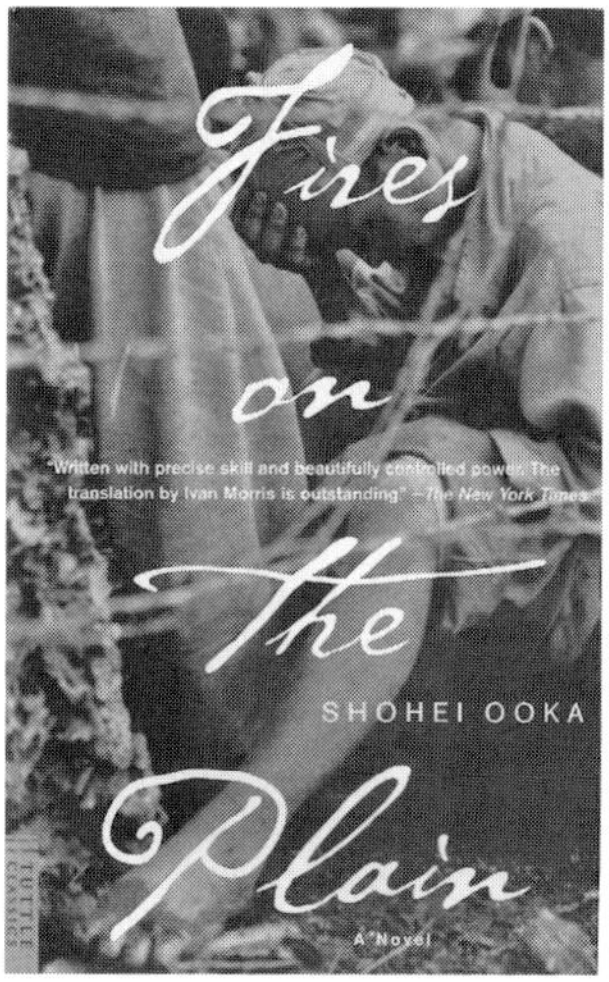

田村にとっては、人肉を食べることは、殺人を犯すことよりも、よりシリアスでディープな傷を心に与えるものだったのだ。

自己防衛する心

さらに注目すべきは、田村の記憶から、記憶がかんぜんに消えている期間があることだ。その期間は、永松を射殺してから、米軍の病院で手術を受けているときまでの「十日の間」(189)である。(ただし射殺の瞬間は記憶から抜けおちている。)戦場での最後の「十日の間」の記憶がすっぽり抜けおちているのだ。

その記憶がない「十日の間」に、田村は米軍の捕虜になっている。捕虜になるのは、みずからの意思で投降するのと、米軍に捕らえられるのとの二通りの場合がある。田村自身は、フィリピン人のゲリラに襲われて、負傷して失神していたところを、米軍に助けられ、捕虜になったと信じようとしている。

一方で、田村は、「生きて虜囚の辱めを受けず」という戦陣訓を妄信していた無知な兵士と違って、インテリだった。国際法を知っていた。投降すれば、命が助かるのを知っていたのだ。さらに以前に「(投降することは)熟考の後、決意に変わった」(131)ともすでに語っている。だから、みずからの意思で投降した可能性も否定できない。

もし仮に投降していたなら、田村にとって不都合なこの真実は、語りたくないものであったのは確かだ。だとすれば、その間の記憶がとんでいることは、田村にとっては都合が良い。ある種の自己防衛的な機能が、田村の記憶に作用したとも考えられる。

また、永松を射殺してから「十日の間」も生きのびていたのは、その間は何かを食べていたからだ。これまでのレイテ島のジャングルでの彷徨を思いかえせば、その間に、人肉以外に、命を永らえるための十分な食糧が見つかっていたとは思えない。一方で、田村は永松の「黒い煎餅」をすでに食べつくしていた。とすれば、新しい人肉を食べていたのだ。

たしかに、田村自身は「この時私が彼（＝永松）を撃ったかどうか、記憶が欠けている。しかし肉はたしかに食べなかった。食べたなら、憶えてるはずである。」（179）と語っている。表面的に字面を読めば、人肉は食べなかったと読める。しかしこの語りは、論理的に破綻している。

田村は、「黒い煎餅」をくれていた「僚友」の永松を、自分が射殺したのを憶えていない。しかし現実には、永松を射殺している。憶えていたくないことは、憶えていないのだ。

一方で、射殺したあとで、永松を食べたのを憶えていないと語っている。しかし田村のその時の切迫した飢餓状態と、それまで「黒い煎餅」のような人肉を食べつづけて生きのびてきたことを考えれば、その時の眼の前の死体の人肉を食べたけれども、憶えていないだけだと推測するのが合理的だろう。

なお、田村は、ずるい安田に親近感を感じていなかった。そのこともあり、少なくとも、永松が射殺しすでに解体しはじめていた安田の肉を食べたのは確かだろう。永松が殺した人肉なら、これまでも田村は食べてきたのだから。

ただし、田村にとって、自分が殺した永松の人肉を食べることは、他人が殺した人肉を食べることよりも、格段にハードルが高かったのだ。それは容易に想像できる。だから永松を食べてないことを、先に引用した合理性を欠く説得力のない語りでも、あえて主張したかったのだ。

ところで、永松を射殺した前後の記憶が残っていて、射殺した瞬間の記憶がぬけ落ちている。そのことは、田村自身が、自分にとって忘れたい都合の悪いこと（＝「僚友」の永松の射殺）を忘れていることをしめしている。また、この射殺の直後から「十日の間」、記憶がぬけ落ちている。

この二つのことを考えれば、永松を射殺して以降の記憶が欠落しているのは、その間に自分にとって都合の悪い忘れたいことが起きていたとも考えられる。たとえば、永松を射殺したあと、永松の肉までも食べたからだとも推測できる。

さらに、もっと意地悪く考えれば、その「十日の間」に、鉄砲をふたたび持ちあるいていた田村は、極限の飢餓状態だったから、人間を狩って食べようとしていた可能性すらある。

なぜなら、記憶がとんでいるその「十日の間」をけんめいに追想した断片を語った「死者の書」という最終章のなかでは、田村とおぼしき人物が、人が近くにいる徴（しるし）である野火を捜しあるいているからだ。それだけでなく、草原にいる人間を見つけだして、銃で狙って撃っている姿が語られているからでもある。

たしかに、作者の大岡は意図的に曖昧な描写をしている。また、語り手の田村は精神病院に入院している患者だ。だから確かなことは分からない。

さて話をもとに戻すと、語り手の田村は、自分が殺した「僚友」の永松をも食べたことをどうしても否定したかったのだ。だから「しかし肉はたしかに食べなかった。食べたなら、憶えてるはずである。」と、憶えていないから食べなかったのだと、ほとんど無意味な不合理な弁明をせざるをえなかったのである。

ここでも、田村は自分にとって不都合な真実を語りたくないために、つまり自己防衛のために、無意識に記憶喪失というかたちに逃げこんでいると考えられる。この自己欺瞞とも呼べるような振舞いは、序章のＰＴＳＤの診断基準のＤの1の「トラウマとなる出来事のある重要な面を憶えていない」に該当する。田村は戦後6年もたつのに、戦争によるＰＴＳＤに苦しんでいるのだ。それも間違いない。

『野火』と米国の作品との共通点

復員後の田村は、精神病院にいることに安心している。精神的に狂っていることを認めているかのようにみえる。しかし狂気の人は、自分の狂気を認めない場合もある。

だから田村の狂気には、曖昧な部分がある。狂気に見える振舞いもしているが、一方では、理知的で冷静な判断や思索もしている。そういう形で、田村は狂っているのだ。振舞いのすべてではなく、生活のある局面では異常な振舞いをしている。これは、これまで検討してきた戦争ＰＴＳＤに苦しんでいた米国人の元兵士たちと同じ症状だ。

そして、田村の異常な振舞いの切っ掛けになったのは、戦場での過酷な体験にある。戦場での過酷な体験のストレスが、知識人だった田村のそれまでの正常な振舞いを失わせたのだ。田村のその異常な振舞いは、これまで検討したように、米軍の兵士たちの異常な振舞いと同じように、戦争によるPTSDが生みだしたものだ。

また、田村は、生還率約3％のなかで、幸運にも生きて帰ってこられた。けれども、戦場を経験したことで生じたストレスに、戦後も苦しまなければならなかった。たとえば、帰国して5年後には、捕虜収容所でしていた食事の前に「叩頭(こうとう)」(182)するという儀式をふたたび始める。また内心の葛藤から、左手が右手の手首を握るという無意識の行動をもするようになる。さらに食べることをすべて拒否するようにもなる。それで狂人として精神病院に収容されることになった。

このように、復員後の田村は、日常生活を円滑に穏やかに送れない。だから、帰国を喜んでくれた妻とも離婚している。また、戦争を経験することで生じた、田村本人が言う「精神分裂病と逆行性健忘症」(186)に、戦後約6年もたつのに精神病院で(田村の演技の可能性もかんぜんには否定できないが)苦しんでいる。これらも、これまで検討してきた帰還した米軍兵士が戦争PTSDに復員後も苦しんでいる症状と、程度の差はあるが同質だ。その点で、『野火』は、これまで検討してきた、米国の戦争PTSDに苦しむ兵士を描いた作品群と共通するところがある。

まとめ

『野火』では、第二次世界大戦で、フィリピンのジャングルにひとりうち捨てられた日本人の一兵士の視点から、戦争のひとつの実態が描かれている。

だからとうぜん、米国やヨーロッパを舞台にした戦争を戦った米国人の姿を、米国人の視点から描いた、これまで検討してきた米国の作品とは違った部分がある。その『野火』独自のおもな七つの要素を指摘して分析した。その七つの要素のなかでも、とくに特徴的なカニバリズムについては、その語り方の心理的なメカニズムをふくめて、くわしく検討した。

ただしこの作品でも、主人公の田村は、戦争を経験したために生じたストレスが原因で、戦場から幸運にも生きて帰国できたけれども、その復員後の生活においては、正常なふつうの日常生活を送れなくなっている。この帰還兵士の苦難を描いている点では、これまで検討してきた戦争ＰＴＳＤを描いている米国の作品と共通している。

〔＊『野火』からの引用は『野火・ハムレット日記』（岩波文庫・１９８８年）による。〕

注

（1）Clifford 847.（2）Clifford 847.（3）油井 319.（4）Slawenski 5.（5）Slawenski 9.
（6）Slawenski 22.（7）Slawenski 115.（8）Shield & Salerno 170.（9）Shield & Salerno 172, 178.

（10）Slawenski 141-42.（11）Shield & Salerno 185.（12）Slawenski 258.（13）Slawenski 166.
（14）Wenke 37.（15）Alexander 126.（16）Wiegant 125.（17）利沢 208.
（18）Gwynn & Blotner 19.（19）Slawenski 185.（20）Shield & Salerno 170.（21）Alsen 385.
（22）田中 108.（23）高橋 146.（24）Wenke 253.（25）Antico 327.（26）新田 448.（27）Hassan 271.
（28）Miller 22.（29）Holden 123.（30）Holden 123.（31）井出 7.（32）Holden 136.（33）樋口 142.
（34）神戸新聞２０１６年８月18日.（35）Pinsker ix.（36）井上（1989）19.
（37）井上（1990）170-71.（38）麻生 91-100.（39）野間 12-15.（40）Holden 73.（41）田中 53.
（42）楢崎 113.（43）菊池 300.（44）Alexander 150.（45）野間 11-13.（46）Sweezy 91-91.
（47）陸井 305-06.（48）Kohn 28-29.（49）Kohn 29.（50）O'Sullivan 137.（51）O'Sullivan 137.
（52）Kohn 46.（53）Cohen 165.（54）Kohn 46-47.（55）Kohn 52.（56）Kohn 48.
（57）Kohn 52-53.（58）Kohn 48.（59）French 68.（60）Hamilton 93.（61）Hamilton 107.
（62）Hamilton 100.（63）Slawenski 143.（64）Salsberg（Web）.（65）Hamilton 107.
（66）渥美 233-34.（67）Slawenski 101-02.（68）Hamilton 53.（69）Hamilton 83.（70）*Franny* 49.
（71）Hamilton 49.（72）Slawenski 101.（73）Kleeman 285.（74）Baker 420.（75）Salsberg（Web）.
（76）Hamilton 100.（77）Salsberg（Web）.（78）Hamilton 86.（79）Skow & Editors 4.
（80）Skow and Editors 4.（81）French 25.（82）Alexander 100.（83）French 58.
（84）Slawenski 190.（85）McDuffie 89.（86）Brown 203.（87）Kleeman 285.（88）Hamilton 86.
（89）Mazzeo 61-74, 123-62.（90）野間 11-13.（91）今村 23.（92）McDuffie 96.
（93）Hemingway, V. 58.（94）Hemingway, V. 58.（95）島田12、吉田 334.（96）島田 12-13、吉田 334.
（97）大岡（1971）665.（98）大岡（1971）693.

引用文献

Alexander, Paul. *Salinger: A Biography*. St. Martin's Griffin, 1999.

Alsen, Eberhard. "New Light on the Nervous Breakdowns of Salinger's Sergeant X and Seymore Glass." *CLA Journal*, vol. 45, no. 3, 2002, pp. 379-87.

Antico, John. "The Parody of J. D. Salinger: Esmé and the Fat Lady Exposed." *MFS*, vol.12, no. 3, 1966, pp. 325-40.

Baker, Carlos. *Ernest Hemingway: A Life Story*. Macmillan, 1969.

Brown, Craig. *Hello Goodbye Hello*. Simon & Schuster, 2011.

Clifford, J. Garry. "World War II: Military and Domestic Course." *The Oxford Companion to United States History*. Ed. Paul S. Boyer. Oxford UP, 2001, pp. 846-48.

Cohen, Eliota. *Citizens & Soldiers: The Dilemmas of Military Service*. Cornell UP, 1985.

Fitzgerald, F. Scott. "May Day." *The Short Stories of F. Scott Fitzgerald*. Ed. Matthew J. Bruccoli. Scribner 1995, pp. 97-141.

French, Warren. *J. D. Salinger*. 1963. Twayne, 1976.

Gwynn, Frederick L. and Joseph L. Blotner. *The Fiction of J. D. Salinger*. 1958. U of Pittsburgh P, 1979.

Hamilton, Ian. *In Search of J. D. Salinger*. Heinemann, 1988.

Hassen, Ihab. *Radical Innocence: Studies in the Contemporary American Novel*. 1961. Princeton UP, 1973.

Hemingway, Ernest. *A Farewell to Arms*. 1929. Scribner, 1997.

——. *For Whom the Bell Tolls*. 1940. Scribner, 1996.

Hemingway, Valerie. *Running with the Bulls: My Years with the Hemingways*. Ballantine Books, 2005.

Holden, Wendy. *Shell Shock*. 1998. Macmillan, 2001.

Kleeman, Werner. *From Dachau to D-Day*. Ed. Elizabeth Uhlig. Marble House, 2006.

Kohn, Stephen M. *Jailed for Peace: The History of American Draft Law Violators, 1658–1985.* Greenwood, 1986.

Mazzeo, Tilar J. *The Hotel on Place Vendôme*. HarperCollins, 2014.

McDuffie, Bradley R. "For Ernest, with Love and Squalor: The Influence of Ernest Hemingway on J. D. Salinger." *The Hemingway Review,* vol. 30, no. 2, 2011, pp. 88-98.

Miller, E. James, Jr. *J. D. Salinger*. U of Minnesota P, 1965.

O'Sullivan, John and Alan M. Meckler, eds. *The Draft and Its Enemies: A Documentary History*. U of Illinois P, 1974.

Pinsker, Sanford. The Catcher in the Rye: *Innocence under Pressure* (Twayne's Masterwork Studies No. 114). Twayne, 1993.

Salinger, J. D. *The Catcher in the Rye*. 1951. Little, Brown, 1991.

——. "For Esmé – with Love and Squalor." *Nine Stories*. 1953. Little, Brown, 1981, pp. 87-114.

——. *Franny and Zooey*. 1961. Little, Brown, 1991.

——. "A Perfect Day for Bananafish." *Nine Stories*. 1953. Little, Brown, 1981, pp. 3-18.

——. "Pretty Mouth and Green My Eyes." *Nine Stories*. 1953. Little, Brown, 1981, pp. 115-29.

Salsberg, Bob. "Salinger's Letter to Hemingway to Be Displayed in Boston." *US Today*. May27, 2010. Web. http://www.usatoday. com/travel/destinations/2010-03-27-boston-salinger-hemingway-letter_N.htm. Accessed 12 August 2012.

Shields, David and Shane Salerno. *Salinger*. Simon & Schuster, 2013.

Skow, John and the Editors of *Time*. "John Skow and The Editors of *Time* – Sonny: An Introduction." *J. D. Salinger and the Critics*. Eds. William F. Belcher and James W. Lee. Wadsworth, 1962, pp. 1-7.

Slawenski, Kenneth. *J. D. Salinger: A Life*. Random House, 2010.

Sweezy, Paul. M. and Leo Huberman, eds. *F. O. Matthiessen (1902-1950): A Collective Portrait.* Henry Schuman, 1950.

Wenke, John. "Sergent X, Esmé, and the Meaning of Words." *Studies in Short Fiction,* vol. 18 no. 3, 1981, pp. 251-59.

Wiegand, William. "The Cures for Banana Fever." *Salinger.* Ed. Henry Anatole Grunwald. Harper, 1963, pp. 115-36.

麻生亨志「冷戦と文学」『ライ麦畑でつかまえて——もっと知りたい世界の名作④』田中啓史編、ミネルヴァ書房、２００６年、９１～１００頁。

渥美昭夫「フィッツジェラルド——人と作品」『フィッツジェラルド作品集１』荒地出版社、１９８１年、２３３～４５頁。

井上謙治「戦争小説とサリンジャー」『英語青年』１９８９年11月号、１８～１９頁。

——.「戦争作家としてのサリンジャー」『ユリイカ』１９９０年3月号、１６５～７１頁。

井出達郎「遅れた手紙、壊れた時計——J・D・サリンジャー「エズメに——愛と悲惨を込めて」における祈りの時間性」『東北学院大学論集（英語英文学）』98号、２０１４年、１～１８頁。

今村盾夫「誰がために鐘は鳴る」『ヘミングウェイ大事典』今村盾夫・島村法夫監修、勉誠出版、２０１２年、２１～２４頁。

大岡昇平『野火・ハムレット日記』岩波文庫、１９８８年。

——.『レイテ戦記』中央公論社、１９７１年。

菊池邦作『徴兵忌避の研究』立風書房、１９７７年。

神戸新聞「太平洋戦争の戦傷病で療養、全国でなお２３８人」２０１６年8月18日。

陸井三郎『ハリウッドとマッカーシズム』筑摩書房、１９９０年。

サリンジャー、J・D・『ライ麦畑でつかまえて』（白水Uブックス）野崎孝訳、白水社、１９８４年。

――――.『キャッチャー・イン・ザ・ライ』村上春樹訳、白水社、2003年。

島田雅彦『大岡昇平　野火』(NHK100分de名著)NHK出版、2017年。

高橋美穂子『J・D・サリンジャー論――「ナイン・ストーリーズ」をめぐって』桐原書店、1995年。

田中啓史編『サリンジャー　イエローページ』荒地出版社、2000年。

楢崎寛「ホールデンの戦争と平和」『ライ麦畑でつかまえて――もっと知りたい世界の名作④』田中啓史編、ミネルヴァ書房、2006年、112～24頁。

新田玲子『サリンジャーなんかこわくない』大阪教育図書、2004年。

野間正二『「キャッチャー・イン・ザ・ライ」の謎をとく』創元社、2003年。

樋口健二『忘れられた皇軍兵士』こぶし書房、2017年。

油井大三郎「第四章パックス・アメリカーナの時代」『アメリカ史2』有賀貞一他編、山川出版社、1993年、319～424頁。

吉田凞生「大岡昇平年譜」『群像　日本の作家19　大岡昇平』大岡信他編、小学館、1992年、331～39頁。

利沢行夫『J・D・サリンジャー　成熟への憧憬』冬樹社、1978年。

第四部　ベトナム戦争

ベトナム戦争と米国

インドシナ半島にあるベトナムはもともとフランスの植民地だった。ところが1940年6月に、宗主国フランスがドイツとの戦争に敗れたことで、1941年からは、日本軍が一時的に侵出していた。だが1945年8月には、日本が第二次世界大戦に敗れたので、ベトナムでは、同年9月2日に、ホー・チ・ミンがベトナム民主共和国の樹立と日本からの独立とを宣言した。

ところが1946年11月には、そのベトナムと旧宗主国のフランスとの間で戦争が始まった。この第一次インドシナ戦争は、1954年にフランスの実質的な敗北で終わった。

その結果、ベトナムは北緯17度線を境にして、いわゆる北ベトナムと南ベトナムとに分断した。米国はドミノ理論を根拠にして、南ベトナムの政権を強力に支援した。〔＊ドミノ理論は、一国が共産主義化すると、これに隣接する国々がドミノ倒しのように次々と共産主義化するという考え方。〕

その南ベトナムの国内にも、北ベトナムに近い反政府勢力がいて、1960年からは南ベトナム解放民族戦線（ベトコンと俗称された）と名のって、武力闘争を続けた。それにたいして、米国は1960年から軍事顧問団を派遣し、さらに1965年3月8日には、3千500人の地上軍を派遣した。それ以来、戦闘が激化するにつれて、米軍兵士の派遣数は増えつづけた。1968年末には53万6千人にまで達した[1]。

なお、1964年からは韓国、オーストラリア、フィリピン、ニュージーランドが、翌年からはタイが軍人を南ベトナムに派遣するようになった[2]。

米国が、ベトナム戦争に本格的に介入する契機となったのは、トンキン湾事件だ。それは、1964年8月2日と4日、トンキン湾の公海上で米国駆逐艦マドックスが北ベトナム軍の攻撃を受けたと発表された事件。その事件を知らされた米国民は、ジョンソン政権がくだした報復の北ベトナムへの爆撃を支持した。

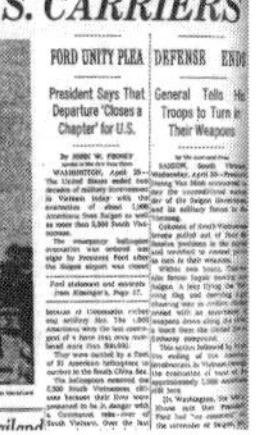

"All the News That's Fit to Print"

The New York Times

LATE CITY EDITION

NEW YORK, WEDNESDAY, APRIL 30, 1975

MINH SURRENDERS, VIETCONG IN SAIGON; 1,000 AMERICANS AND 5,500 VIETNAMESE EVACUATED BY COPTER TO U.S. CARRIERS

U.S., GREECE AGREE TO END HOME PORT FOR THE 6TH FLEET

Air Base of Americans at Athens Is Also Closed, but Some Facilities Remain

FORD UNITY PLEA

President Says That Departure 'Closes a Chapter' for U.S.

DEFENSE ENDS

General Tells His Troops to Turn in Their Weapons

74 Saigon Planes Fly 2,000 to Thailand

サイゴン陥落を報じる新聞

しかしこのトンキン湾事件の8月4日の方は、実は、米国側がベトナムの領海を侵犯し、北ベトナム側の攻撃を挑発した結果、発生したことが後年あきらかになった[3]。米国が北ベトナムとの戦争を正面から始めるための、仕組まれた事件だったのだ。その後の2003年のイラク戦争で、在りもしなかった大量破壊兵器の隠匿（いんとく）が攻撃の口実に使われたのと同じだ。国家権力は、どこの国でも、いつの時代にも、開戦の支持を国民から得るためには、策をめぐらし口実を作りだすものである。〔*満州事変もロシアのウクライナ侵攻も然りだ。〕

さて、そのベトナム戦争は、1975年5月1日に、南ベトナムの首都サイゴンが陥落して終結した。米国がアジアの小国の北ベトナム側の勢力に負けたのだ。米国にとっては、初めての負け戦だった。１９７６年には北ベトナムと南ベトナムとは、ベトナム社会主義共和国として統一された。

長引いた戦争は、多くの犠牲者を生んだ。南ベトナム兵士約35万人以上、北ベトナム軍兵士50万から１００万人、米軍兵士約５万８千人の死者をだした[4]。なお、この戦争では、民間人と戦闘員との区別が難しいところがあるが、『ブリタニカ国際大百科事典小項目事典』（電子版）は、ベトナム側の発表では、戦場となったベトナムの民間人の死者は約２００万人としている[5]。

このベトナム戦争は、米国人兵士に死者約５万８千人のほかに、約30万人の戦傷者を生んだ[6]。それだけでなく、約２７０万人の退役軍人を生んだ[7]。だから、このベトナム戦争は、第一次世界大戦がヨーロッパ人にあたえたのと同じような精神的な影響を、米国民にあたえたと言われている[8]。

ティム・オブライエン

ティム・オブライエン

ウイリアム・ティモシー・オブライエンは、中西部のミネソタ州オースティンで１９４６年10月１日に生まれた。１９６４年にミネソタ州セントポールのマカレスター大学に入学し、１９６８年に同大学を優等で卒業した。

オブライエンの研究書

当時のオブライエンは、ベトナム戦争に心情的には反対していた。それで召集令状が来たときには、カナダへ逃亡して徴兵拒否をしようかとも考えた。だが結局、徴兵に応じて陸軍の歩兵部隊に１９６８年８月に入隊した。

１９６９年初頭から13カ月間ベトナムでの任務についた。その間の１９６９年春には、ソンミ村を訪れた。その時には世間にはまだ知られていなかったが、ソンミ村では約1年前の3月に、米軍によって村民の大虐殺がおこなわれていたのだった。1969年5月に戦場で負傷したが、1970年3月には、ブロンズスターなど数個の勲章を授与されて軍曹で除隊した。

帰国するとすぐにハーヴァード大学大学院に進学し、その間に『ワシントンポスト』紙のインターンをし、また『プレイボーイ』などの雑誌にエッセイや短編などを寄稿した。ベトナム戦争での経験をもとにしたそうした小品を集めて、第1作『僕が戦場で死んだら』(*If I Die in a Combat Zone, Box Me Up and Ship Me Home*) を1973年に出版。同年に、アン・ウエラーと結婚した。(1995年には離婚。2001年にメレディス・ベイカーと再婚した。)

1978年には、全米図書賞を受賞した『カチアートを追跡して』(*Going After Cacciato*) を発表。この長編では、悪夢のようであったベトナム戦争が、語り手のバーリン一等兵の回想と経験と夢とを通しておもに語られている。しかもそこでは、なにが耐えがたい現実で、なにがひどい悪夢にすぎないのかが判然としない。オブライエンの今後の作品群に通底する、虚と実の境界が曖昧な物語世界が展開されている。

その後1985年には、ベトナムの戦場から離れ、60年代の米国を舞台にした小説『ニュークリア・エイジ』(*The Nuclear Age*) を、同じように米国を舞台にした『世界のすべての七月』(*July, July*) を2002年に出版した。一方で、1990年にはベトナム戦争とかかわる小品を集めた、ノンフィクションとみなされることもあった『本当の戦争の話をしよう』(*The Things They Carried*)

を出版。また1994年には、1986年の米国のミネソタを舞台にしているが、物語の核心にはベトナム戦争がある『失踪』（*In the Lake of the Woods*）を出版した。なお同じ1994年には、恋人のケイト・フィリップとベトナムを初めて再訪し、かつての戦場やソンミ村に行っている。

長編『失踪』

長編『失踪』(*In the Lake of the Woods*) のおもな時代背景は、1986年9月から10月。おもな場面は、ミネソタ州の北部のカナダと国境を接するレイクオブザウッズ湖の湖岸の貸別荘とその周辺。

〔＊原題の *In the Lake of the Woods* は、この実在の湖の名レイクオブザウッズから採られている。〕

この貸別荘は、もっとも近い人家まで「約1キロ半」、舗装した道路まで「約13キロ」(83)、管理人の家まで「約1キロ半」(55) も離れていた。孤立した一軒家だったのだ。

その人里離れた貸別荘に、上院議員の予備選挙で大敗した41歳のジョン・ウェイドと妻の38歳のキャシーが、選挙結果がでた直後にやって来る。心の傷や疲れを癒すためだった。

ところが、やって来て8日目に、妻のキャシーが失踪する。

『失踪』の表紙

その妻の失踪について、一緒にいた夫のジョンは原因が思いあたらないと、警察や関係者に証言している。そしてキャシーの失踪から、約1カ月後には、ジョン自身も失踪する。ここで、この小説は終わっている。妻の失踪で始まった事件が、その夫の失踪で終わっているのだ。〔＊そのことが、この作品の邦題が原題の直訳ではなく、『失踪』に変えられた理由のひとつだと思われる。〕

失踪の核心にあるベトナム戦争

先の大まかな要約で明らかにしたように、作品の時代背景は1986年で、その場面はミネソタだ。だからこの作品は、一見すれば、ベトナム戦争との関連はあまり無いようにみえる。しかし実は、この失踪物語の核心には、ベトナム戦争がある。

主人公のジョン・ウェイドがベトナム戦争からの帰還兵だったからだ。しかもジョンは、日本ではソンミ村虐殺として知られている戦争犯罪に加わっていたのだ。〔＊作品中ではソンミの虐殺は、トュアンイェンあるいはミライの虐殺とも表記されている。〕

ソンミ村の虐殺は、1968年3月16日、米兵たちが、作中でも描かれているように、倫理的に許されない方法で[9]、ソンミ村の約5百人の赤ん坊をふくむ民間人を殺害した事件。〔＊米国側は犠牲者を347人以上、ベトナム側は504人としている[10]。〕

米兵はソンミ村では、ニワトリから家畜、そして犬、もちろん人間までも、殺せるものは何でも殺した[11]。このソンミ村の残酷で悲惨な光景は、旧約聖書の「ヨシュア記」の「彼らは、男も女も、若者も老人も、また牛も、ろばに至るまで町にあるものはことごとく剣にかけて滅ぼし尽くした。[12]」という光景を再現したようなものだった。

戦争と敵愾心(てきがいしん)は、時には信じられないような狂気の振舞いに人を駆りたてるのだ。これまでの戦場における数多くの残酷きわまる暴虐や虐殺の歴史が、それを証明している。認めたくはないが、それが人間の事実だ。

この「ヨシュア記」に描かれたエリコの町の惨状を再現したような恥ずべき事態を、当時の米軍は、とうぜんながら隠そうとした。しかし1969年12月には、シーモア・ハーシュなどのジャーナリストたちの努力によって、この虐殺は明るみにだされた。『ニューヨーカー』や『タイム』や『ライフ』や『ニューズウィーク』などの大きな影響力をもつマスメディアも、その醜悪な事実を写真つきで報道した[13]。

米国民だけでなく世界中の人びとが、その卑劣な戦争犯罪に驚愕し、その戦争犯罪を憎んだ。その大虐殺にジョンも加わっていたのだ。その18年前の隠していた恐ろしい恥ずべき事実が、上院議員の予備選挙において、対立候補者によって、新聞を使って暴露された。結果、ジョンは地滑り的な大敗をきした。

その旧悪の露見は、これまで夫婦が営々として築いてきたジョンの政治家としてのキャリアを雲散霧消させた。それだけでなく、妻のキャシーを「狂乱の、まさに狂乱の」(296)状態におちいらせるショックをもたらした。また、夫婦を孤立した貸別荘にも導いているから、キャシー失踪の間接的だが大きな原因ともなっている。

キャシーの失踪は、この物語の中心にある出来事だ。だからこの物語では、ベトナム戦争が、とりわけソンミ村の虐殺が物語の核心にある。

実際、この作品によって、オブライエンは、ベトナム戦争を描いた作家のなかで最高の地位を確実なものにしたと言われている[14]。また、「米国におけるベトナム戦争についてのもっとも重要な書き手[15]」とみなされることになった。たしかに、この小説は、歴史関係の作品にあたえられる「フェニモア・クーパー賞」（1995年）を受賞している。

また、『タイム』誌による「1994年度のベスト小説」にも選ばれた。さらにテレビドラマ化もされた。オブライエンの小説のなかで商業的にももっとも成功した作品となっている[16]。

ポストモダンな小説とみなされる理由

この作品を大まかに要約すれば、なぜキャシーは貸別荘からとつぜん姿を消したのかという「中心的な謎[17]」が、おもに夫のジョンの視点から語られている。だからこの作品を、「心理ミステリー[18]」だと解する研究者もいる。

ところが、そのおもな語り手だった夫のジョンも、作品の最後では失踪して行方不明になる。謎で始まったものが、謎が解消せずに、謎が深まって終わっている。従来の伝統的な謎解きミステリーではない。そのことが、少なくとも4人の研究者が[19]、この作品をふつうの伝統的な小説を越えたポストモダンな小説と分類する理由のひとつだ。

さらに、その謎のままで作品が終わるということ以外に、この作品がポストモダンとみなされる要因のひとつに、作品の語り方の独自の工夫がある。

たしかに、キャシー失踪の物語の主筋の大部分は、夫のジョンの視点に入りこんだ語り手によって語られている。ジョンが見たことや感じたことや思ったことが、ちょくせつ語られているのだ。また、物語の一部は、キャシーの視点に入りこんだ語り手によっても語られている。

しかしキャシーだけでなく、ジョンも最後には失踪している。だから、このウェイド夫妻の失踪の物語を、失踪した本人たちが語ることは、論理的にはありえない。そこで、とうぜんながらその語り方に工夫が必要となる。

もっともふつうに考えられる工夫は、すべてを見通している全能の神のような語り手を導入することだ。しかし作者オブライエンは、別の語り方を選んだ。「私」を自称する語り手を、作品中に導入したのである。そして「私」を、ウェイド夫妻の失踪に関心をもち、その失踪の謎を追究しようとする作家と設定した。〔＊これ以降、「私」を自称する作中の語り手を、「語り手の私」と表記する。〕

この「語り手の私」は、作品中にわざわざ「仮説」という章を八つたてて、また「証拠」という章を七つたてて、そのそれぞれにおいて、「語り手の私」を自称するかたちで作品中にちょくせつ姿を現す。そのうえ、「語り手の私」は、自分が語ったことを補強するために、作品中に独立した１３６個もの「注釈」さえもつけている。

この点においてᅳ伝統的なふつうの小説の語り方から外れている。この特異な語り方が、先に指摘しておいたように、ポストモダンと呼ばれるもう一つの理由だ。

その結果、このキャシー失踪の物語が、その多くがジョンの視点から語られているにもかかわらず、「語り手の私」によって語られている物語であるのを、読者は読んでいる途中でもつよく意識することになる。

読者は、キャシー失踪の物語の世界に無条件に没入するのを妨げられるのだ。「語り手の私」が語っている物語であるのを、つまり「語り手の私」の存在を意識せざるをえない。特異なこの語り方の工夫を、ワージングトンはメタフィクション的と呼んでいる[20]。

そのうえ、この作品では、おもにジョンの視点から語られているキャシーの失踪の物語の途中に、先に述べたように、「語り手の私」がちょくせつ語る「証拠」や「仮説」や「注釈」が介入してくる。だから失踪物語は中断され、断片化される。物語のなかの時間の流れも中断される。

そして「語り手の私」が語る部分では、失踪物語のなかの出来事が、ジョンの視点とは別の視点と解釈から、別のコンテキストで語られている。

作品全体からみた場合、失踪物語のなかの出来事が、ジョンの視点からだけでなく、「語りの私」の視点からも語られることになる。とうぜん時間の流れが切断される。その時間も前後もする。物語の時間の流れもジグザグになる。

この作品では、物語は時間の流れに沿って直線的には展開してゆかないのだ。このことも、『失踪』

がポストモダンな作品とみなされる三つ目の理由だ。

「語り手の私」と作者オブライエン

「語り手の私」は、作中のジョンと同じように、ベトナム戦争に歩兵の上等兵（PFC）として加わっている。そしてジョンに深刻な影響をあたえたソンミ村虐殺の現場に、その事件から「1年後」（203 n）に行っている。〔＊（203 n）は、原文の203頁にある「注釈」をさす。以下同じ。〕そうした体験をふくむ、ベトナムでの経験によって、「語り手の私」の心は傷つき、「ジョンと同じような」（301 n）心の傷を負ったと感じている。

ベトナム戦争で心が傷ついた「語り手の私」は、同じベトナム戦争をほぼ同じ時期に戦ったジョンの失踪にたいして熾烈（しれつ）な関心をもった。それで「語り手の私」は、キャシーの失踪事件とその後のジョンの失踪を追究しようという気になったのだ。そのことが分かる仕掛けになっている。

ところで、「語り手の私」と作者オブライエンとは、どう違うのだろうか。たしかに、「語り手の私」も作者オブライエンも、上等兵（PFC）として陸軍に入隊し、ソンミ村の虐殺から約1年後にソンミ村を訪れている[21]。また、両者とも、ベトナム戦争で心が傷ついている。さらに両者は、ベトナム戦争からの帰還兵の心の傷に関心をもっている作家である点でも共通している。

こうした三つの共通点を考えれば、「語り手の私」は、作家オブライエンの「ペルソナ[22]」だという考えは否定できない。しかし「語り手の私」は、作家のペルソナではあるが、作家自身ではない。

そのことを、オブライエン自身はきちんと意識していたと思われる。たとえば、オブライエンは、ノンフィクションと誤解されることもあった自著の『本当の戦争の話をしよう』で典型的にみられるように、フィクション（虚）とファクト（実）との境界の曖昧さを意図的に創りだし、それを小説の効果として利用しようとした作家だからだ。

読者も、そのことを意識しながら、この作品を読む必要がある。安易に、「語り手の私」は、作家オブライエンだとみなして、安心してはいけない。「語り手の私」はオブライエン自身ではない、オブライエンが創りだした作中の登場人物のひとりとみなして読むべきなのだ。

「語り手の私」について

ベトナム戦争で心が傷ついた作家である「語り手の私」は、ベトナム戦争で心が傷ついた帰還兵士につよい関心をもっていた。だからこそ「語り手の私」は、ベトナム戦争が終結してから10年以上もたった1986年に起こったウェイド夫妻の失踪事件に関心をもったのだ。

しかも、その失踪事件から約3年も経過してからの1989年12月4日に、その事件をよく知っている貸別荘の所有者のルース・ラスムッセンと、ジョンの母親のエレノア・ウェイドとへのインタビューを始めている。そして多くの関係者へのインタビューを続け、最後には1994年3月1日に、ジョンが中学のときの先生でインタビューで終えている。

「語り手の私」は、ウェイド夫妻の失踪事件が起きてから、約7年間もその事件に関心を持ちつづけている。関係者にインタビューを始めてからも、4年以上にわたって長期間、ウェイド夫妻の失踪の謎を追いつづけているのだ。さらに「証拠」の章からもあきらかなように、ベトナム戦争や戦争にかんする資料や書物を博捜し読みこんでいる。ウェイド夫妻の失踪の謎に、つまりベトナム戦争が帰還兵士にもたらしたものに迫りたいという、「語り手の私」のつよい持続する意志が読みとれる。

しかしその結果を、「語り手の私」は、「4年間の懸命の努力のあとでさえも、私に残されたものは推測と可能性とを超えるものはほとんどなかった」（30n）とか、「私たちが手に入れたもののすべては推測にすぎなかった」（53）と語っている。

あるいは、「（キャシーの失踪について）確定されたものは何もないし、解決されたものも何もない。」（304n）とも語っている。また、ジョンについても、「……彼は知りようがない。別人なのです。…（中略）…私にとって、彼の魂は絶対に入りこめない知りえないものです」（103n）と語っている。

さらに、「もし読者が（事件の謎の）解決を求められるなら、この本のページを越えたところに眼を向けていただくしかない」（30n）とまで語っている。

それでもウェイド夫妻の失踪の物語を語った理由を「（彼が失踪したこと以外は）すべて推測だ。解答はないが、謎そのものが私をつき動かす。」（269n）と説明している。

事実を捜しもとめる「語り手の私」

この作品は、キャシーだけでなく、夫のジョンまでも失踪して行方不明になって終わる。孤立した別荘に、二人きりでいた当事者の二人が、ともに姿を消しているのだ。その二人の失踪で終わるこの物語を、事実として語れるのは、神以外誰もいない。それは、「すべては推測だ」と告白している「語り手の私」の言うとおりだ。

しかし作家オブライエンは、「語り手の私」を使って、ウェイド夫妻の失踪を「できるだけ忠実にかつ正確に再現しよう[23]」としている。オブライエンは、フィクションである小説『失踪』を書こうとしながらも、「語り手の私」を使って、フィクションではなく、ノンフィクションを語るスタンスをとっているのだ。このねじれが、この小説の特異な点だ。

その結果、たとえば「語り手の私」は、この物語の中心にあるキャシーの失踪の謎について、「仮説」や「証拠」の章において、要約すると、つぎのような六つの可能性をしめしている。

（1）夫の振舞いが怖くなって、夫のもとからひとりで逃亡した。

（2）夫のもとから恋人の手引きで逃亡した。

（3）湖で偶発的な事故に出会ったか、あるいは迷子になって行方不明になった。

（4）湖でみずから命を絶って、行方不明になった。

（5）夫とともに新天地で新しい人生を送るために、夫と共謀して失踪した。

（6）夫に殺害されて、死体はボートともに湖底に沈められた。

この六つの可能性を、「語り手の私」は語る。

けれども、そのどの可能性に与（くみ）するかは語らない。六つの可能性を並列的に提示するだけだ。また、この六つの可能性のどれかを否定するような証拠も語らない。「語り手の私」は、手の内を明かして、すべての可能性を列挙して、読者にその解答を選ばせようとしている。

だから作者オブライエンは、ファレルの言うように、キャシーの失踪の謎の解答を読者にあたえるのを「かたくなに拒絶している[24]」ともいえる。「語り手の私」は、自分の主観的な意見ではなく、客観的な事実と思われるもののみを語ろうとしているのだ。

そのための手段が、伝統的な小説ではありえないこの作品独自の、「語り手の私」がちょくせつ語る「仮説」であり、「証拠」であり、１３６個の「注釈」なのである。

だから結果的に、この特異な「語り手の私」は、この失踪事件についての特定の見方を強制しない。読者がそれぞれ自分のものの見方で、この失踪事件を解釈する自由を与えている。むしろ読者は、この物語にたいする自分なりの解釈をすることを強いられている。あるいは、読者はこの物語を完成させる役割の一端を担わせられているともいえる。

また「語り手の私」は、間接的に、現実の出来事の背後にひそむ真実は、人間には分からないし、語れないことを読者に伝えているともいえる。こうしたもろもろの特徴は、先に指摘した、この作品がポストモダンと呼ばれるゆえんでもある。

ジョンのキャリア

この小説の中心人物ジョンは１９４５年に生まれた。１９６７年に大学を卒業するとすぐに陸軍に上等兵（PFC）として入隊。1968年にはベトナムへ派遣された。二度負傷して、1969年11月に軍曹（Buck Sergeant）で除隊し帰国した。〔＊作者オブライエンは、1946年に生まれ、1968年に大学を卒業するとすぐに上等兵として陸軍に入隊し、1969年から約1年間ベトナムに派遣され、1970年に軍曹で除隊している。〕

ジョンは1970年にキャシーと結婚して、その3年後には司法試験に合格した。弁護士になり、政治と関わるようになった。1976年にはミネソタ州議会議員に当選し、1982年にはミネソタ州副知事に就任した。そして1986年にはミネソタ州の上院議員の予備選挙に出馬した。政治家として順調に成功していたのだ。

ジョンのように、ベトナム戦争からの帰還兵が政治の世界に進出して成功することは、1980年代の米国では珍しいことではなかった。たとえば、ベトナム戦争からの帰還兵で、定員百名の上院議員まで上りつめた有名な人物だけでも、ジョン・マケイン、ボブ・ケリー、アル・ゴア、ジョン・ケリー、チャック・ヘーゲル、マックス・クリーランドなどがいる。

その6人のなかでも、この作品を読むうえで興味ぶかい人物は、ボブ・ケリーである。というのは、ボブ・ケリーの経歴とジョンの経歴は、つぎの六つの点で似ているからだ。〔＊ジョンの経歴は斜線「／」の以下でしめす。〕

（1）ボブ・ケリーは1943年に生まれている。／作中のジョンは1945年に生まれている。

（2）ケリーは1968年に海軍に入隊し精鋭の特殊部隊シールズ（SEALs）に配属されている。／

ジョンは1967年に陸軍の歩兵部隊に入隊している。

（3）ケリーはベトナムで片足を失ったあと、1969年に中尉で退役している。／ジョンは二度の負傷のあと1969年に軍曹で退役している。

（4）ケリーは1970年に国家が与える最高の勲章である栄誉賞（The Medal of Honor）を受賞している[25]。／ジョンも格下ではあるが勲章を複数受賞している。

（5）ケリーは退役後にレストランチェーンで成功したあと、1982年から1986年までネブラスカ州の知事になっている。／ジョンは1982年から1986年までミネソタ州の副知事になっている。

（6）ケリーは1988年から2000年まで上院議員になっている[26]。／ジョンは1986年の上院議員の予備選挙に出馬している。

現実のケリーが上院議員になるまでの経歴は、作中のジョンのものと驚くほど酷似している。ジョン・ウェイドの人物造形には、当時の米国の政治の現実が反映されているのだ。

さらに二人の間には、作家が意図したわけではないが、はからずも現在の読者には興味ぶかい類似点がある。

ケリーは、1969年2月25日に指揮していた特殊部隊シールズの部下の6名とともに、メコンデルタのターンフォンで老人や婦女子など民間人を20人以上殺害したのだ[27]。この事は、部下のゲアハード・クランの告発によって、2001年4月24日に明らかにされた[28]。

告発者のクランは、ケリーの命令による意図的な虐殺であったと主張した。しかしケリーは、20人以上の民間人を殺害したのは認めたが、虐殺は故意ではなかったと、自己弁護の主張をした[29]。どちらの主張が正しいかは、今となっては分からない。だが、ケリーもジョンと同じく、ベトナム戦争においてベトナムの民間人の虐殺したのだ。二人はその経歴が似ているだけでなく、ベトナムの民間人を虐殺した点でも共通している。

ここからは余談になるのだが、さらに興味ぶかい点がある。ケリー元中尉はソンミ村虐殺におけるウイリアム・カリー中尉と同じく、その現場の指揮官だった。だが、クランの告発は、マスコミの話題にはなったが、その告発によって、ケリーの行為が戦争犯罪として裁判にまで至ることはなかったことだ。

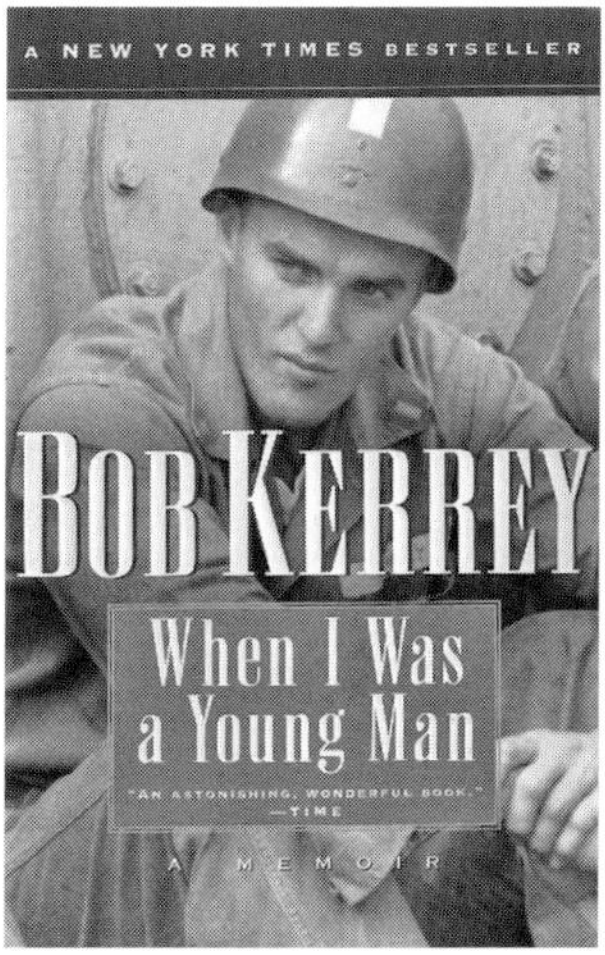

ボブ・ケリーの自伝

それは、クランの告発が事件から約32年後だったからかもしれない。また、ケリーが特殊部隊シールズの隊長だったからかもしれない。結局、ケリーは任務を遂行したのだという考えを世間は受けいれたのだった[30]。そのことは、クランの告発が、著名人としてのケリーの経歴に決定的なダメージを与えることがなかったことからも分かる。たとえばケリーは、この告発以降も２０１０年まで、ニュースクールという大学の学長を続けている。

一方で、オブライエンが創造したジョンは、兵士のひとりとして虐殺に加わっていた事実が公になると、すべてを失っている。

たしかに、それはベトナム戦争が終わって11年後の1986年のことだった。しかし作者のオブライエンは、それから15年後には、虐殺の指揮官ですら告発されても、裁判すら開かれないという現実が生じることを予測できていただろうか。

わたしには、作家の想像力をも超えた現実のすさまじい変化のように思える。しかし一方で、それはそれで、米国の興味ぶかい現実を目の当たりにした気もする。

さて、話をもとに戻すと、以上から、作中人物のジョン・ウェイドのキャリアは、1980年代の政治状況、とりわけ現実の政治家ボブ・ケリーなどにインスピレーションを受けて創りだされたと思われる。

ジョンのソンミ村での経験

ジョンは、先でも述べたように、世界中から非難の声があがったソンミ村の虐殺に、兵士のひとりとして加わっていた。

ただしジョンは、カリー小隊の一員ではあったが、ソンミ村の虐殺に積極的に加わっていたわけではなかった。その無差別の殺戮(さつりく)には、むしろ批判的だった。「やめろ」とか「お願いだ!」(109)という言葉を叫びながら、その虐殺現場から遠ざかろうとしていた。

しかし無差別の殺戮の異常な雰囲気のなかで、ジョンの言葉を使えば「太陽の光」(205)のせいで、ジョンも冷静さを欠いていた。〔＊「太陽の光」とは、カミュの『異邦人』(1942年)のムルソーを想起させる言葉だ。だが「語り手の私」は、ジョンがキャシーを殺害したと仮定したときにも、夜中の出来事なのに、その殺害のひとつの理由として、まず「太陽の光」(276)を、ついで「太陽の光の欠如」(276)をあげている。「太陽の光」には特別の含意があると思われる。〕

冷静さを欠いていたジョンは、「木製の小さな鍬(くわ)」(111)をもっていた老人を、銃をもった敵兵のべトコンだと見誤り撃ち殺してしまう。さらに、ジョンが用水路に逃げこんだとき、とつぜん用水路を覗きこんだ仲間のウエザビー上等兵を、「反射的に」(75)発砲して「撃ち殺してしまう」(112)。

たしかに、ジョンはソンミ村の虐殺に積極的に加わったわけではない。ただし作家オブライエンは、虐殺の現場に居合わせただけだとしても、「その場に居合わせたことがじゅうぶんに罪悪なのだ[31]」と、別の作品の帰還兵士に語らせている。

もちろんジョンは、先にも述べたように、その場に居合わせて、戦友たちの非道な虐殺を目撃していただけではない。自分自身も民間人の老人ひとりと戦友のひとりとを殺害している。戦場とはいえ、また、その意図はどうであれ、罪を犯したのだ。「語り手の私」も「最終的には、この日の重みが耐え難いものになるだろうという気がジョンには生じた」(110)と解説している。

しかしジョン自身は、「こんなことは起こりえない。だから起こらなかったのだ。」(111)と、自分に言いきかせて、現実のこの重い出来事を心から消しさろうとしている。そしてそれは、それなりの効果があったとも解説されている。

しかしもちろん、ソンミ村でのこのショッキングな出来事の経験と記憶は、ジョンのその後の人生に大きな影響をあたえた。

ソンミ村での経験の影響

まず、この虐殺を経験した直後から、ジョンは「戦争のなかで自分を忘れよう」(271)として、「異常に危険なこと」や「考えられないような行動」(271)を、あえて行うようになった。その結果、重傷をふくむ2度の負傷をした。その負傷の「痛み」(271)こそが、ジョンの身体と心とがバラバラになるのをかろうじて防いでいたと、「語り手の私」は説明している。

逆にいうと、ソンミ村での経験は、ジョンの身体と心とがバラバラになるような強烈な傷を心に残したのだ。その結果ジョンは、その心の傷の痛みから逃れるには、生命の危険に身をさらすという瀬戸際に身を置くか、負傷の痛みに身をゆだねるより仕方のない状況に追いこまれていたのだ。

つぎの影響は、ほんらい約1年で帰国する任務だったのを、ジョンはみずからの意思で、ベトナムに約1年間さらに留まることを決めたことに見いだせる。

さらに1年間延長した理由を、「(ソンミ村の虐殺を経験したあとでは)ジョンは自分のなかの確たる部分との繋がりを失ってしまった。その泥沼から身を救いだせなかった。」(150)からだと、「語り手の私」は説明している。だが、この説明は、漠然としていてよく分からない説明だ。

ジョン自身も、恋人キャシーへの手紙のなかで「いつか説明できる日が来るかもしれないが、しかし今すぐにこの地を離れることはできない。私はいくつかの事をやらねばならない。それをやってしまわないと、どうしても帰れないのだ。正しいやり方ではないから。」(150)とのみ書き送っている。このジョン自身の説明も、やはり漠然としていてよく分からない説明だ。

恋人のキャシーは誰よりも、ジョンの無事と一刻も早い帰国とを待ちのぞんでいた。そのキャシーにさえも、ジョンはさらに1年間戦場に残る理由を、言葉をつくして説得的に説明しようとはしていない。(ここにも、ジョンの性格の一端が現れている。)

しかし戦場で滞在をさらに1年間延長することは、キャシーとの再会が1年延びるだけではない。戦死をふくむ戦傷の可能性がさらに1年間延びることを意味する。それは生死を賭けた決断だった。

そのことから逆に、ジョンにとっては、ソンミ村での経験は生死を賭けなければならないほどの重大な意味をもっていたのが分かる。

このままでは帰国できない。さらに1年間戦場に残る。この重い決断は、その1年の間に帰国できる確たる根拠や理由がやがて見いだせるだろう、という確信があっての決断ではなかった。

だからキャシーへの先の手紙は、相手の気持ちを考えないジョンの酷薄な一面をあらわしている。それは確かだ。しかし一方で、ジョンの内実をも正直に語ってもいる。

1年滞在を延長したのは、命の危険にさらされ続ける戦場に身を置くことで、ソンミ村での自分の行動や経験の意味を、リアルな状況で反芻しようとしていたのかもしれない。あるいは、命をかけて国家に兵士として奉仕することで、ある種の償い、ある種の「禊[32]」、ある種の「自己処罰[33]」をしようと、漠然と考えていたのかもしれない。

しかし偶然という運命が、ジョンのうえに働く。2年目の兵役の任期が切れる「2カ月前」(272)に、ジョンは負傷した。それで前線から離れて、大隊本部のデスクワークの仕事に就くことになった。

そのことによって、ジョンはベトナムでの自分の経歴を改竄するチャンスを手に入れた。事務所に

〔＊オブライエンも1969年5月に戦場で負傷して、同年秋から大隊本部のデスクワークに就いている[34]。〕

ひとり閉じこもって、実際にはチャリー中隊に属していたのに、書類上はアルファ中隊に属していたかのように書きかえた。〔＊アルファ中隊はオブライエン自身が属していた中隊名[35]。〕

ソンミ村の虐殺とは無縁の兵士であることを、関連する文書を書きかえて書類上は証明した。その改竄は百パーセント完璧ではなかったが、うまく行きそうにも思えた。

その書き換えを終えたことは、ソンミ村の虐殺の経験を、書類上では消去できたことを意味していた。公文書改竄という罪を犯すことで、ジョンはソンミ村の虐殺とある種の折合いを無理やりつけたのだった。ジョンには、もはやベトナムにさらに留まっているべき特段の理由が表面的にはなくなった。

書き換えを終えてから「一週間後」(272)に、ジョンは一種の安堵感や達成感と、それでも残る苦悩と不安と罪悪感とを抱えて米国に帰還した。

帰還兵ジョンのさらなる苦難

ジョンは、ソンミ村での経験とある種の折合いを無理やりつけて、米国に帰国した。しかしもちろん、神知る我知る、というわけだ。ソンミ村虐殺の経験を消しさることはできない。心の内なる傷も消しさることはできない。

そのうえ、とうぜんながら、米国に帰国したジョンは、ソンミ村の虐殺に加わっていたという事実を隠さねばならなくなった。自分の恥ずべき過去の事実を隠しとおさねばならないという、さらなる重荷を心に背負わねばならなくなった。

心の重荷は、他人に告白することで、少しは軽減できる。それが人間の姿だ。その手段さえも、ジョンはみずから放棄せざるをえなかったのだ。最愛の恋人で、帰還して約半年後には結婚するキャシーにさえも、その心の重く苦しい秘密をうち明けることができない。心に、重い秘密をひとりで抱えて生きてゆかざるをえなくなったのだ。

さらにジョンは、その苦しみに追討ちをかける事態に直面しなければならなかった。帰国した1969年11月の約1カ月後から、ソンミ村の虐殺事件が報道され始めたのだ。マスメディアの写真つきの報道によって、残忍な虐殺事件を非難する声が世界中でまき起こった。そうした世論におされて、米軍も1970年11月から翌年の3月まで、ソンミ村の虐殺を裁く軍事法廷を開いた[36]。

しかしジョンは、ソンミ村の虐殺にカリー小隊の一員として関わっていたが、裁判に呼びだされることはなかった。ジョンは、小隊ではおもに渾名(あだな)の「魔術師（Sorcerer）」と呼ばれていて、本名がよく知られていなかったし、小隊には親しい友人もいなかったからだ。しかし何よりも、軍の書類の書き換えによって、虐殺を実行したチャリー中隊には属していないことになっていたからだった。帰国の前におこなった文書の改竄が、社会的には功を奏したのである。

カリー小隊の他の戦友たちが、世間の非難のただなかで裁判を受けているあいだ、ジョンは自分の幸せをめざして階段を着実にのぼっていた。ジョンは１９７０年４月にはキャシーと結婚し、弁護士になるための勉強を続け、１９７３年には弁護士の資格をとった。

しかしその間、ジョンの心中は穏やかではなかったはずだ。自分は公文書の改竄という違法行為をしたことで、世間の非難と軍事裁判をまぬがれている。そいう罪悪感と後ろめたさとに苦しんでいたはずだ。

その罪悪感と後ろめたさとは、自分の過去の振舞いを心の内に秘しておかねばならないという制約のもとで、ますます深まったはずだ。この過去の秘密と、その秘密から派生したさまざまな秘密を守りつづけなければならないことで、ジョンの心は激しく苦悩していたと思われる。

その苦悩は、夜中には、奇声をあげて「悪夢」(76) にうなされるというかたちで露わになっている。あるいは、キャシーが、ジョンには精神分析医との面談が必要だと考えるほどの、精神の不安定となって現れでている。

ジョンの抱えていた秘密は重いものだった。だから、一番身近にいた妻のキャシーには、ジョンが重大な秘密を抱えて生きているのが感じとれた。

たとえばキャシーは、ジョンに向かって「よく分からないけど、ときどき、ドアなんかと一緒に暮らしているような感じがするの。入ろうとして、押しつづけるけど、そいつはピチッと閉まっていて、ちっとも動かせないの。」(156)と、不満をもらしている。ジョンは心に重大な秘密をかかえているようなのだが、それを決して明かしてくれないと、キャシーは抗議している。

あるいは、もっとちょくせつに、「つまり、秘密があったとしてもね、あなたは決して白状しないでしょう。」(157)とも言っている。

ジョンは自分の秘密をかたくなに守ることで、夫婦関係をギクシャクさせている。穏やかな結婚生活を守ることよりも、ソンミ村の経験と文書改竄の秘密を守る方を優先せざるをえなかったのだ。

帰還してからのジョンは、ベトナムでの経験、とくにソンミ村での経験とその後の文書改竄という犯罪行為に苦しんでいるだけではない。文書を書きかえて自分だけが軍事裁判と世間からの非難を、卑怯にもまぬがれているという結果にも苦しんでいる。そのうえ、それらの苦しみを告白できないから、結果として生じている、結婚生活のギクシャクした関係にも苦しまなければならなくなっている。

兵士は幸運にも生きて帰国できたとしても、戦場での行為や経験の記憶だけでなく、その行為や経験の隠蔽（いんぺい）が帰国後に生みだす結果によっても苦しまなければならないことがある。この帰国後に派生する影響やその結果は、帰還兵士が苦しまなければならないもう一つの苦難だ。

戦争が生みだすこの苛酷な事実を語っている点に、この作品のひとつの読みどころがある。

ピウィンスキーが言うように、ジョンは帰国後も「ソンミ村の記憶に苦しめられて、その結果反復的に起こるＰＴＳＤの発作に苦しめられていた。[37]」のは事実だ。だがそれだけでなく、その後の文書改竄という行為と、その行為がもたらした軍事裁判逃れにも、良心の呵責を感じ苦しんでいる。さらに、みずからの恥ずべき秘密を隠しつづけているから、妻とのギクシャクした関係にも苦しまなければならない。

こうしたさまざまなストレスは、戦場で生じたＰＴＳＤの症状に良い影響を与えない。むしろ悪化させる方向で作用するだろう。ベトナム戦争を経験したことで、ジョンが払っている犠牲は大きい。

ジョンの異常な振舞い

ジョンがソンミ村の虐殺に加わったことで生じた心の傷は、その虐殺に加わっていた事実を隠そうとしたことで、さらに屈折したふかいものになった。その屈折したふかい心の傷は、復員後のジョンの振舞いに根ぶかい影響を与えつづけた。ジョンの振舞いを異常なものにしたのだ。

ジョンの異常な振舞いは、ジョンのベトナムからの復員後の姿にくわしく描かれている。たとえば、つぎのようなものがある。

ジョンは、１９６９年11月に除隊になり米国に帰国した。その時も、約2年間も待っていてくれた恋人のキャシーに、帰国の日時を連絡もしない。連絡しないだけでなく、キャシーが住んでいた大学の寮に直行して、キャシーを見張っている。そのあとも、２日間も身を隠して、キャシーの行動を監視しつづけている。すべてが異常な行動だ。

さらに、キャシーを尾行している間も、ジョンの意識は感覚的に「まだ滑りつづけていた」(42)のだった。それだけでなく、尾行のあとにホテルに戻ってからも、「一晩中クラクラするあの遊離感覚が彼にはまとわりついていた。」(42)と、心身の不調を感じている。

また、「夜明け近くのある時点で、気がつくと、彼はすっかり目覚めて床にうずくまって、暗闇と対話していた。」(42)と、異常な振舞いをしている。翌日に、キャシーをバス停で見張っている間も、「彼の両眼が痛んでいたし、心も、あらゆるところが痛んでいた。」(43)と語られている。心の傷が、心身の痛みや異常な行動となって現れているのだ。

1970年にキャシーと結婚してからも、すでに指摘しておいたが、悪夢をみて、切迫した罵(ののし)り言葉や悲鳴や叫び声をあげることがあった。その声は、キャシーにはジョンとは別人物の声のように感じられ、恐怖を感じる程のものだった。

具体的にいえば、就寝中のベッドで、「キル・ジーザス!」(200)と叫んで、隣りのキャシーを「すごく怖がらせている」(188)。というのは、汚い罵り言葉の「キル・ジーザス(=キリストを殺せ)」は、「叫ぶことができる最もひどい言葉」(5)であり、かつ、「思いつくことができる最悪の憎悪表現[38]」だからだ。しかもジョンは、その叫んだことを「まったく記憶していない」(76)のだ。やはり異常だ。

さらに、ベトナムから帰国してから約17年後のレイクオブザウッズ湖の湖畔の貸別荘でも、ジョンは寝室で真夜中に寝汗をかいて目覚めて、微熱を感じ、頭が変になった気がしている。

目覚めてからは、台所にゆきそこで、「そうだ、両眼を狙んだ。奴の両眼をえぐりだせ――拳で殴り爪でえぐるんだ――殴るんだ、爪を立てるんだ、殴打するんだ、噛みつくんだ。」（47）と、過酷で残酷な接近戦の様子をよみがえらせている。フラッシュバックが起きているのだ。しかも、この異常な興奮のさなか、神がいるのであれば神をも殺したいと念じている。

それに続けて、ここでも「キル・ジーザス」という呪いの言葉を吐きながら、鉄の大きなヤカンで熱湯をわざわざ沸かして、その熱湯を室内のゼラニュウムなどの観葉植物にかけている。

その続きの夜中に、気がつくと、ミネソタの9月19日だというのに、裸になって「湖に腰まで浸かって」（51）いた。つぎに気がつくと、「水中にかんぜんに潜っている」（52）自分に気がついた。そのつぎに気がつくと、裸で「桟橋に静かに座っていた」（52）のだ。

これらの振舞いも、観葉植物に熱湯をかけたのと同じく、言葉を絶するほど異常な振舞いだ。それだけでなく、この異常な振舞いの前後の記憶がとんでいるのだ。この記憶の空白も異常だ。

ベトナムから帰還後のジョンのこれらの異常なところを、分かりやすくまとめると、つぎのようになる。

（1）最愛の恋人さえも、信頼して信じることができない。
（2）心身の不調があり、浮遊感覚に苦しんでいる。
（3）夜中にとつぜん暗闇と対話するような、異常な行動をしている。
（4）全身の痛みだけでなく、心にも痛みを感じている。

（5）悪夢をみて、人格が変わったような汚い罵り言葉を叫んで、キャシーを怖がらせている。
（6）就眠中に寝汗をかき、自分が正気を失ったのではないかと不安になっている。
（7）戦場のフラッシュバックに苦しんでいる。
（8）真夜中に、観葉植物にわざわざ沸かした熱湯をかけていて、そのあと気がつけば、冷たい湖水に裸で腰まで浸かっている。つぎに気がつけば、湖水に潜っていて、そのつぎに気がつけば、湖の桟橋に裸で座っている。そしてその間の記憶がとんでいる。

以上のジョンの目立つ八つの異常な点を、序章のＰＴＳＤの診断基準を参考にして検討すると、以下の四つの点でその診断基準の項目と一致している。

1．ジョンはベトナムの戦場では、あまたの死体や負傷者を見ているし、自身も人を殺害している。これは、ＰＴＳＤの診断基準の項目のＡの1と2と3と4とに該当する。
2．ジョンの異常行動の（1）は、ＰＴＳＤの診断基準のＤの2や、Ｅの3の項目に該当するものから生じたと考えられる。
3．ジョンの異常行動の（2）と（3）と（4）とは、ＰＴＳＤの診断基準のＢの1と3と4や、Ｄの2と4や、Ｅの6とかの項目に該当するものから生じたと考えられる。
4．ジョンの異常行動の（5）と（6）と（7）とは、ＰＴＳＤの診断基準のＢの2と3や、Ｅの6の項目に該当するだろう。

以上の四つから、ジョンはベトナムの戦場を経験したことで、戦争によるＰＴＳＤに苦しんでいるといえる。

また、ジョンの異常行動の（8）において、記憶がとんでいる点についても、そのとんでいる間に、ジョンの心に深刻な傷を与えるような振舞い――たとえば、熱湯をかけてキャシーを殺害しキャシーの死体を湖底に沈める――をしていた仮定とすると、それはトラウマとなる出来事の重大な局面を忘れていることを意味する。つまり、PTSDの診断基準のDの1の「トラウマとなる出来事のある重要な面を憶えていない」に該当している。

だから、ジョンの異常行動の（8）の記憶がとんでいる症状も、ジョンがPTSDに罹っているもう一つの証拠となる。

さらに、メェレイは、トラウマとなるような過去の経験は記憶力をゆがめたり、それに影響を与えたりすると語っている[39]。とすれば、ジョンの記憶がとんでいる症状も、ベトナム戦争から生じたPTSDによって記憶力がゆがめられた結果だとも解することもできる。

まとめると、ジョンの先の八つの異常な振舞いからは、ジョンが1986年9月の段階でも、PTSDに苦しんでいたのが分かる。これは、激しい戦闘を経験した兵士は、その後15年が経過したあとでも「36パーセント[40]」がPTSDと診断されていると、ハーマンが語っていることとも矛盾しない。

この作品の新しさ

レイクオブザウッズ湖畔の貸別荘に来てからの、先に指摘したジョンの異常な振舞いは、それ以前のものに比べて、その異常さが際立っている。ほぼ狂気と思える振舞いだ。その狂気とみえる振舞いは、おもに18年前のソンミ村の経験によってジョンの身に生じていたＰＴＳＤが、選挙をきっかけにして生じた強烈なストレスによって、最悪のかたちでよみがえったからだった。

上院議員の予備選挙の最中に、それまで妻にも隠しつづけてきた、ソンミ村の虐殺に加わっていた事実が、新聞で暴露された。ジョンは人倫にもとることを行ったウソつきの極悪人と、世間からはみなされた。その結果、選挙は地滑り的な大敗となった。そのうえ、夫の過去の醜悪な事実を初めて知った妻キャシーとの関係も、今まで以上にギクシャクしたものになった。これまで営々と努力して築きあげてきたものが、すべて一気に崩れさったのだ。

それらのことすべてが、あたり前だが、ジョンにとっては大きなストレスとなった。ジョンはトラウマとなる出来事をふたたび経験したのである。

この直近のトラウマとなる経験が、18年という長い年月をかけてある程度飼いならしてきた戦争によるＰＴＳＤを、これまで以上に深刻なかたちでよみがえらせたのだった。なぜなら、トラウマとなる経験を以前にしていると、その後のトラウマとなる経験では、これまで以上に一層ひどい症状をしめすからだ[41]。

ジョンの貸別荘での異常な振舞いは、戦争ＰＴＳＤの症状が、上院議員の予備選挙中に旧悪が暴露されたのをきっかけにして、より深刻なかたちで再発した結果である。

このように、この作品では、１９８０年に正式の病名となったＰＴＳＤが物語を展開するうえでの、大きなモーメント（契機）となっている。というよりもむしろ、帰還兵士のジョンが戦争ＰＴＳＤに苦しんでいることを、読者が了解していることを前提として、この物語は展開している。

だからこの作品では、ＰＴＳＤの症状を描くことが、作品の中心にあるわけではない。そうではなくて、ＰＴＳＤを生む原因となった、ソンミ村の虐殺に加わっていたことを隠蔽しようとしたことが、ジョンのＰＴＳＤの症状にその後どんな影響を与えたかがおもに描かれている。また、ＰＴＳＤを発症させた出来事から約18年後の出来事が、その罹患していたＰＴＳＤにどんな影響を与えたのかが描かれている。これらは、ベトナム戦争以前の小説ではみられなかったことだ。

こうしたこの作品の特徴は、この作品が出版された１９９０年代の前半では、戦場で戦闘を経験した兵士がＰＴＳＤに苦しむことがあるのは、すでに世間でも広く知られていたからだった。たとえば、この作品でも引用されている、ジュディス・ハーマンが１９９２年に出版したＰＴＳＤをあつかった書籍『心的外傷と回復』（*Trauma and Recovery*）が専門家だけでなく、広く一般でも読まれたという現象からも、そのことは分かる。

アダルト・チルドレン

この作品がＰＴＳＤという概念を、物語を展開してゆくうえで、前提として利用していることは先に述べた。そのＰＴＳＤと同様に、１９８０年代に広く知られるようになった概念に、アダルト・チルドレンがある。

1981年に、クラウディア・ブラックは『私は親のようにはならない』（*It Will Never Happen to Me!*）を、そして1983年にはジャネット・ウォイティッツが『アダルト・チルドレン』（*Adult Children of Alcoholics*）を出版した。両著書とも100万部をこえるベストセラーとなり、それによってアダルト・チルドレンという考え方が一般化した[42]。

さらに、1992年11月に大統領に当選したビル・クリントンは、大統領選挙を戦っている1992年7月に、自分がアダルト・チルドレンだったことを雑誌のインタビューで認めた[43]。その告白は、世間の耳目を集めたために、アダルト・チルドレンという言葉と概念をさらに一般に広めることになった。しかし見方を変えれば、大統領候補のクリントンが告白したことは、アダルト・チルドレンという考え方が、すでにこの時期には広く受けいれられていたことをしめしている。

アダルトチルドレンの研究書

アダルト・チルドレンというのは、アルコール依存症の臨床的な研究のなかで生まれた考え方だ。親がアルコール中毒である家庭で、つまり親が親としての役割をじゅうぶんに果たせていない家庭で育った子どもは、成長の過程で問題が生じることがあるのが明らかにされた。そういうアル中の親のもとで成長して、問題を抱えこんだ人をアダルト・チルドレンと呼んだ。

このアダルト・チルドレンの考え方は、この作品では、ジョンの父親がアル中だったという設定に見いだせる。ジョンが「11歳の夏」(98)には、父親はアル中が悪化して、治療施設に強制入院させられている。〔＊オブライエンが10代のころ、オブライエンの父もアル中の治療施設に入所している[44]。〕

ジョンの家族のなかで、アル中の父親の存在がどんなものであったのか。それは、母親のつぎの言葉から推測できる。母親は「父が家からいなくなったことに安堵しました」(99)とか、「(父が施設に入ったことで)とつぜん緊張が消えてしまったのです、そして私たちは椅子の端に浅く腰掛けて夕食をとらずに済むようになりました」(99)と告白している。

家族団らんの夕食の席さえも、アル中の父親のとつぜん激変する感情や振舞いに、ジョンと母親は緊張して椅子から腰を浮かせ気味で食事していたほどだったのだ。その緊張感から、父親の治療施設への入所によって解放された。

ところが、父親は数カ月で施設から退所してきた。しかも治療施設に入院しても、「症状が良くなることは全くなかった。」(99)のだ。ジョンと母親は、ジョンが14歳の1959年に、父親がガレージで縊死するまで、父親のアル中に長年苦しんでいた。

この父親のアル中と自殺とは、コーエンも言っているが[45]、ジョンにトラウマになる心の傷を残したのは間違いない。

ジョンの特異な生き方

アル中の父親のいる家庭で育ったジョンは、10歳前後のころから、マジックに熱中するようになる。土曜日には40分もバスに乗り、マジック・ショップにひとりで通うようになる。そして自宅の地下室で、マジックの練習を「古いスタンド式の鏡」(65)の前で何時間も練習するようになる。〔＊オブライエン自身も思春期には、マジックに熱中していて、地下室でスタンド式の鏡の前で何時間も練習していたようだ[46]。〕

とうぜん、他の子どもたちと外で遊ぶ機会が少なくなった。友達もいない独りぼっちの肥満気味の子どもになったのだ。父親は、ジョンを運動嫌いの「プリンプリンのジョン(Jiggling John)」(67)と、心理的虐待とみなされるほど「しつこく揶揄(からか)って」(10)いる。太っていると思いこまされたジョンは、ヤセ薬を雑誌に注文しているほどだ。〔＊作者オブライエンの回想を信じるならば、オブライエン自身も子どものころは「丸ぽちゃで友達がいなくて独りぼっち[47]」だったと語っている。〕

しかしジョンは、鏡の前でマジックの練習をしていると「奇跡が起こる鏡の中では、もう独りぼっちのチビちゃんではない。」(65)と感じることができた。鏡の中の世界で「ジョン・ウェイドはおもに生きていた」(65)とさえ、「語り手の私」は語っている。

自分が操作しているマジックを映しだしている鏡の中の世界では、アル中の父親のもとでの日常のきびしい現実を忘れることができた。それだけでなく、鏡の中の世界では「どんなことも、幸せさえも可能だった。」(65)と、ジョンには思えていたのだった。

ジョンは、子どものときから、その魔法の鏡を瞳の背後にも思いえがき、その頭の内の鏡に自分の願望を映しだして、現実を直視しないで生きる術を身につけた。頭の内のその魔法の鏡の世界を創りだすことで、「彼は安寧と安心を感じていた」（66）のである。

その結果として、異常な緊張が家庭内を支配していることも、父親が自分に安定したじゅうぶんな愛情を注いでくれないことも忘れることができた。そうすることでジョンは、父親がアル中である機能不全の家族のなかで、どうにか生きのびることができた。

アダルト・チルドレンとしてのジョン

アダルト・チルドレンの特徴は、ウオイティッツによると、「夢やファンタジーの中のおとぎ話の世界に生きはじめる。現実に起きていることを信じたくないために、願望を大いなる糧にして生きる。[48]」ことにある。また、「自分の感情を内に秘めておくことを学び[49]」孤立しがちであることにもある。そして、「日々の混乱した生活から逃れて、結果としてファンタジーの内に生きることがある。自分自身が創りだした自分だけの世界の中で生きる[50]」ことにも、その特徴がある。

このようなアダルト・チルドレンの特徴は、先に挙げたジョンが地下室の鏡の前で数時間もひとりでマジックに熱中している姿に見いだせる。さらに、頭の内にも鏡を創りだして、その鏡の世界に自分の願望を反映させて「自分のために作りかえた世界を創造し[51]」ている姿にも見いだせる。

子ども時代のジョンは、自分が創りだした世界に閉じこもり、現実の苦しみと悩みに眼を向けないようにしている。そして安寧と安心をえている。ジョンは、まさにアダルト・チルドレンであった。
成長してからのジョンの振舞いにも、アダルト・チルドレンの特徴が見いだされる。たとえばジョンは、ベトナムの戦場で、２匹の蛇がお互いの尾を飲みこんでひとつの輪になっているのを見たと、キャサリンへの手紙に書いている。それに続けて、その円環となった２匹の蛇は、「自分たち二人の愛」(61)の象徴であるとも書いている。

ジョンが見たと称している、お互いの尾を相食む２匹の蛇は、神話上の存在であるウロボロスに想を得たものだろう。だが、もちろんウロボロスは実在するものではない。人間の想像力が生みだしたものだ。

ウロボロス

ジョンは、自分が想像したものを実在しているものとして、キャシーに語っている。それだけではなく、その円環となった2匹の蛇に、自分たち二人の理想の愛のかたちを見いだせると語り、キャシーへの愛を伝えようとしている。ここでも、ジョンは自分にとって都合のよい空想世界を現実として扱っていて、それを自分のために利用している。アダルト・チルドレンの特徴が現れている。

あるいはまた、ジョンはキャシーに初めて出会って数カ月後の1966年11月初旬には、キャシーを尾行しはじめる。愛する女性を尾行するというこの行動を、実は、ベトナム戦争からの帰還後も、結婚後も、ジョンは続ける。

この異常な行動は、アダルト・チルドレンのひとつの症状が行動になって現れたものだと考えられる。というのはアダルト・チルドレンは、機能不全の家族のなかで育っているから、つねに愛情を求めるけれども「自分が他人から本当に好かれているとは信じられない[52]」という感覚を抱いているからだ。

ジョンは「キャシーの自分への強い関心に確信がもてない[53]」から、その不安を解消するため、愛されていることを確認するために、身を隠して尾行しているのだ。「語り手の私」の言葉を使うなら、「ジョンは人からの愛を、それも絶対的で無条件の愛を目立つかたちでしめされるのを必要としていた」(55)のである。

またさらに、ジョンがベトナム戦争に従軍したのも、「傷つけたり、傷つけられたりするのでもなく、良き市民や英雄や道義をわきまえた人になりたいためでもなかった。ただ愛のためだった。愛されるためだった。」(59)と、「語り手の私」は説明している。

この説明にも、他人の愛を渇望するアダルト・チルドレンの特徴がよく現れている。〔＊オブライエンも回想のなかで、「(ベトナム戦争は誤りだとそしておそらく邪悪なことだと考えていたが)その戦争にみずから加わったのは、ほかでもない愛を渇望していた[54]」からだと語っている。ただしオブライエンの場合、この回想の信憑性そのものに疑問が残る点に注意しておかねばならない。〕

さらに「語り手の私」は、「これは愛の物語なのだ」（304 n）という、一見謎めいた最終的なコメントをしている。このコメントも、この作品を、愛されることを求めつづけたアダルト・チルドレンたるジョンの物語だと解すれば、納得がゆく。

最後に、このアダルト・チルドレンに関して重要なことは、「アダルト・チルドレンは人生にトラウマを呼び込みやすい人々である[55]」という事実だ。この点で、ジョンのアダルト・チルドレンと戦争ＰＴＳＤとが結びついている。

ここまで述べてきたことを考慮すれば、作家オブライエンは、１９８０年代には広く認められるようになっていたベトナム戦争からの帰還兵士の政界進出の事象や、戦争によるＰＴＳＤや、アダルト・チルドレンという考え方とを利用して、本作品の主人公ジョンの人物像を創りだしたと思われる。

キャシー失踪のひとつの可能性

ここまでは、おもにジョンから、とくにジョンのＰＴＳＤとアダルト・チルドレンの観点から、この作品について考えてきた。ここからは、この物語の「中心的な謎」であるキャシーの失踪から、この作品について考えてみよう。

このキャシーの失踪の謎について、「語り手の私」は、先にも指摘しておいたように、つぎの六つの可能性を提示している。

（１）夫の振舞いが怖くなって、夫のもとからひとりで逃亡した。（２）夫のもとから恋人の手引きで逃亡した。（3）湖で偶発的な事故に出会ったか、あるいは迷子になって行方不明になった。（4）湖でみずから命を絶って、行方不明になった。（5）夫とともに新天地で新しい人生を送るために、夫と共謀して失踪した。（6）夫に殺害されて、死体はボートともに湖底に沈められた。

　この六つの可能性のなかで、もっとも楽観的なものは、（5）の「夫とともに新天地で新しい人生を送るために、夫と共謀して失踪した」である。この考えを、ジョンの選挙参謀だったアンソニー・カーボが、五つの傍証を挙げて主張している。

　ウェイド夫妻は示しあわせて、ミネソタでの八方塞がりの状況から逃れるために、おそらくカナダへ逃亡したという考えだ。貸別荘の家主のラスムッセン夫婦もほぼ同じ考えをもっている。

　しかしこのもっとも楽観的な見方であっても、結婚してこれまで16年にわたって二人で築きあげてきたミネソタでの生活、上院議員候補者にまでなった生活を棄てることを意味している。二人には預貯金はなかったが、二人は若くて有能な政治家とその美しい妻だった。仮に二人がミネソタから逃亡したと仮定するなら、二人はその社会的な地位から、失踪することで、みずからの意思で完璧に無縁になったのだ。

　このもっとも楽観的な場合でも、二人が強いられている犠牲は大きい。

　その犠牲は、ジョンがソンミ村の虐殺に関与していたことが暴露されたことが原因で生じている。ところがソンミ村の虐殺では、その軍事裁判で有罪判決を受けたのは、首謀者のカリー中尉ひとりだった[56]。そのことからも分かるように、もともとジョン個人の責任を問えない面がある、戦場での事件だった。しかも、そのカリー中尉でさえも１９７１年3月には終身刑の判決を受けたが、同年８月には10年の刑期に減刑され、４年もたたずに１９７４年11月には早くも仮釈放されている[57]。

それにもかかわらず、ジョンは、ソンミ村の虐殺に兵士のひとりとして関わっていたのが暴露されただけで、すべてを失ったのだ。しかも、この暴露は１９８６年のことで、カリー中尉が仮釈放されてからも12年も経過している。だから、ジョンの選挙における地滑り的な大敗は、「まったく説得的ではない[58]」と主張する研究者もいるほどだ。

このように、ジョンの選挙における大敗は、ある意味で、不公平な面をもっている。ジョンに同情できる面もあるのだ。

カリー中尉

しかも、米国という国家が始めた戦争で、ジョンの個人的な意思とは無関係に、ジョンはカリー中尉の小隊にたまたま配属された。そしてたまたまソンミ村の虐殺に遭遇したのである。上官の命令で始まったソンミ村の虐殺は、ジョン個人の意思とは無関係なところで起きたのだ。

国家が始めた戦争に巻きこまれたことが、ジョンの選挙での大敗の原因となり、ジョンがすべてを失う原因となっている。国家が始めたことのツケを、個人のジョンが払わされているのだ。

とすれば、キャシーの失踪に関して、このもっとも楽観的な解釈をとった場合でも、『失踪』という作品は、ジョンというどこにでも居そうな元兵士が、戦場からの帰国後も払わなければならなかった犠牲と、耐えねばならなかった苦難とを描いた作品だといえる。

失踪の四つの可能性

つぎに、キャシーの失踪の原因の以下の四つの場合の可能性について考えてみよう。その四つとは、（1）夫の振舞いが怖くなって、夫のもとからひとりで逃亡した、（2）夫のもとから恋人の手引きで逃亡した、（3）湖で偶発的な事故に出会ったか、あるいは迷子になって行方不明になった、（4）湖でみずから命を絶って、行方不明になった、の四つである。

この四つの場合に共通するのは、妻のキャシーが夫のジョンにこれまでのような愛情をもてなくなっていたという事実だ。

可能性の（1）と（2）と（4）とでは、その行動そのものがジョンとの結婚生活からの逃避をあらわしている。だからそれらの三つの振舞いは、ジョンに愛情がもてなくなったのに原因がある。それはあきらかだ。

可能性の（3）の「湖での偶発的な出来事で行方不明になった」については、一見すれば、夫婦間の愛情とは無関係のようにみえる。しかしキャシーの失踪は、真夜中の出来事なのだ。愛しあっている夫婦において、真夜中に妻が夫にも知らせず黙ってひとりでボートを小屋から引きだし、湖に出てゆくことはありえない。この時の夫婦間の愛は冷めていた証拠だ。
だから、これらの四つの可能性はすべて、キャシーのジョンへの愛が冷めていたことをしめしている。

この場合、キャシーの夫への愛が冷めた最大で決定的な原因は、たとえ「すでにひびの入っていた結婚[59]」であったとしても、ジョンが重大で醜悪な秘密を隠しつづけていたことが、新聞の報道によって明らかになったことにある。

たしかに、たとえ報道以前にジョン自身から虐殺への関与と文書の改竄とを告白されていても、キャシーはショックで夫への愛が冷めていたかもしれない。もちろん、そのことを恐れていたから、ジョンはその秘密をかなりな犠牲を払って守りつづけてきたのだった。

しかし、新聞によって夫の過去の醜悪な秘密を、とつぜん知らされたショックは、夫から告白されるよりも、ずっと大きなショックとなるのもあきらかだ。キャシーが「狂乱の、まさに狂乱の」状態になったのも当然だ。夫の過去の恥ずべき秘密を、新聞で初めて知らされたショックで、これまでの愛情が一気に冷めたとしても不思議ではない。

そのうえ、貸別荘に来てからのジョンは、これまで以上に深刻なＰＴＳＤの症状をしめしていた。それはキャシーに恐怖を感じさせる程のものだった。そのことも、キャシーのジョンへの愛情が冷めるのに作用したとも思われる。

要するに、失踪のこれら四つの可能性の場合も、その失踪の原因のもとには、ジョンがベトナム戦争にかかわる重大な秘密をキャシーに隠しつづけていたことにある。元をたどれば、この四つの可能性も、ジョンが国家の始めたベトナム戦争に加わらざるをえなかったことで生じたものだ。

ということは、この四つの場合でも、この作品は、ベトナム戦争に引きずりこまれた若者の約18年後の悲劇、というよりも約18年間の悲劇を描いた作品だといえる。

最悪のケース

最後に、キャシーの失踪の最悪の可能性の（6）の「夫に殺害されて、死体はボートとともに湖底に沈められた」の場合を考えてみよう。

「語り手の私」は、ジョンがキャシーに熱湯をかけて殺害したあと、その死体をボートとともに湖底に沈めた可能性をも語っている。もちろん、先にも述べておいたように、この可能性を否定する証拠もこの作品にはない。むしろ、その可能性はそうとうたかい。

第一に、キャシーが失踪した日の真夜中に、ジョンは煮えたぎる熱湯を観葉植物にかけている。それだけでなく、その後に、意識が戻ったときには、裸で湖に浸かっていて、つぎに気づくと水中に潜（もぐ）っていて、そのつぎに気がつくと、裸で桟橋に座っているからだ。

しかもジョンは、真夜中のそれらの異常な行動の間の自分の振舞いを記憶していないのだ。

一方で、トラウマの原因となる出来事のある局面は、ＰＴＳＤの症例の項目のＤの1がしめしているように、記憶から欠落する場合がある。とすれば、ジョンの記憶からとんでいるジョンの振舞いは、トラウマとなるような行動であった可能性がある。ジョンの記憶の空白は、熱湯をかけて妻を殺し湖に沈めた可能性をしめしているとも考えられるのだ。

つぎの理由は、この作品の最後では、ジョンが失踪しているからだ。このジョンの失踪は、アフガニスタンの戦場から米国のフォートブラッグ基地に帰国していた３人の兵士が、６週間の間につぎつぎにひき起した事件を思いおこさせる。戦争ＰＴＳＤに苦しんでいた３人の兵士は妻を殺害し、そのあとで３人のうちの２人の兵士が拳銃自殺している[60]。

ＰＴＳＤに苦しむ兵士が、妻を殺して、自分も自殺するのは珍しくないケースなのだ。すでに深刻なＰＴＳＤに苦しんでいたジョンの失踪は、妻のキャシーを殺してからの、「語り手の私」もその可能性をほのめかしているような、自殺による失踪だったとも考えられるのだ。

以上の二つの理由からも、ジョンが妻を殺して、その死体を湖の底に沈めた可能性はたかい。この最悪の場合の可能性を、少なくとも４人の批評家が支持している[61]。

だとすれば、ジョンは、戦場での経験によってＰＴＳＤになっただけでなく、帰国後も隠していた戦場での蛮行の暴露と選挙の大敗北とによるストレスとによって、戦争ＰＴＳＤをさらに悪化させ、妻殺しという悲劇にまでつき進んでいることになる。〔＊これは、序章で指摘したホットスパーが、国王にたいする謀反のたくらみのストレスによって、戦闘で生じていた戦争ＰＴＳＤを顕在化させた異変と同じプロセスだといえるだろう。〕

この六つ目の可能性の場合も、『失踪』は、戦争を経験して帰国した兵士が戦争によるＰＴＳＤに苦しみつづけ、最悪の罪を犯してしまった姿を描いた作品ということになる。

ここまでで、キャシーの失踪について、「語り手の私」がしめしている六つの可能性を、そのそれぞれについて検討した。その結果、それら六つの場合のすべてが、ジョンが戦場で経験したことやその経験が生みだしたことが原因となっているのが明らかになった。そのうえ最後には、キャシーの失踪が原因となって、ジョンも失踪している。

戦場で戦って、幸運にも生きのこって故国に戻ってこられても、兵士は戦場にゆく以前のような安寧で安心できる日常の生活には戻れない。そのことが、妻のキャシーの失踪だけでなく、キャシーの失踪の原因の可能性を六つに分けて考えたなかでも明らかになった。

まとめると、この作品は、主人公のジョンから考えても、「中心的な謎」であるキャシーの失踪から考えても、戦争から帰還した兵士とその周りの人間の苦しみと困難とを描いているといえる。兵士は幸運にも生きて故郷に帰ってこられても、戦場で経験したことのために、まわりの人間を苦しめ、自分自身も苦しまなければならないことがある。

その悲劇を、読者はこの作品を読むことで、改めて知ることになる。オブライエンの別作品の帰還兵士の言葉を使えば、「私は生きのびたが、それはハッピーエンドではない。[62]」ことを描いているのだ。

ただし、この作品が伝えてくるものは、ここで終わらない。なぜならこの『失踪』は、先にも述べたように、「語り手の私」が作品中にちょくせつ介入している特殊な語りの構造をしているからだ。

「語り手の私」とベトナム戦争

この作品は、戦場から帰還した兵士ジョンの「生きのびたが、それはハッピーエンドではない」という実態を、ジョンの苦しみとキャシーの失踪とをとおして描いている。そのことを、ここまでで指摘した。

ところが、その「生きのびたが、それはハッピーエンドではない」という実態は、「語り手の私」が、ウェイド夫妻の失踪に関心をもち4年以上にわたるリサーチのすえに、夫妻の失踪を作品化した理由でもある。

「語り手の私」は、ジョンと同じベトナム戦争をほぼ同じ時期に戦った。その「語り手の私」は、「そうなんだ、それら（＝私たちが戦場でおこなったこと）もまた残虐行為だった――その行為は私たち皆の心の内にいつまでも生きつづける不愉快な秘密だ。私にもわたしの上等兵ウエザビーがいる。わたしの鍬をもった老人がいる。」（301 n）と告白している。「語り手の私」も戦争体験に今も苦しんでいるのだ。

そんな「語り手の私」にとっても、ベトナム戦争で「残虐行為」をおこなった経験はおそらく、ジョンと同じように、愛する妻にも話せないようなものだったのだ。また、その経験は妻にも語れないがゆえに、愛する妻をも苦しめ、その苦しんでいる妻の姿を見て、自分自身をもさらに苦しめることになった。

ベトナム戦争での心がひどく傷つく経験と、その経験が結果として新たに生みだした心の傷とを抱えて、「語り手の私」もベトナムから帰国してからの20数年間を生きてきたのだ。

それは苦しみに満ちた困難な生活だった。そんな「語り手の私」にとっては、ウェイド夫妻の失踪は、もし仮に自分の運命の歯車が少し違って回っていたら、自分自身が選んでいたかもしれないようなものとして感じられていたのだ。もし仮にもう1年早くカリー小隊と一緒にソンミ村に行っていたら、自分もジョンと同じようなことをしていただろうと意識している。

そのことは、ハーゾッグの言葉を借りれば、「語り手は、(ジョン・)ウェイドの経験と性格の非常に多くに自分自身の姿を見いだしている[63]」と言いかえられる。だから「語り手の私」が、キャシーとジョンの失踪の秘密を探って語ることは、自分自身をもう一度見つめなおすことでもあった。

その見つめなおす試みは、戦場を生きのびたが、なぜハッピーエンドではないのか?という自分自身の疑問に答える試みでもあった。また、その試みは、間接的ではあるが、自分自身がそれまで眼をそむけて、過去の霧のなかに曖昧にしようとしてきた苦しみの原因に眼を向け、言葉を使って再検討することをも意味していた。

「語り手の私」は、4年を超えるリサーチで集めた「証拠」をもとに、ジョンの悩みと苦しみを想像・創造し、さらにキャシーの失踪の六つの可能性を想像・創造して、自分の言葉で語っている。言葉にすることで、ジョンとキャシーの悩みと苦しみを内面化し、疑似的な追体験をしている。二人の悩みと苦しみに、正面から向きあっているのだ。

その疑似的な追体験を語りおえたとき、その追体験は「語り手の私」の心に大きな変化をもたらした。

「語り手の私」自身の言葉を使えば、二人の失踪の謎に迫ろうとしたことは、「ジョン・ウェイドの試練——何十年にもわたる沈黙と嘘と秘密——の方が、そのすべての方が、わたし自身のずっと昔の経験（＝ベトナム戦争）よりもはるかに本物のように思える生きいきとした生（なま）の明晰さをもっている」（301 n）と実感するような経験となった。あるいは、それは「私の経験した戦争は、私に属していない。」（301 n）とすら、最終的には感じざるをえないほどの経験でもあった。

「語り手の私」は、ウェイド夫妻の失踪の謎を、その失踪から約3年後から関係者へのインタビューを始めて、少なくとも約4年間の期間をかけて追究した。そのことで、自分がベトナム戦争での経験とその影響とに正面から向きあってこなかったのを理解した。

「語り手の私」は、自分のハッピーではない現在の生活は、ベトナム戦争での自分の経験と、その経験が生みだした自分の苦しみとを直視し言語化するという困難を引きうけずに、無視したり忘れようとして生きてきたことにもよると理解した。自分自身もジョンと同じように「何十年にもわたる沈黙と嘘と秘密」のなかで生きてきたことを理解したのだ。

この理解に達したときに、「語り手の私」は、ベトナム戦争を経験したために生じた、生きるうえでの現在の苦しみと困難をきり抜ける手掛かりを見いだせそうな感触をえている。その感触にたいして、「語り手の私」も、「たぶんそれがこの本の目的なのだ。私に思いださせるために。消えていた私の人生をとり戻すために。」（301ｎ）と注釈を加えている。

「語り手の私」の得たもの

「語り手の私」がウェイド夫妻の失踪の謎に迫ろうとすることは、ベトナム戦争にまつわる自分の経験とその影響とを思いだし、「消えていた私の人生をとり戻すために」必要だった。この作品を語ることは、忘却の彼方に押しこめて曖昧にしてきた自分の人生をとり戻す役割をも果たしているのだ。二人の謎めいた失踪の物語を語ることは、自分が戦ったベトナム戦争とその影響とにもう一度向きあい考えることを意味している。

だから、二人の失踪の謎に迫ろうとするこの物語を語ることは、「語り手の私」がこれからをより良く生きのびるための手段ともなっている。実際、心理学者のハーマンもペダーソンも、トラウマを生んだ体験を語ることは、トラウマからの回復への重要な一段階であると述べている。[64]

また、オブライエンも別の作品の主人公に、「物語は過去を未来に結びつけるためのものだ。[65]」と語らせている。そして「（物語ることは）真実を明確にし、分かりやすくするのに役立つ[66]」とも語らせている。さらに、「書くことによって、もし書かなければ麻痺状態かそれよりも悪化していただろう、混乱した記憶を突きぬけることができた。物語ることで、人は自分の経験を客観化できる。[67]」とも語らせている。

だとすると、ウェイド夫妻の失踪の謎を追究して、その過程を物語ることとは、混乱した麻痺状態の自分の過去の記憶を突きぬけて、過去の経験を改めて見なおし整理することを意味している。「語り手の私」は、このウェイド夫妻の失踪の物語を語ることで、自分自身の過去を意識的に理解し、新しい態度で今後を生きる契機を得ようとしている。「語り手の私」にとっては、この作品を物語ることは、ベトナム戦争から帰還してから、自分がこれまで苦しんできた「ハッピーエンドではない」生活、つまり「何十年にもわたる沈黙と嘘と秘密」を見なおし清算しようとすることを意味している。そしてそのことは、これから確かに生きのびるための、ひとつの手掛りとなっている。これが、「語り手の私」がウェイド夫妻の失踪の謎を物語ることで得た一番大きなものである。

まとめると、『失踪』では、まず、ベトナム戦争がジョンとキャシーのウエイド夫妻にもたらした苦しみと悲劇が描かれている。ジョンはベトナム戦争から生きて帰還できたが、戦争PTSDのために、その生還がジョンにもキャシーにもハッピーエンドとはならなかったことが描かれているのだ。

つぎに、この作品では、夫妻のその悲劇に隠れるかたちで、「語り手の私」のことも語られている。「語り手の私」は4年以上の歳月をかけて、7年前のウエイド夫妻の失踪の謎に迫ろうとした。その努力が結果的に、自分自身が経験したベトナム戦争とそれ以降のハッピーではなかった自分の生活とを、もう一度見なおす契機となった。夫妻の失踪の謎を追究することが、ベトナム戦争を経験したために生じた、自分のその後の生きるうえでの苦しみや困難から抜けでるきっかけになるのではと、

「語り手の私」は気づいたのだった。そして気づいたことによって、そのきっかけを確かなものにしようとして、「語り手の私」はこのウエイド夫妻の失踪の物語を語っているのだ。そのことが間接的に描かれている。だから『失踪』は、「語り手の私」のそういう試みをも描いた作品だともいえる。

〔＊『失踪』(*In the Lake of the Woods*) の日本語訳は、坂口緑訳『失踪』(学習研究社、１９９７年) で読める。〕

注

(1) 油井 411. (2) 古田 256. (3) 油井 405. (4) Herring 808. (5) *Britannica* (Web).
(6) Herring 808. (7) Herring 808. (8) Herring 808. (9) Franklin 43.
(10) "My Lai Massacre." (Web). (11) Belknap 64. (12)「ヨシュア記」347.
(13) "My Lai Massacre." (Web). (14) Piwinski 196. (15) Heberle 1. (16) Herzog (1997) 145.
(17) Herzog (2000) 893. (18) Smith 117. (19) Farrell 128; Heberle 223-24; Herzog (2000) 895; Melley 114. (20) Worthington 123. (21) "The Vietnam" 48, 52. (22) Heberle 218. (23) Farrell 126.
(24) Farrell 122. (25) Vistica (2003) 10-11. (26) Vistica (2003) xvi, 134. (27) McGeary 25.
(28) McGeary 26; Vistica (2016) 1. (29) McGeary 26-27. (30) *New Republic*, May 14, 2001.
(31) *The Things* 171. (32) Young 132; Heberle 253. (33) Heberle 225. (34) Farrell 7.
(35) Farrell 357. (36) Belknap 263-64. (37) Piwinski 200. (38) Mellley 112. (39) Melley 112.
(40) Herman 57. (41) 斎藤 35. (42) 斎藤 84-85. (43) Fick 15. (44) Farrell 5. (45) Cohen 222.

(46) Farrell 4. (47) "The Vietnam" 52. (48) Woitiz 9. (49) Woitiz 17. (50) Woitiz 38-39.
(51) Smith 128. (52) Woitiz 18. (53) Young 133. (54) "The Vietnam" 52. (55) 斎藤 113.
(56) Farrell 132. (57) Belknap 268. (58) Worthington 44. (59) Herzog (1997) 147.
(60)『朝日新聞』7月27日. (61) Cohen 232; Farrell 132-32; Franklin 42-43; Piwinski 201.
(62) *The Things* 58. (63) Herzog (2000) 903. (64) Herman 175; Pederson 35, 338-39.
(65) *The Things* 36. (66) *The Things* 152. (67) *The Things* 152.

引用文献

Belknap, Michal R. *The Vietnam War on Trial*. U P of Kansas, 2002.

Britannica. "Vietnam War." http: //www. Britannica.com/ event/ Vietnam War. Accessed 1 May 2020.

Cohen, Samuel. "Triumph and Trauma: *In the Lake of the Woods* and History." *Clio*, vol. 36, no. 2, 2007, pp. 219-36.

Farrell, Susan Elizabeth. *Critical Companion to Tim O'Brien: A Literary Reference to His Life and Work*. Facts On File, 2011.

Fick, Paul. *The Dysfunctional President: Inside the Mind of Bill Clinton*. Carol Publishing Group, 1995.

Franklin, H. Bruce. "Plausibility of Denial: Tim O'Brien, My Lai, and America." *The Progressive*, vol. 58, no. 12, 1994, pp. 40-44.

Heberle, Mark A. *A Trauma Artist Tim O'Brien and the Fiction of Vietnam*. U of Iowa P, 2001.

Herman, Judith. *Trauma and Recovery*. 1992. Basic Books, 1997.

Herring, George C. "Vietnam War." *The Oxford Companion to United States History*. Ed. Paul S. Boyer. Oxford UP, 2001, pp. 806-09.

Herzog, Toby C. *Tim O'Brien*. Twayne, 1997.

——. "Tim O'Brien's 'True Lies' (?)." *Modern Fiction Studies*, vol. 46, no. 4, Winter 2000, pp. 893-916.

McGeary, Johanna, Karen Tumulty and Viveca Novak. "The Fog of War." *Time*, vol. 157, no. 18, May 7, 2001, pp. 24-33.

Melley, Timothy. "Postmodern Amnesia: Trauma and Forgetting in Tim O'Brien's *In the Lake of the Woods*." *Contemporary Literature*, vol. 44, no. 1, 2003, pp. 106-31.

The New Republic. "Anti-Hero." May 14, 2001, p. 11.

"My Lai Massacre." *Wikipedia*. https://en.wikipedia.org/wiki/My_Lai_Massacre. Accessed 19 July 2020.

O'Brien, Tim. *In the Lake of the Woods*. Houghton Mifflin, 1994.

——. *The Things They Carried*. 1990. Houghton Mifflin Harcourt, 2009.

——. "The Vietnam in Me." *The New York Times Magazine*, October 2, 1994, pp. 48-57.

Pederson, Joshua. "Speak, Trauma: Toward a Revised Understanding of Literary Trauma Theory." *Narrative*, vol. 22, no. 3, 2014, pp. 333-53.

Piwinski, David J. "My Lai, Flies, and Beelzebub in Tim O'Brien's *In the Lake of the Woods*." *War, Literature & Arts: An International Journal of the Humanities*, vol. 12, no. 2, 2000, pp. 196-202.

Smith, Patrick A. *Tim O'Brien: A Critical Companion*. Greenwood P, 2005.

Vistica, Gregory L. *The Education of Lieutenant Kerrey*. St. Martin's, 2003.

——. "Should We Forgive Bob Kerrey?" *Forbes*, June 21, 2016. Web. https://www.forbes.com/sites/gregvistica/2016/06/21/should-we-forgive-bob-kerrey/#4f11c22c649b. Accessed 10 April 2020.

Worthington, Marjorie. "The Democratic Meta-Narrator in *In the Lake of the Woods*." *Explicator*, vol. 67, no. 2, 2009, pp. 120-23.

Woititz, Janet Geringer. *Adult Children of Alcoholics*. Health Communications, 1983.

Young, William. "Missing in Action: Vietnam and Sadism in Tim O'Brien's *In the Lake of the Woods*." *Midwest Quarterly*, vol. 47, no. 2, 2006, pp. 131-43.

『朝日新聞』「帰還した３人相次ぎ妻殺害」２００２年７月27日（夕刊）。

斎藤学『アダルト・チルドレンと家族』学陽書房、１９９６年。

古田元夫「ベトナム戦争統計資料」『ベトナム戦争の記録』ベトナム戦争の記録編集委員会編、大月書店、１９８８年、２５６～５９頁。

油井大三郎「第四章　パクス・アメリカーナの時代」『アメリカ史2』有賀貞他編、山川出版社、１９９３年、３１９～４２４頁。

「ヨシュア記」『新共同訳　聖書』日本聖書協会、１９９４年、３４０～７９頁。

おわりに

昨今、文学にたいする風当たりが強い。最近の話題では、高校の国語の教科書が２０２２年度から「現代の国語」と「言語文化」とに分けられ、「現代の国語」では一社の教科書を除いて、文学作品が扱われなくなったことがある。

文学は「役に立たない」とか「無駄だ」などと、否定的に言われることもある。お金儲けや工業生産に役立つ実用的な文章の読み書きや、経済や法学や理系の勉強にこそ、時間を割くべきだというわけだ。

老人の繰り言めいているが、わたし自身は、文学は実利的でないからこそ、文学を読み研究してみようと決心したのを思いだす。半世紀ほども前の世の中は、そんな「思いあがった」若者の存在を許してくれていた。その意味では、今の世の中はシビアになったのだ。

そんなシビアな世の中でも、文学を読んだ方が良いと思う。とくに若者には、文学を読むことをすすめる。文学は生きていくうえで、「役に立つ」からだ。

文学を読むことで、ヴァーチャルな物語世界で、もう一つ別の人生を生きる経験ができるからだ。実人生では、人は繰りかえしのできない一回きりの人生しか生きることができない。その一回かぎりの実人生では、時には、手ひどい挫折を経験して、立ち直れないほどに、心身がひどく傷つくときがある。実際に血を流すこともある。せずに済むなら、したくない経験をせざるをえないときがある。それでも、人は生きてゆかねばならない。人生は後戻りはできないからだ。

しかし物語の世界では、私たちは、いろんな物語をおもしろく読みながら、さまざまな登場人物たちがする多種多様な経験を、みずからはちょくせつ傷つくことなく、その経験から学ぶことができる。そのうえ楽しみながら、登場人物たちの経験を繰りかえし読むこともできる。後戻りがかんたんにできるのだ。こんなに役に立つ「お得な」ものはない。

しかも、物語の解釈や登場人物たちのキャラクターの捉え方は、私たちのまったくの自由なのだ。こんな完璧な自由は、実生活ではなかなか味わえるものではない。こういう自由を行使して、その自由を味わっておくことは、生きるうえで確実に役に立つ。役立つだけでなく、楽しいしおもしろい経験なのだ。

読者のその自由の権利をじゅうぶんに行使して、この本では、文学作品を戦争ＰＴＳＤの視点から読み解いた。あるひとつの視点からいろいろな作品を読むことの面白さを実感してもらえれば嬉しい。

この本では、わたしがこれまで長く文学作品を読んできたなかで考えてきたことを、戦争ＰＴＳＤの視点からまとめた。だから、これまで書いたものと重なっている部分がある。そのおもなものを挙げると、「戦争によるトラウマと4つの戦争とアメリカ小説」『人間福祉学研究』第13巻第1号（関西学院大学人間福祉学部研究会）２０２０年12月。「ＰＴＳＤとアメリカ文学」『教養と看護』〔ウェブマガジン〕（日本看護協会出版会）２０１９年10月。「帰還兵士の苦難——ティム・オブライエンの *In the Lake of the Woods* を読む——」『英文学論集』26号（佛教大学英文学会）２０１９年3月。「帰還兵士の苦難——ヘミングウェイの「兵士の家」を読む——」『文学部論集』第１０３号（佛教大学）２０１９年3月。「帰還兵士の苦難——サリンジャーの「エズメに」再読——」『文学部論集』第１０２号（佛教大学）２０１８年3月。「帰還兵士の苦難——フィッツジェラルドの「メイ・デー」再読——」『英文学論集』24号（佛教大学英文学会）２０１６年10月。「サリンジャーはなぜホールデンに『武器よさらば』はフォニーだと言わせたのか？」『文学部論集』第98号（佛教大学）２０１４年3月。「『キャッチャー・イン・ザ・ライ』における戦争とサリンジャー」『文学部論集』第94号（佛教大学）２０１０年3月。『「グレート・ギャッツビー」の読み方』（創元社）２００８年8月。『戦争ＰＴＳＤとサリンジャー』（創元社）２００５年10月。『「キャッチャー・イン・ザ・ライ」の謎をとく』（創元社）２００３年10月などである。

このような小著であっても、さまざまな方々の支援や助力があって、完成することができました。これまでその時々につき合ってくださった方々に、名前をあげませんが感謝します。とりわけ前著『英訳された日本文学を読む』に続いて、今回も拙著を出版してくださった文理閣のみなさんに感謝します。とくに黒川美富子さん、山下信さんには、前回同様の誠実で丁寧な仕事ぶりや、的確なアドバイスに感謝します。読みやすく判読しやすくなったのは、編集のおかげだと感謝しています。最後に、文学作品を読んで感じたことをぐだぐだと考えつづけてきたわたしを、40年以上にわたって支えてくれた妻の啓子に感謝します。

ウクライナでの戦争の終わりが見えない２０２３年1月

野間正二

図版の出典

21 頁　Henry Percy Hotspur.（https://ja.wikipedia.org/wiki/:Henry_Percy_Hotspur_png）
26 頁　*Civil War Front Pages*. Ed. John Wagman. American Ligature Press, 1989, p. i.
27 頁　*Civil War Front Pages*. Ed. John Wagman. American Ligature Press, 1989, p. 10.
31 頁　Johnny Reb Billy Yank.（https://ifunny.co/picture/johnny-reb-billy-yank-union-kepi-spike-bayonet-spike-bayonet-Ij5N45478）
33 頁　The Third New Jersey Regiment.（http://www.3nj.org/articles/）
49 頁　*Civil War Front Pages*. Ed. John Wagman. American Ligature Press, 1989, p. iii.
61 頁　*Civil War Front Pages*. Ed. John Wagman. American Ligature Press, 1989, p. 114.
78 頁　第一次世界大戦塹壕戦（https://ja.wikipedia.org/wiki/AB:Cheshire_Regiment_trench_Somme_1916. jpg）
93 頁　Fitzgerald, F. Scott. *The Cruise of the Rolling Junk*. Bruccoli Clark, 1976, p. 24.
98 頁　Delmonico's.（https://en.wikipedia.org/wiki/Delmonico%27s#/media/File:Delmonico.jpg）
107 頁　New York Biltmore Hotel.（https://en.wikipedia.org/wiki/New_York_Biltmore_Hotel#/media/File: Biltmore-NewYorkCity.jpg）
131 頁　筆者撮影
172 頁　Soldiers' Home in Chelsea.（https://www.facebook.com/ChelseaSoldiersHome/）
180 頁　Pamplona Cathedral（https://simple.wikipedia.org/wiki/Pamplona_Cathedral#/media/File:Fachada_ cathedral_de_pamplona.jpg ）
194 頁　Mellow, James R. *Hemingway: A Life Without Consequences*. Perseus Books, 1993, p. 464;2.
208 頁　テヘラン会談　(https://www.wikiwand.com/ja/AB:Tehran_Conference,_1943.jpg)
253 頁　Radio City Music Hall. N.Y.C. Landmark, 1985. Post Card. ©Charles J. Ziga.
260 頁　Holden, Wendy. *Shell Shock*. Channel 4 Books, 2001, p. 48;1.
262 頁　DR. Strangelove Bomb.　(https://www.google.com/search?q=dr+strangelove&oq=dr+strange&aqs= chrome.1.69i57j0i512l9.17544j0j7)
281 頁　Hotel Ritz Paris.（https://ja.wikipedia.org/wiki/B4tel_Ritz_Paris.jpg）
293 頁　金井美恵子他『群像日本の作家 19　大岡昇平』小学館、1992 年、129 頁。
294 頁　大岡昇平『レイテ戦記』中央公論社、1971 年、別冊の地図（付図 1）の一部。
355 頁　ウロボロス　(https://ja.wikipedia.org/wiki/AB:Ouroboros.png)

マ　行

ヤ　行

ラ　行

カ　行

サ　行

ア 行

索　引

作品・新聞・雑誌